Coup de foudre à Las Vegas

Un défi si séduisant

BARBARA DUNLOP

Coup de foudre à Las Vegas

Traduction française de
JOËL MALLET

PASSIONS

HARLEQUIN

Collection : PASSIONS

Ce roman a déjà été publié en 2020

Titre original :
THE TWIN SWITCH

HARPERCOLLINS FRANCE
83-85, boulevard Vincent-Auriol, 75646 PARIS CEDEX 13
Service Clients — https://www.harlequin.fr/contenu/contactez-nous
ISBN 978-2-2805-2036-2 — ISSN 1950-2761

Édité par HarperCollins France.
Composition et mise en pages Nord Compo.
Imprimé en juillet 2025 par CPI Black Print (Barcelone)
en utilisant 100% d'électricité renouvelable.
Dépôt légal : août 2025.

MIXTE
Papier
FSC FSC® C159065

Pour limiter l'empreinte environnementale de ses livres, HarperCollins France s'engage à n'utiliser que du papier fabriqué à partir de bois provenant de forêts gérées durablement et de manière responsable.

À Susie Ross :
Merci pour l'inspiration

1

Si j'avais pu choisir ma sœur, Brooklyn se serait trouvée en tête de la liste.

Elle me faisait rire. Mieux encore, elle me poussait à réfléchir. Et lorsque tout allait mal, trop souvent, en vérité, elle restait blottie contre moi dans ma couette de soie bleue pour m'écouter me plaindre pendant des heures. Elle savait quand réconfort rimait avec crème glacée ou tequila.

Et quelle intelligence ! Dès l'école primaire, elle n'avait obtenu que les meilleures notes. Moi, je ne me trouvais pas en reste de ce point de vue, mais sans jamais égaler les premiers de la classe. Je savais écouter, en revanche, et faire des nattes comme pas deux, ce que Brooklyn adorait.

Non contente de ses longs cheveux blonds et ses beaux yeux bleus, elle bronzait sans problème. Moi aussi, d'ailleurs.

Nous avions passé toutes nos vacances au lac Washington. Nous ne quittions pas les balançoires et cages à écureuils quand nous étions toutes petites. Plus tard, nous faisions la course jusqu'aux gros flotteurs de la zone de baignade et revenions sécher au soleil, affalées sur nos serviettes. Puis, avec les années, nous commençâmes à errer près du snack-bar, à battre des cils pour les beaux garçons dans l'espoir qu'ils nous paient un milkshake.

Si je n'ai jamais pu choisir ma sœur, cela ne changeait rien :

dans moins de deux semaines, Brooklyn allait épouser mon frère, James.

— Regardez, s'exclama Sophie Crush depuis le siège passager du taxi. Le pont du Golden Gate.

— Vous croyez qu'on aura des chambres avec vue ? s'enquit Nat.

— Je préférerais une vue depuis le spa, répondit Brooklyn.

— Vous avez entendu la future mariée, m'amusai-je.

Je roulais déjà des épaules dans l'attente d'un massage aux pierres chaudes. Le dernier m'avait laissé l'effet d'une vraie bouchée de paradis pour laquelle j'aurais pu tuer.

— Les pédicures, ajouta Sophie.

— Les soins du visage, s'extasia Nat.

— Ne rien faire dans le sauna, surenchérit Brooklyn.

— Je sens déjà tous mes pores se purifier, conclus-je.

J'hésitais entre le sauna et un soin du visage. En tant que demoiselle d'honneur, je devais incarner le summum de la beauté.

Contrairement à certaines, plus égocentriques, Brooklyn nous avait choisi des robes magnifiques : légères, munies d'un corsage sans bretelles sur mesure, en mousseline de soie azur virant au bleu pâle sur la jupe mi-longue.

Ma chevelure auburn me jouait souvent des tours, cependant les tons s'y accordaient bien. Soyons francs, pour une célibataire de vingt-six ans, un mariage équivaut parfois à de belles rencontres.

La moitié des invités venant de ma famille, je partais pourtant avec un handicap. Sans compter que je connaissais déjà une bonne partie des proches de Brooklyn. Enfin... Peut-être avait-elle gardé un cousin séduisant ou deux sous la main. Il faut saisir toute opportunité.

Le taxi se rangea près d'une porte tourniquet et une baie vitrée monstrueuse donnant sur le hall de l'établissement. En belles lettres dorées, on lisait : l'Arche, hôtel et spa.

Trois hommes en gilets gris bien ajustés nous ouvrirent les portières en même temps.

— Bienvenue à l'Arche, dit l'un d'eux à Brooklyn, les yeux ancrés aux siens.

Malgré son sourire chaleureux, je n'allais pas me formaliser.

Attention, je n'ai rien contre les valets, peut-être finançait-il ses études ou aimait-il les horaires flexibles et la vie au bord de mer. Je ne me focalisais pas sur la situation des gens. Moi-même enseignante de mathématiques, je savais que je n'occupais pas le plus glamour des postes. Je restais donc ouverte.

Lorsque Brooklyn l'ignora, il me tendit la main. J'acceptai son aide. Une poigne ferme, des doigts un peu calleux, la peau hâlée. Un surfeur ? Il aurait fait craquer n'importe qui avec ses beaux iris noisette, son menton bien ciselé et son sourire charmeur.

Je sortis du taxi et il s'écarta.

— Vous pouvez nous confier vos bagages, assura l'inconnu en me fixant.

Il voulait un pourboire ; je ne le réalisai qu'un instant plus tard et faillis éclater de rire. Il devait flirter avec tous les clients pour se payer sa planche de surf. Je lui tendis donc cinq dollars.

J'avais prévu de faire des folies ce week-end, me rappelai-je. On n'accueille sa meilleure amie dans sa famille qu'une fois dans la vie.

Deux porteurs emportèrent nos valises devant la réception et nous les suivîmes.

— Et si nous allions voir des chippendales ? demanda Nat.

— Sans moi, fit Brooklyn en grimaçant.

Je souris. Je savais que Nat bluffait. Sophie, en revanche, se serait montrée on ne peut plus sérieuse.

— Ne prenons pas de décisions hâtives, intervint-elle. À ton avis, que fait James en ce moment ?

— Tu crois qu'il est allé voir des chippendales ? plaisanta Brooklyn en dépassant une fontaine pour atteindre l'accueil.

Une des trois réceptionnistes nous salua aussitôt.

— Les garçons se sont offert deux matchs, ajouta Brooklyn en réajustant son sac à cordon sur son épaule.

— Et après ? insista Sophie.

Je n'imaginais pas du tout James dans un club de strip-tease. Brook, elle, se fendit tout de même d'une moue indéchiffrable, comme si cette idée ridicule demeurait envisageable.

— Avez-vous une réservation ? s'enquit la réceptionniste d'une voix enjouée.

— Oui, au nom de Christie, répondit Nat en produisant une feuille de papier en toute hâte.

Je restai un peu en retrait pour demander à Brooklyn si elle doutait vraiment de James. Elle fronça les sourcils, haussa les épaules puis s'avança en fouillant dans son sac.

— Vous faut-il ma carte de crédit ?

— Pour l'enregistrement, oui. Vous pourrez diviser la note au moment de votre départ.

Je me rapprochai de mon amie.

— Il n'ira pas voir de filles nues, tu le sais, lui murmurai-je, me demandant comment elle pouvait croire cela.

James, diplômé d'un master en finances, employé d'une des firmes d'expertise-conseil les plus conservatrices de Seattle, qui ne s'exprimait qu'en phrases bien articulées et protégeait ses profils en ligne comme s'il possédait les codes de lancement de la bombe atomique, ne se risquerait pas à ternir sa réputation, même pour de belles filles. Désir qu'il n'éprouvait certainement pas, car nulle autre n'arrivait à la cheville de Brooklyn.

Elle travaillait comme conseillère commerciale pour une chaîne de boutique de vêtements à Seattle, mais elle aurait aussi bien pu devenir actrice ou top model. James perdrait toujours au change s'il allait voir ailleurs.

— Qu'y a-t-il ? demandai-je.

— Tout va bien, me rassura-t-elle d'un sourire.

Cependant, je décelai quelque chose sur son visage, un mystère indicible.

— James a-t-il quelque chose à se reprocher ? Tu lui en veux ?

— Non.

— Mais pourquoi cette tête, alors ?

— Pour rien, dit-elle dans un nouveau sourire. Il est parfait. James est parfait. Bon, allez, j'aimerais réserver une séance au spa.

— N'hésitez pas à me demander, intervint la réceptionniste en rendant sa carte de crédit à Nat.

— L'aromathérapie me tente bien, continua la future mariée.

Je n'étais pas vraiment convaincue par sa nonchalance, mais la perspective de pierres chaudes posées avec délicatesse sur mon dos huilé m'empêcha de trop y penser.

Après un massage et un passage au sauna, je m'étais habillée pour rejoindre les filles. Je repérai Sophie, seule au bar. Un trio de jazz jouait dans un coin, les flammes des chandeliers vacillaient sur les tables en verre moucheté. Les chaises au rembourrage de cuir blanc ajoutaient au chic des lieux, tout comme la mosaïque derrière le bar.

Du haut de mes talons de huit centimètres et dans ma robe de cocktail, je m'assis avec soulagement près de Sophie.

— Qu'est-ce que tu bois ? lui demandai-je ?

— Vodka martini.

— Et pour vous, mademoiselle ? fit le barman en venant à ma hauteur.

Vu son sourire enjôleur, ce énième bellâtre flirtait aussi avec moi. Âgé d'environ la trentaine, son regard vif lui conférait un charme assez classique.

Je n'avais rien non plus contre les barmen, sauf sur leur lieu de travail où ils se montraient prêts à tout pour un pourboire, leur principale source de revenus.

— La même chose, affirmai-je en désignant le verre de Sophie.

Je ne lui accordai qu'un bref sourire. Je n'allais pas passer la soirée à lui raconter ma vie, je voulais profiter de mes amies.

Puis, à l'autre bout de la salle, un bel inconnu me tira de ma rêverie. Il ne s'agissait assurément pas d'un valet, d'un enseignant, ni d'un serveur. Son costume sur mesure soulignait à merveille les courbes d'un corps parfait. Il se coiffait en faux négligé, ces coupes qui coûtent un bras pour vous donner l'air de sortir du lit alors que chaque mèche retombe à la perfection.

J'avais beau me moquer, j'aimais beaucoup son allure.

Il se tourna et je pus profiter de ses traits ensorceleurs. Il posait sans doute dans des magazines de mode avec ce menton bien net et ces yeux d'un bleu éclatant.

Il me vit en train de le dévisager, mais ne me sourit pas. Je sentis tout de même le sang me monter aux joues.

Puis, la magie s'étiola. Il reprit son chemin comme si de rien n'était. Il s'agissait peut-être d'un rêve ou d'un de ces fantasmes endiablés, fréquents à chaque fois que je croisais un homme séduisant ces derniers temps.

J'avais lu un article le mois d'avant selon lequel 67 % des femmes rencontraient leur futur époux à l'université. Je tombais déjà dans le tiers restant, sans compter les 21 % qui ne se marient jamais. Mes chances de trouver Monsieur Parfait devenaient de plus en plus minces.

Et qu'on ne me parle même pas du taux de divorce qui me ramenait à des chiffres déprimants.

— La Terre appelle Layla, fit Sophie.

Je devais me ressaisir. Il s'agissait d'un week-end entre filles de toute manière.

— Brooklyn est-elle déjà descendue ? m'enquis-je, concentrée sur l'aspect pragmatique des choses.

Elle et moi partagions une chambre donnant sur le pont. Nous avions proposé d'échanger avec Nat et Sophie qui ne profitaient que d'une vue sur la cour, mais elles s'en moquaient. Nous disposions d'énormes baignoires, de douches hammam et de lits pareils à des nuages. Rien d'autre n'importait.

— Je ne pense pas, assura Sophie.

— Quelle chambre incroyable, en tout cas ! J'ai huit oreillers, m'extasiai-je tout en vérifiant si je ne trouvais pas notre amie dans la salle.

— Et j'imagine qu'après avoir compté, tu as essayé d'en déterminer la racine carrée, ricana-t-elle en croquant dans l'olive plantée sur un cure-dent bleu.

— Si j'ajoute l'édredon doré, elle est de trois. J'ai bien voulu appliquer la formule quadratique, mais...

— Layla ! s'exclama Brooklyn en m'enlaçant par-derrière. J'avais fini par croire que tu ne sortirais jamais de la douche.

— Je veux la même chez moi.

Je trouvais un côté sensuel et réconfortant à des torrents infinis d'eau chaude.

— Qu'est-ce que vous buvez ? demanda-t-elle d'une voix trop enjouée.

— Vodka martini, répondit Sophie. Et toi ?

— J'ai commandé un cocktail Bain de Soleil, là-bas. Je vous le déconseille.

Elle étincelait dans sa courte robe mauve dos nu à la jupe pleine qui virevoltait sur ses cuisses. Ses hautes spartiates alternaient entre l'argent et le violet. Égale à elle-même, elle incarnait le charme à l'état pur.

Le serveur apparut comme par magie.

— Vous n'aimez pas votre cocktail ? s'inquiéta-t-il, ayant manifestement entendu Brooklyn. En voulez-vous un autre ?

— Feriez-vous ça pour moi ? s'étonna Brooklyn. Ce serait gentil.

Il lui glissa une carte des boissons, un beau menu cerné de cuir.

— Surprenez-moi, minauda-t-elle en faisant voler sa chevelure blonde mi-longue. Quelque chose de plus sucré, avec des fraises, ou un peu d'Irish Mist.

Je levais les yeux au ciel en retrouvant celle qui nous avait toujours obtenu des milk-shakes gratuits.

— On dirait que tu as attaqué le minibar pendant que je me douchais, commentai-je.

— Mais non. C'est à peine mon premier cocktail.

Je devais arrêter de m'inquiéter. Elle semblait de bonne humeur. Tant mieux, c'était son week-end à elle, après tout. J'ignorais pourquoi je voyais le mal partout.

— Je dois aller aux toilettes, les filles, s'excusa Brooklyn. Surveillez mon verre quand il arrivera.

— D'accord, assurai-je en me retournant.

Trois hommes la suivirent du regard. Certaines choses ne changeraient jamais. Je ne savais même pas si elle s'en rendait encore compte.

— On dirait que Nat voudrait vraiment voir des danseurs nus, affirma Sophie.

— Impensable, rétorquai-je en me reconcentrant sur elle.

Nat, équivalent féminin de James, travaillait comme bibliothécaire et restait la plus coincée de nous quatre.

— Je crois qu'elle va enfin se lâcher un peu.

— Ce serait tellement drôle.

Elle sortait tout juste d'une relation sérieuse. Elle n'avait fréquenté personne depuis. Sans doute parce que Henry ne l'avait jamais aidée à développer sa confiance en elle.

Ses lunettes et ses joues mouchetées d'adorables taches de rousseur lui allaient à ravir, et même si ses cheveux bruns n'épousaient pas les teintes les plus exotiques et qu'elle n'atteignait pas le glamour de Brooklyn, Nat pouvait se vanter d'un sourire ravageur.

— Elle discute avec quelqu'un, m'indiqua Sophie d'un signe de tête.

Effectivement, Nat était assise à une table, penchée vers un homme en veston et chemise à col ouvert. Je le trouvai beau, pas attirant. Peu importe, s'il lui plaisait à elle.

Alors, une légère explosion retentit au plafond. Je me recroquevillai par réflexe, chargée d'adrénaline tout à coup. La salle se retrouva plongée dans le noir. Des cris aigus et autres exclamations de surprise s'élevèrent quelques secondes, et le silence régna.

— C'était quoi, ça ? s'étonna Sophie dans la pénombre.

— Un court-circuit.

Je m'accoutumai à l'obscurité. Je distinguais les bougies, petites touches de lumière illuminant des visages çà et là. Les flammes se reflétaient sur la baie vitrée. Dehors, les bateaux éclairaient le port au loin.

— Ce n'est qu'une panne, Mesdames et Messieurs, nous rassura le barman. Rien de grave. J'espère que vous apprécierez l'ambiance tamisée. Le courant devrait être rétabli assez vite.

— Au moins, on a à boire, plaisanta Sophie en levant son verre.

— Je me demande si Brooklyn arrivera à nous retrouver.

Je ne voyais presque rien.

— Hé, les filles, nous salua Nat en s'approchant pour s'installer sur un tabouret à nos côtés.

— Tu as abandonné ton don Juan ? dit Sophie.

— Il a crié comme une fillette quand les plombs ont sauté.

— Quelle déception..., soufflai-je.

J'en venais parfois à me demander s'il existait encore des hommes bien. J'avais établi une liste de qualités requises, pas forcément longue, mais liée à l'intégrité et au tempérament. La lâcheté n'entrait pas dans mes critères.

— Ne comptons donc pas sur lui pour nous sauver d'un ours enragé, ajouta Sophie, l'air un peu déçu.

— C'est vrai que ça arrive si souvent, ricana Nat.

— Et si je partais camper ?

— Toi ?

Sophie, gérante d'un restaurant cinq étoiles, habitante des hauts quartiers, n'avait rien d'une femme d'extérieur.

— Oui, bon, toi, si tu veux. On sait que tu passes du temps dehors sur ton balcon fleuri.

— C'est sûr que dans ce cas, il n'est clairement pas mon type, en conclut Nat en jetant un regard par-dessus son épaule.

Je réalisai alors : après deux minutes à peine, je m'étais déjà demandé si cet homme allait se révéler être le bon pour elle. Ç'aurait pu être si romantique de rencontrer son âme sœur au cours d'un week-end à San Francisco.

Comme les chics types ne couraient pas les rues, nous étions célibataires toutes les trois. Je me rappelai encore les défauts de mes derniers rendez-vous : trop bruyant, trop bizarre, trop intellectuel, trop caractériel.

Je sais ce qu'on pourrait croire. D'ailleurs, je savais bien à quoi rimait cette liste : j'écartais l'éventualité que le problème venait de moi... Et dans le fond, c'était vrai.

J'aurais adoré vivre dans le déni. Je m'y serais même baignée si j'avais pu, mais je restais incapable de ne pas affronter les faits.

— Mais où est Brooklyn ? s'enquit Nat.

— Aux toilettes.

— Elle aurait déjà dû revenir, s'étonna Sophie en observant la pièce comme un oiseau de proie. J'espère qu'elle n'est pas coincée dans un ascenseur.

— Je vais la chercher, dis-je en glissant de mon tabouret.

— Tu vas te perdre, toi aussi, s'inquiéta Nat. Ou tu vas trébucher et te fouler la cheville.

Je me rappelai soudain mes talons aiguilles noir et or. Elle avait raison. Malgré leur élégance, ils offraient peu de stabilité.

Je me rabattis donc sur mon téléphone pour envoyer un message à notre amie. Je me rassis pour siroter mon cocktail en attendant.

Pas de réponse.

— Elle est bloquée dans un ascenseur, insista Nat.

— Ou une ambulance, ironisa Sophie. Je parie qu'elle a accouru pour nous rejoindre et que tout a basculé.

— Évite de plaisanter à ce sujet, la coupai-je. Pense un peu aux cinq cents invités de son mariage.

— Et l'allée de la cathédrale Saint-Fidèle est longue, fit Nat. Et si elle s'était cassé la jambe ?

— Arrêtez, elle va bien. Enfin, j'espère.

Dans le cas contraire, nous courions droit au désastre.

Le courant ne fut pas rétabli avant trente minutes. Au moment où la lumière se ralluma, certains s'exclamèrent et d'autres applaudirent. Le barman se remit au travail, les serveuses circulèrent de nouveau dans la salle. Et toujours aucune trace de Brooklyn.

— La voilà, m'indiqua Sophie.

— Où ça ?

— À gauche, dans l'entrée. Elle discute avec un type.

J'eus beau me pencher, je ne la distinguais toujours pas.

— Apparemment, celui-là semble plus courageux que le mien, se plaignit Nat.

— Il est séduisant, s'exclama Sophie.

Je quittai mon tabouret pour ne plus me trouver en reste.

— Waouh ! lâchèrent mes deux amies à l'unisson.

— Quoi ?

Quelqu'un caressait l'épaule de Brooklyn, je sentais presque son contact malgré la distance. Le mur me cachait le visage de cet inconnu. Elle sourit et l'homme mystère disparut. Je me précipitai dans leur direction, mais il marchait trop vite.

— C'est une blague ? maugréa Sophie. C'est la fille en couple qui se trouve un amoureux dans le noir ?

— Oh ! monde cruel, soupira Nat.

— À quoi ressemblait-il ? les pressai-je.

— À un canon, dit Sophie.

— Grand, ajouta Nat.

— Un grand canon, précisa Sophie.

— Merci pour ce détail capital, pestai-je.

Brooklyn nous rejoignit.

— Qui était-ce ? lui demanda Nat.

— Tu me le présentes ? ricana Sophie.

— Tu n'as pas la priorité, la prévint Nat.

— Si, je l'ai vue la première, s'exclama l'autre.

Brooklyn nous sourit et secoua la tête en arrivant à notre hauteur. Elle rougissait, ses pupilles brillaient d'un étrange éclat.

— Que s'est-il passé ? lui demandai-je.

— Tu connais son nom ? reprit Sophie.

— Je ne peux pas t'aider sur ce coup-là, s'excusa Brook.

— Il te caressait l'épaule, dis-je.

De mon point de vue, cela semblait assez intime. Cette grande main hâlée sur la peau de mon amie… J'en frissonnais.

Je m'imaginai la réaction de James face à un tel spectacle. Il n'aurait sans aucun doute pas apprécié.

— Pour me dire au revoir, affirma Brooklyn.

— Qu'est-ce qui ne va pas chez toi ? me demanda Sophie.

— À ton avis ? Qui touche une inconnue de cette façon ?

— Presque tout le monde, se défendit Sophie.

— Il ne m'a pas embrassée tout de même.

Pour quelque étrange raison, cela ne suffit pas à me rassurer.

— Il peut bien m'embrasser s'il veut, plaisanta Sophie.

Tout à coup, je réalisai que Brooklyn le connaissait peut-être déjà. Cela aurait justifié ce geste. Mais dans ce cas, pourquoi ne pas l'admettre ? S'agissait-il d'un de ses ex ?

— Nous allons être en retard pour le dîner, fit Nat.

— On ne m'a jamais servi mon verre, semble-t-il.

— Il a dû se perdre dans la panique du moment.

À ces mots, le barman surgit de nulle part.

— Je pense que vous aimerez ce cocktail. Je l'appelle la vague givrée.

Il lui tendit un grand verre d'un liquide turquoise où s'entassaient de la glace pilée et des fraises.

— Merci.

Le serveur l'observa boire une gorgée. J'attendais qu'il nous laisse pour pouvoir interroger Brooklyn. Comme elle paraissait apprécier ce nouveau cocktail, l'homme se mit à rayonner.

Puis, avant que je ne puisse enquêter, l'apollon aux cheveux sauvages repassa dans le salon. Sa simple présence suffit à m'envoyer une décharge dans la poitrine, je lâchai un soupir.

Il sembla m'entendre, ou peut-être avait-il senti mon regard insistant, car il posa les yeux sur moi.

Il se fendit d'un léger sourire. Se moquait-il de moi ou s'en trouvait-il flatté ? Mon désir lui paraissait peut-être trop évident, même d'aussi loin.

Non, pas du désir, m'intimai-je. Cela me donnait trop l'impression de ne penser qu'au sexe. Il s'agissait d'esthétique, rien de plus. Il n'y avait aucun mal à apprécier le corps d'un bel homme.

— Nous avons une réservation au restaurant le Sélène, nous indiqua Nat, mettant fin à ma rêverie.

Je dus lutter pour me détourner de cet homme, mais m'enorgueillis d'avoir rompu l'échange la première cette fois-ci. Néanmoins, je dus me faire violence pour ne pas me retourner et observer la réaction de monsieur Négligé.

— Je peux faire porter votre boisson au restaurant, dit le barman à Brooklyn sans même s'inquiéter pour nous.

Ainsi allait le monde, après tout.

— Merci beaucoup, s'extasia Brooklyn en écarquillant ses grands yeux bleus.

— Aucun problème.

Il pensait avoir ses chances avec elle, peu importe le diamant bien évident à son doigt. Elle possédait ce petit truc inné : les hommes se pliaient en quatre pour elle. Pour ma part, j'en tirais avantage sans jalousie aucune.

— C'est de l'autre côté de la réception, c'est ça ? demanda-t-elle à son nouveau prétendant.

— Tout droit vers l'ascenseur doré puis au cinquante-huitième étage. Mandy vous montrera, assura-t-il en désignant une de ses collègues.

— Si jamais on ne savait pas lire, me murmura Nat.

— Si jamais il n'avait pas vu la bague de fiançailles, lui susurrai-je en retour.

— Les hommes n'ont aucune morale.

— Pas comme Brooklyn, heureusement pour James.

Ma meilleure amie, fille unique aux parents souvent absents pour leur travail, avait passé bien des week-ends et jours de fête dans ma famille nombreuse. Elle avait d'ailleurs craqué pour mon frère dès l'instant où nous avions atteint l'âge de comprendre ce que cela signifiait vraiment. Quand il l'avait enfin invitée au bal du lycée, plus rien ne s'était opposé à leur bonheur.

Leur relation semblait tellement logique à tout le monde, moi y compris. Ces derniers mois, je n'avais de cesse de me répéter qu'elle deviendrait ma belle-sœur et il me tardait tant de pouvoir l'appeler ainsi.

En chemin vers l'ascenseur, je cherchais monsieur Négligé du regard. En vain. Dommage, mais il me restait encore deux jours. Avec un sauna et un spa mixtes, peut-être le recroiserais-je. Je passerais même à la salle de sport s'il le fallait. Il semblait entretenir son corps. Je l'imaginais bien soulever des poids, transpirer sur un vélo elliptique ou… Sur un rameur.

Oh ! oui, je le voyais bien en train de ramer.

2

Je n'arrivais jamais à me lever le matin.

C'était d'autant plus difficile avec des volets opaques, l'air frais de la chambre et un lit plus confortable qu'un nuage.

Abandonnant le monde du sommeil à contrecœur, je me raccrochai aux dernières volutes de mon rêve. Un homme surfait au large d'une île tropicale. Un chien jouait dans le sable tandis que les feuilles de palme d'une hutte bruissaient au vent.

Cette cabane m'avait laissé un sentiment de sécurité, mais je ne me rappelai pas pourquoi. J'essayai de m'y raccrocher, toutefois mes synapses me jouaient des tours et me ramenaient lentement à la réalité.

En ouvrant les paupières, je vis de la lumière dans la salle de bains à travers la porte entrebâillée. Je tendis l'oreille, à l'affût de Brooklyn. Je devais aller aux toilettes.

Il était près de neuf heures, j'avais dormi longtemps. Mon ventre criait famine. En attendant Brook, je salivais à l'idée de dévorer des œufs bénédictine, mon petit déjeuner préféré. Tant pis pour les calories, je ferais des abdominaux et des longueurs de bassin supplémentaires.

Ma robe sur mesure ne permettait que peu d'écarts. Je devais lui offrir le ventre le plus plat possible. Tout de même, qu'y avait-il de mal à profiter d'un innocent petit déjeuner ?

— Brooklyn, appelai-je, ma vessie connaissant des limites. Tu as bientôt fini ?

Comme je n'obtins aucune réponse, je me levai.

Nous étions rentrées ensemble hier soir après dîner. Elle avait oscillé entre une humeur à la fois très enjouée puis soudain plus absente. Aucune de mes amies ne s'était mariée avant, j'ignorais donc s'il s'agissait d'une réaction courante. Toutefois, j'avais un mauvais pressentiment.

Je pensais pouvoir lui en parler une fois couchée. Rien ne valait une discussion entre filles dans la pénombre pour plonger au cœur des problèmes. Or je m'étais endormie comme une masse pendant qu'elle s'affairait dans la salle de bains.

Et maintenant, je ne la trouvais nulle part. Surprise, mais soulagée de ne plus devoir attendre, je me demandais malgré tout pourquoi elle ne m'avait pas réveillée.

J'espérais ne pas avoir à manger toute seule. Je culpabiliserais moins en présence de complices, car, oui, si la mariée se faisait plaisir, je me devais de la soutenir.

Je me changeai en vitesse sans me maquiller et attachai mes cheveux en une queue-de-cheval. Inutile de trop en faire.

Je trouvai Nat et Sophie au rez-de-chaussée, au restaurant le Petit Jour. Nous avions eu la même idée à en croire leurs gaufres liégeoises moelleuses et leurs chocolats chauds.

— Où est Brooklyn ? leur demandai-je en m'installant sur une des chaises rembourrées. Elle n'était pas dans la chambre.

Avec ses solives apparentes vernies et de hautes baies vitrées dominant le front de mer, la salle adoptait le chic typique de la côte Ouest des États-Unis. Le soleil rayonnait sur les plantes bien fournies et les nappes bleu marine, étincelant sur les couverts et les verres.

— On croyait qu'elle était avec toi, dit Sophie.

Une serveuse me versa un café. J'y ajoutai un peu de crème à l'aide d'un petit pichet en argent.

— Tu es allée voir au spa ? dit Nat.

— Non, mais c'est encore fermé, je pense.

— Elle doit faire un peu d'exercice, acquiesça Nat. Sa robe ne laisse aucune place à l'erreur.

Je remis tout à coup les bienfaits des œufs bénédictine en question. Puis Nat découpa sa gaufre, en libérant les arômes délicats.

— Avez-vous choisi ? s'enquit la serveuse.

— Des œufs bénédictine, dis-je avant de céder au remords.

— Brooklyn est plus courageuse que nous, s'amusa Sophie.

Je souris en buvant mon café. C'était vrai. Sans la pugnacité de Brooklyn, je n'aurais jamais nagé jusqu'au flotteur pour éliminer les milk-shakes. Je n'avais jamais pris un gramme pendant les grandes vacances grâce à la natation, même aujourd'hui.

Je devrais l'en remercier. J'en aurais tout le loisir plus tard.

Avec James, Brooklyn cherchait une maison dans le quartier de Wallingford, à Seattle, près de chez moi. Nous nous verrions encore plus souvent alors.

Je lui envoyai un message en attendant.

— Au moins, elle n'est pas coincée dans un ascenseur, se réjouit Nat.

— Oui, acquiesça Sophie. On va faire les boutiques, ce matin ?

— Il te faut quelque chose ? répondis-je.

— Des vêtements. J'aimerais faire du repérage pour des coussins décoratifs et des étagères. J'ai trouvé deux statues en verre soufflé la semaine dernière que je ne sais pas où mettre.

— Moi, il ne me faut rien, ajouta Nat.

— C'est faux, si tu me permets, fit Sophie. Ton studio a besoin d'un relooking complet.

— Tout est fonctionnel, se rembrunit Nat.

— C'est surtout criminel, plaisanta Sophie. Tout ce potentiel gâché.

— J'ai accroché des tableaux.

— Que je t'ai donnés ! Sur des crochets posés n'importe où par les anciens locataires. Allez, on s'en occupe aujourd'hui.

— C'est le week-end de Brooklyn, la calmai-je.

— Elle sera d'accord avec moi, elle adore le shopping.

Mes œufs arrivèrent. Ils semblaient délicieux à outrance.

Dès la première bouchée, je mourus de plaisir, peu soucieuse du programme de la journée.

— Dans ce cas, faisons les boutiques pour elle, souffla Nat. Je ne veux pas m'encombrer de ramasse-poussière.

— On appelle ça de l'art, s'amusa Sophie. Si la mariée dit qu'on redécore ton studio, alors on redécore ton studio.

— Ça ne marche pas comme ça !

— Oh ! que si, insista Sophie en prenant son téléphone.

— Fais-lui entendre raison, par pitié, me supplia Nat.

— Je vois mal Brooklyn vouloir s'occuper de ton appartement, avouai-je en toute sincérité.

J'aurais plutôt misé sur le quartier touristique de Fisherman Wharf ou le parc du Golden Gate.

— Pas de réponse. Eh, mais attendez. C'est quoi, ce bazar ? s'étonna Sophie, complètement abasourdie.

Je levai les yeux quand elle me mit son téléphone sous le nez, trop près pour que je puisse voir la carte minuscule.

— Mais qu'est-ce qu'elle fabrique à l'aéroport ?

Sur le coup, je crus que Brooklyn s'était fait enlever. Je ne trouvais aucune autre explication logique. Elle n'avait pas de raison de quitter l'hôtel de son propre chef. Nous avions réservé des séances au spa, le menu promettait mille délices. Une femme avait tout pour être heureuse, ici.

Je faillis appeler la police sur-le-champ, mais selon Nat, il fallait des preuves plus solides. Brooklyn était adulte et n'avait pas disparu depuis assez longtemps.

Cela ne me ressemblait pas de laisser mes émotions obscurcir mon jugement.

Nous retournâmes dans la chambre pour découvrir qu'elle avait emporté sa valise. Je le vécus assez mal ; elle était bel et bien partie sans nous prévenir. Et à part une urgence familiale, nous ne trouvions aucune explication plausible.

Si quelque chose était arrivé à James, on m'aurait avertie, moi aussi. Quand bien même, je ne comprenais pas, elle aurait dû me réveiller, je l'aurais accompagnée.

Puis, pendant que je me rongeais les sangs, je trouvai son mot. Quand je le lus, mon ventre se noua. Préférant me taire, je glissai la note dans ma poche.

— Elle n'est pas en ligne, m'indiqua Sophie en naviguant dans l'application de localisation des contacts.

— A-t-elle pris l'avion pour Seattle ? s'enquit Nat.

— Va savoir, murmurai-je.

— Faut-il la suivre ? s'inquiéta Sophie.

Il le fallait, oui. Du moins, moi, j'allais la chercher. Je ne savais pas grand-chose, mais elle n'était pas rentrée à Seattle.

— Nous ignorons où elle est allée, affirmai-je. Évitons les décisions hâtives.

Cela me ressemblait déjà plus. Quelques minutes plus tard, je parvins à convaincre les filles d'attendre à l'hôtel le temps que je ramène Brooklyn pour la fin du week-end.

En chemin vers l'aéroport, le bout de papier semblait peser une tonne dans ma poche.

Layla, sauras-tu me pardonner ? J'ai beau me forcer, je ne peux pas épouser James. J'ai rencontré mon âme sœur.

Son âme sœur ? Mais de quoi parlait-elle ? C'était James, l'amour de sa vie.

Assise sur une des chaises en plastique inconfortables de l'aéroport à fixer l'affichage des départs, je cherchais à calculer la distance qu'avait pu parcourir Brooklyn et les villes où elle avait pu se rendre : Sacramento, Reno, Los Angeles…

Je répétais dans ma tête mes arguments pour la raisonner.

Il ne devait s'agir que d'un coup de folie passagère ; le stress dû aux noces, à sa mère et ses jérémiades quant à la robe, aux fleurs, au traiteur. Ou le fait que James voulait des enfants sans attendre. Je savais que Brooklyn n'était pas pressée, mais de là à rompre ses engagements. Enfin, comment en être sûre ? Ma seule certitude restait de devoir découvrir la vérité.

J'envisageai d'appeler James, mais je ne pouvais pas vraiment le cuisiner de but en blanc. Sans compter qu'il aurait voulu parler à sa fiancée, ce qui n'aurait mené à rien de bon.

L'icône du téléphone de Brooklyn apparut sur mon écran tout à coup. Mon cœur s'emballa. Je venais de la trouver ! Je fonçai vers les bureaux de vente. Direction Las Vegas.

Un vol et un Uber plus tard, je me retrouvais dans le hall d'entrée de l'hôtel Les Sables de Canterbury.

Sans disposer des moyens de la NASA ou la CIA, j'avais réussi à traquer Brooklyn jusqu'ici.

J'observai les alentours. Du luxe à en perdre la tête : colonnes de marbre ; boiseries sculptées ; palmiers en pot ; éclairage tamisé ; fauteuils de cuir dans des salons et alcôves.

Tout se serait avéré trop facile si j'avais simplement pu la croiser par hasard, aussi me renseignai-je à la réception. Brooklyn ne figurait pas dans le registre. Ou alors, les employés ne divulguaient pas ce genre d'informations à la première venue.

Malgré toutes mes explications, la femme derrière le comptoir resta impassible. Les histoires de noces ne constituaient sans doute pas un événement majeur à Las Vegas. J'avais croisé une mariée en limousine sur le chemin, et une autre prenait la pose dans le jardin en ce moment même.

Le jeune couple et sa suite finirent par s'en aller, et Brooklyn ne se montrait toujours pas. Je m'installai donc à une table. Elle passerait bien par là tôt ou tard.

Je la rappelai, en vain. Je préférais ne pas l'avertir de ma présence, dans le cas peu probable où elle fuirait encore. Je voulais lui parler face à face et voir son visage quand je lui poserais la question fatidique, à savoir : *que se passe-t-il, bon sang de bois ?*

La chaleur me donnait soif. Je commandai donc un soda à cinq dollars. La faim me tiraillait aussi. Un serveur apporta un plat à une autre table. L'hôtel proposait des menus gastronomiques, presque design compte tenu de leur élaboration, seulement je me voyais mal savourer un sandwich à vingt-cinq dollars. Autant ne pas me ruiner pour trois crevettes et une feuille de verdure.

Avant l'embarquement, j'avais prévenu Nat que je partais sur la piste de Brooklyn. Je préférai laisser croire aux filles qu'elle devait simplement relâcher la pression.

Je ne mentais pas vraiment.

Arrivée à la moitié de mon verre, je repérai un homme au bout du hall. Il se leva pour se diriger vers moi. Il s'arrêta à une table, échangea quelques mots, puis en salua une autre, et une troisième.

Je n'étais pas la plus physionomiste au monde. À chaque rentrée des classes, je devais dessiner un plan et lutter pour me rappeler les noms de chacun de mes élèves. Cependant, même moi, je jurai qu'il s'agissait de Monsieur Négligé.

Je clignai dans la lumière douce, l'observant déambuler, papoter et sourire.

Alors, il me fixa droit dans les yeux et un choc me saisit à la poitrine encore une fois. Soit c'était lui, soit j'avais un gros problème avec les garçons de ce genre.

Il venait droit sur moi. Je tentai de me raisonner en me rappelant être assise près de la sortie, mais quand un bel homme, voire un bon parti, entrait dans la danse, je perdais facilement pied.

Mon cerveau se mit à bourdonner. Maintenir le contact visuel. Sourire. Dire quelque chose.

— Bonjour, me salua-t-il en s'arrêtant près de moi.

— Salut.

Le silence appesantit l'air un instant. Je pris sur moi de le rompre.

— Est-ce que par hasard, vous n'étiez pas...

Je m'interrompis pour éviter de me ridiculiser, remettant en doute ma mémoire. Puis, je m'intimai de ne pas me taire, comme je le conseillais toujours à mes élèves. Il n'y avait pas de questions bêtes, il ne fallait pas hésiter à les poser.

— On ne s'est pas croisés à San Francisco, hier ?

Présenté comme cela, je me sentis ridicule, on aurait cru une technique de drague à deux sous. J'aurais tout aussi bien pu lui demander s'il venait souvent ici.

Des sueurs froides me coulèrent immédiatement dans la nuque.

— À l'hôtel de l'Arche ? s'enquit-il. Il me semblait bien vous avoir reconnue.

Si ma gêne disparut, mes hormones, elles, explosèrent comme un réacteur de fusée au décollage. De plus près, il était irrésistible, bien bâti, beau, un parangon de sensualité.

— Affaires ou loisirs ? demanda-t-il d'une voix suave.

— Loisirs, dis-je préférant lui épargner les détails.

— Vous êtes seule ? fit-il en jetant un œil alentour.

— Oui.

— Max Kendrick, se présenta-t-il d'un sourire en lorgnant mon verre. Puis-je vous offrir quelque chose de plus intéressant qu'un Coca ?

Je faillis refuser. Je n'étais pas venue pour me faire draguer dans un bar. Cela dit, il ne s'agissait pas d'un café miteux et, autant l'admettre, j'en avais rêvé toute la nuit.

Et voilà qu'un garçon qui semblait vraiment sortir du lot me tombait dans les bras. Je trouvai à peine mes mots et crus défaillir à chaque nouvelle bouffée d'air. Je devais me reprendre.

— D'accord, soufflai-je avant de penser à une réplique plus élaborée.

— Super, s'exclama-t-il en s'asseyant. Qu'est-ce qui vous ferait plaisir ?

J'envisageai d'imiter Brooklyn, à battre des cils, à jouer à l'incarnation de la féminité. Sauf que ce n'était pas moi.

— Un chardonnay.

— Une cuvée en particulier ?

— Non.

Je me contenterais de ce que la maison offrirait. Et pour ce que j'avais vu de ladite maison, je prenais peu de risque en misant sur un vin exceptionnel.

Max fit un signe à une serveuse qui vint sans attendre.

— Pouvez-vous nous apporter une bouteille de la cuvée de Crepe Falls ?

— Tout de suite.

— Une bouteille ? haletai-je, doutant soudain d'avoir affaire à un chic type.

— C'est plus rentable.

— Alors, vous n'essayez pas de me faire boire ?

— Auriez-vous une raison pour cela ? Tout va bien ?

— Parfaitement bien, répondis-je par réflexe, même si j'exagérais fortement.

— Très bien, dit-il, l'air peu convaincu.

Quelle perspicacité dans ses yeux ! Je dus me répéter qu'il ne pouvait pas lire mes pensées.

Je lançai un nouveau regard dans le hall. Je ne voulais pas manquer Brooklyn à cause de Max Kendrick.

— Êtes-vous vraiment seule ? Vous êtes nerveuse.

— Et vous trop curieux.

Il haussa les épaules sans nier. Soit, après tout, nous ne nous connaissions pas.

— Je cherche quelqu'un.

— Qui ?

— Une amie. Nous avons rendez-vous, je ne veux pas la rater. Je suis donc seule jusqu'à ce qu'elle arrive.

— Vous m'avez menti.

— Je n'ai pas menti.

— Par omission. Vous me cachez quelque chose.

Je n'allais pas mordre à l'hameçon.

— Vous pensiez que je rejoignais mon amant en catimini.

— Peut-être.

— Mais peut-être en savez-vous plus que moi à ce sujet. Avez-vous une petite amie ? La trompez-vous ?

— Pas du tout.

— Comment vous croire ? Les hommes infidèles mentent.

À son sourire, il avait saisi la plaisanterie. Cela me réconforta, tout le monde ne comprenait pas mon sens de l'humour.

Lorsque la serveuse revint, nous restâmes silencieux tandis qu'elle versait le vin. Quand elle repartit, nous levâmes nos verres.

— À l'honnêteté et l'intégrité.

— À la fidélité et la loyauté, ajoutai-je en pensant à Brooklyn.

Quel vin délicieux… Vif, doux et léger en bouche.

— Maintenant que nous savons que nous sommes sur la même longueur d'onde, dites-m'en plus sur vous. Votre nom, par exemple.

— Layla. Layla Gillen.

— Enchanté. Combien de temps restez-vous à Las Vegas ?

— Très peu, j'espère.

— Vous n'aimez pas ? demanda-t-il, un sourcil arqué.

— Non, ce n'est pas ça. Je ne suis jamais venue auparavant.

Je scrutai la pièce une nouvelle fois. Je repérai bien une blonde, mais lorsqu'elle se retourna, ce n'était pas Brooklyn.

— Où habitez-vous, Layla ?

— Seattle, répondis-je en me tournant vers lui. Et vous ?

— Je vis à New York, mais je voyage beaucoup. Que faites-vous à Seattle ?

Sans vouloir passer pour une ringarde, je n'allais pas non plus mentir.

— J'enseigne les mathématiques au lycée.

À son air moqueur, il semblait avoir découvert un secret honteux. Alors, mon orgueil prit le pas.

— Vous avez quelque chose contre les professeurs, peut-être ?

— Vous ne ressemblez en rien à l'image que j'ai d'eux.

— Je suis on ne peut plus compétente.

— Ah, mais je n'en doute absolument pas, fit-il en levant le menton, son regard soudain plus chaleureux. Je me disais seulement que si j'avais eu des professeurs de maths comme vous, j'aurais moins rechigné à aller en cours.

Mon cœur s'envola. Littéralement, honteusement…

Je me sentis rougir et dus boire pour me ressaisir. Je vivais mon tout premier coup de foudre.

Je ne voulais pas loger dans un hôtel à sept cents dollars quand une chambre m'attendait à San Francisco. Seulement, la nuit tombait et Brooklyn ne montrait toujours pas le bout de son nez.

Max m'avait quittée après le déjeuner et j'avais prétexté un rendez-vous. J'avais ensuite trouvé un fauteuil plus confortable de l'autre côté de la réception d'où je jouissais d'une bonne vue sur les allées et venues.

Dès le crépuscule, l'atmosphère changea petit à petit. Pour

continuer de passer incognito, je devais me dégoter une tenue plus chic.

L'établissement accueillait des boutiques de mode. Malgré les prix, je parvins à dénicher une petite robe noire en soldes.

Je n'allais pas interrompre ma planque pour un essayage inutile, la robe s'ajusterait à mes courbes et ferait illusion. Je n'eus plus qu'à relever mes cheveux en un chignon improvisé et, avec mes bijoux, je me fondrais dans la masse nocturne.

Je me changeai dans les toilettes, en profitai pour soulager une envie pressante et mis mes autres vêtements dans le sac de la boutique en sortant.

— J'en conclus que vous n'avez pas de chambre.

Je reconnus la voix de Max derrière moi.

Quelle honte ! Je me sentis comme une criminelle. Je tentai de paraître moins coupable avant de me retourner. Après tout, j'attendais simplement quelqu'un dans un lieu public.

— Mon amie a…, essayai-je, tout à coup subjuguée.

Si la chemise gris de Payne et son costume couleur acier lui avaient conféré un charme certain cet après-midi, Max me laissa pantoise à cet instant. Il avait opté pour une chemise blanc cassé, un ensemble noir et une cravate bordeaux à motifs sombres.

— On vous attend quelque part, Max ?

— Pas exactement, répondit-il en avisant ma tenue. Et vous ? Avez-vous quelque chose de prévu ?

Je comptais ne pas bouger avant l'arrivée de Brooklyn. D'autant plus que je refusais d'admettre ni même d'imaginer qu'elle et sa soi-disant âme sœur avaient pu s'enfermer pour le week-end, à abuser du service de chambre et du jacuzzi.

— Vous ne l'avez pas trouvée, affirma Max sans me laisser le temps de répliquer. Que se passe-t-il vraiment, Layla ? Êtes-vous détective privé ?

— Non.

Je me demandai alors s'il n'eut pas préféré cela. Une telle profession semblait bien plus excitante que la mienne. Une reconversion s'imposait peut-être.

— Une femme trop possessive ?

— Mais non ! m'écriai-je, même si j'en doutais au vu de mon comportement de ces dernières heures.

— Avez-vous essayé de l'appeler ?

— Mais quelle idée fantastique !

Je ne lui en voulais pas particulièrement, mais la fatigue me laissait à cran.

— C'est donc un oui, ajouta-t-il, imperturbable, en m'observant. Vous êtes-vous disputées ?

— Non.

— Alors... Est-elle avec un homme ?

Je ne me sentais pas de mentir à Max, même par omission.

Tirés à quatre épingles et heureux de vivre, les clients de l'hôtel allaient et venaient en direction des divers restaurants.

— Je crois, oui.

— Elle vous a donc laissée tomber.

Il ne comprenait pas. Cependant, je ne pouvais rien lui expliquer sans trop en dévoiler. Aussi restai-je là, cinquième roue d'un triste carrosse.

— Dînez avec moi, me proposa-t-il.

— Je ne voudrais pas ruiner votre soirée avec vos amis, assurai-je, vexée par sa pitié.

— Il n'y a pas de soirée, rien que moi.

— Alors, pourquoi vous habiller comme si on allait vous planter sur le dessus d'un gâteau de mariage ?

— Pour respecter les standards de l'hôtel.

— Je ne vous crois pas.

— Rien ne vous y oblige. Allez, dînez avec moi. Je vous garantis que je n'avais rien prévu de particulier, ce soir.

Un homme comme lui ? Impossible.

— Mais pourquoi insistez-vous autant ?

— Je vous jure, Layla, je n'ai jamais eu autant de mal à inviter une femme.

— Je ne peux pas, refusai-je malgré tout.

Un garçon pareil ne se présentait pas tous les jours à votre porte. En tout cas, pas à la mienne.

— Je ne voudrais pas rater mon amie. Elle peut passer par ici à tout moment.

Son expression à cet instant me fit comprendre à quel point je me berçais d'illusions.

— Je me trompe sûrement, mais il semblerait qu'elle veuille qu'on la laisse tranquille.

Peu importe, je devais la retrouver, pour le bien de tous.

— Et si vous vous reposiez jusqu'à demain ? J'imagine qu'elle est majeure et tout à fait capable de se débrouiller.

Il marquait un point, néanmoins Brooklyn n'avait pas les idées claires. Quelque chose n'allait pas et je devais découvrir le fin mot de l'histoire pour l'empêcher de commettre l'irréparable.

— Layla, je vous propose de manger au grill, à cette table isolée en face du hall. Je vais demander à l'hôtesse de nous y installer.

À bien observer la table, la vue sur la réception s'avérait sans doute idéale. De plus, mon ventre criait famine.

— Quelqu'un a dû la réserver.

— Je suis certain que personne n'y verra d'inconvénient.

— Vous venez souvent ici ? lui demandai-je, en réprimant un rire. Pardon, c'est assez bizarre comme question.

— Serait-ce votre tactique de drague personnelle ?

— Eh, non.

— Dommage.

Je préférai ignorer ses allusions. J'avais trop envie de laisser libre cours à mon imagination. La dernière chose dont j'avais besoin, c'était d'une distraction de plus.

— Blague à part, je séjourne ici très souvent, reprit-il.

— C'est mon jour de chance.

— Je pourrais en dire autant.

Cette fois-ci, je ne pus m'empêcher de poser les yeux sur lui. Je restais humaine, après tout. Face à son sourire chaleureux soulignant l'éclat de ses pupilles, mon cœur battit la chamade encore une fois.

Sans même me laisser le temps de soupirer, chavirer ou je ne sais quoi de plus pathétique, il se dirigea vers le restaurant.

— Monsieur Kendrick, nous salua la fille de l'accueil de son plus beau sourire.

— Bonsoir, Samantha. Pouvez-vous nous installer dans le box là-bas ?

— Bien entendu, monsieur, fit-elle en sortant deux menus cernés de cuir et estampés d'or de sous son pupitre. Bernard s'occupera de vous.

— Bonsoir, monsieur Kendrick, dit Bernard. Ravi de vous compter parmi nous ce soir.

Max attendit que je me sois assise. Je posai mes sacs près de moi, à mi-chemin de la banquette. Je ne me sentais pas à ma place, mais cette robe me rassurait légèrement.

Max s'installa à une distance respectable de l'autre côté. Le haut dossier rembourré offrait un confort indéniable. Et je profitai d'une vue imparable sur l'entrée tout en me sentant assez à l'abri des regards.

— Puis-je vous proposer votre boisson habituelle ? s'enquit Bernard.

— Avec plaisir, se réjouit Max avant de se tourner vers moi. C'est une vodka martini avec une pointe de citron.

— Ça a l'air délicieux.

J'espérai pouvoir me détendre après un verre. M'inquiéter pour Brooklyn ne m'aiderait pas à la retrouver plus vite. Elle arriverait quand elle arriverait.

— Je reviens tout de suite, dit Bernard. N'hésitez pas si je peux faire quoi que ce soit d'autre pour vous.

— On vous connaît vraiment bien, m'étonnai-je sans trop prêter attention à Max.

— Oui. Mais ils traitent tout le monde de la même manière.

— Je n'ai pas l'habitude de manger dans ce genre d'endroits, avouai-je.

— Et où allez-vous, en général ? fit-il en déplaçant le chandelier pour mieux me voir.

— Aux Galets des Délices, un petit restaurant de fruits de mer au bord du Pacifique, avec des tables de pique-nique sur un ponton couvert. Leur bière artisanale en pression est fantastique.

Ils servent des *fish and chips* dans du journal et du crabe à casser au maillet. L'hiver, ils tendent des toiles de plastique et allument un brasero. Ma famille adore.

— Ça a l'air super.

— Et pas besoin de costume.

— Mais d'un bavoir, apparemment.

— C'est conseillé.

Nous échangeâmes un sourire.

— Nous devrions y aller ensemble un jour.

Il semblait sincère. Et l'idée ne me déplaisait pas. À tel point qu'il me fallut un instant avant de comprendre à quoi il jouait. Il était vraiment doué. Et moi, comme une idiote, je me laissais prendre au piège.

Mes émotions me dictaient rarement ma conduite de cette manière, j'y mettais un point d'honneur. Je me ressaisis pour briser ses envoûtements.

— Ça alors. C'était rapide, et assez peu crédible.

— Mais je...

— Vous êtes un beau parleur, Max Kendrick. Mais pour votre gouverne, ce que vous espérez n'arrivera pas.

— Ce n'est pas ça que j'espère.

— À d'autres.

La raison ne pouvait pas me tromper.

— Quelle sceptique vous faites, Layla Gillen. Je passe un bon moment, voilà tout.

Je refusais d'y croire. Les hommes savaient ralentir quand on les perçait à jour. Cela dit, il n'avait que vaguement émis l'idée d'un deuxième rendez-vous, pas un bain de minuit dans son jacuzzi. Peut-être le jugeais-je trop vite.

— D'accord, excusez-moi.

— Non, c'est ma faute, Layla. Je ne pensais pas à mal. Puis-je remonter le temps de quelques minutes et recommencer ?

Avec plaisir. Comment refuser quand il se montrait si raisonnable ? Mais juste au cas où, je n'allais pas baisser ma garde.

3

Au moment où on nous servit le soufflé au chocolat à grand renfort de cérémonies pompeuses, je repérai Brooklyn. Je la reconnus à sa démarche et à ses boucles d'oreille vert et or achetées au port de Seattle.

Le soufflé était magnifique avec son cœur bien fondant couvert de crème caillée saupoudrée de sucre et de framboises juteuses. J'avais délibérément opté pour une salade de fruits de mer afin de garder de la place pour un dessert réconfortant. Et malgré tout, je ne pouvais laisser Brooklyn m'échapper.

— Désolée, m'excusai-je en attrapant mes affaires et en abandonnant Max sans explications.

Le chef pâtissier et la serveuse n'en revinrent pas.

— Il y a un problème ? s'étonna Max.

Je ne quittai pas Brooklyn des yeux. Elle disparut derrière une colonne.

— Je vous raconterai plus tard, dis-je par-dessus mon épaule en me précipitant.

Je m'en voulais horriblement de lui laisser l'addition. J'espérais aussi que le chef s'en remettrait. Il avait semblé si fier de son dessert ; et, de façon bien égoïste, j'avais tellement envie d'y goûter.

C'était la deuxième fois qu'un bon plat me filait sous le nez. Le karma culinaire ne jouait pas en ma faveur.

Brooklyn était seule. Parfait. Elle s'enfonça dans un des quatre couloirs du hall octogonal. Le passage en question menait à la piscine, un restaurant et un atrium, semblait-il.

J'hésitai à l'appeler. Elle ne m'entendrait pas forcément ou s'enfuirait après toute cette mascarade pour m'éviter.

Elle se sentait probablement en tort et avait compris que je la raisonnerais sans effort.

Je cernais bien les failles de mon analyse, néanmoins. Si elle savait tout cela, pourquoi se cacher et ne pas admettre son erreur monumentale ? Brooklyn, plus impulsive que moi, se lançait parfois dans des aventures extravagantes.

Trente mètres nous séparaient encore quand elle tourna et disparut. J'accélérai le pas pour découvrir qu'elle s'était dirigée vers le patio.

Je suivis un chemin de briques vernies serpentant entre des jardinets éclairés et de hauts palmiers. Je me pressai, mais le sentier se sépara en une fourche. Je marquai une pause.

De la musique et des rires me parvenaient depuis la droite, où scintillaient les lumières d'un restaurant en plein air.

Le calme régnait à gauche, où seul un ruisseau gargouillait sous un pont en arche.

Brooklyn préférait l'action, aussi suivis-je le bruit.

J'arrivai devant un café, les Trois Palmiers. L'endroit animé disposait d'un courant d'air rafraîchissant. Au cœur de la végétation, on avait installé des bougies et lanternes sur des tables et chaises de hêtre. Un trio musical jouait dans un coin, quelques couples dansaient sur une petite estrade. Brooklyn adorait ce genre d'ambiances.

J'inspectai les lieux méthodiquement. Aucune trace d'elle. Incroyable, j'avais mal deviné. Pas de temps à perdre, cela dit.

Je revins à l'embranchement du jardin, au calme. La musique se fit plus discrète, les lumières aussi.

Je tendis l'oreille, en vain. Pour autant que j'en savais, Brooklyn avait peut-être retrouvé sa fausse âme sœur dans un coin reculé pour discuter, l'embrasser ou plus.

Non, je ne la voyais pas s'exhiber de la sorte. Mais encore une fois, toute cette histoire ne lui ressemblait pas. Et si elle avait toujours aimé folâtrer en plein air avec James ?

Je poussai un grognement et refoulai ces images d'un coup.

— Layla ? appela Max, derrière moi.

— Comment m'avez-vous retrouvée ? m'étonnai-je.

— Je vous ai vue sortir vers l'atrium, et il n'y a pas vraiment d'autre issue de ce côté du bâtiment.

La culpabilité de l'avoir quitté sans un mot revint me sauter à la gorge.

— Je vous aurais laissé un peu d'argent à la réception pour le dîner, vous savez.

— Ne soyez pas ridicule, maugréa-t-il. Je vous ai invitée.

— Ce n'est pas une raison pour m'enfuir ainsi.

— Vous avez vu votre amie, n'est-ce pas ?

— Oui, acquiesçai-je. Mais je ne la trouve nulle part, à moins qu'elle n'ait déniché une cachette secrète.

— Vous dites qu'elle est avec un homme…

— Je sais à quoi vous pensez, le coupai-je en secouant la tête, incrédule. Ce n'est pas son genre.

— Vous ne savez pas à quoi je pense, ricana-t-il comme s'il s'amusait de tout cela. Et il existe bien des choses à faire dans un coin tranquille.

— Vous ne m'apprenez rien.

Il s'approcha un peu.

— Ce jardin est très romantique, Layla.

Sous les mesquites éclairés, de petits cactus alignés exposaient les belles couleurs de leurs fleurs jaunes et roses. L'atmosphère se parait de sensualité et laissait une touche de douceur sur ma peau humide.

— Ce n'est pas vraiment ce que j'aimerais entendre.

— Pourquoi cela ?

Je ne pouvais échapper à son regard. Aussi chaud que la brise, profond, ténébreux. J'en perdais mes mots.

— Vous savez, reprit-il en s'avançant un peu plus. Vous êtes magnifique, un vrai rêve.

Je ne contrôlais plus rien, je me liquéfiai sur place. Les battements de mon cœur devinrent plus sourds, plus lents, résonnant dans ma poitrine jusque dans tout mon corps.

Je m'intimai de me reprendre. Seulement, mon cerveau ne m'obéissait plus.

Max m'effleura le bras. Un geste sobre, doux. Il me caressa du pouce. Je crus m'illuminer comme les arbres alentour. Toute ma raison s'évanouit dans la nuit.

Le vent léger nous étreignit avec tendresse quand Max se pressa contre moi. Il glissa une main sur mon épaule nue, l'autre contre mes reins. Je posai la paume contre son torse, déjà prête à couper court au sort qu'il me lançait.

Or, rien ne se passa comme prévu.

Sous le tissu de sa chemise, je sentis sa chaleur, la fermeté de ses muscles bien dessinés. N'allez pas me croire superficielle, je savais apprécier autre chose que des pectoraux saillants chez un homme, mais le physique de cet inconnu-là me perturbait étrangement.

Je me risquai à frôler ses abdominaux. Une vision de lui nu fleurit dans mon esprit tout à coup.

Il me serra contre lui, l'étreinte assurée, puissante, irrévocable d'un homme qui sait exactement ce qu'il veut. C'est-à-dire moi. Je me retrouvai tiraillée entre tentation et incompréhension.

Je levai le menton et mes lèvres trouvèrent les siennes, annihilant tout en moi à l'exception de cette volupté.

Sa bouche ferme, délicate, me conquit en douceur. Elle me laissa un goût de rêves embrumés semblables à un bon vin. J'accueillis son baiser et nos langues se taquinèrent, provoquant un frisson dans le moindre de mes atomes.

Mes doigts se mirent à bouger pour lui déboutonner sa chemise, le caresser, et il poussa un gémissement viril.

— Suis-moi, souffla-t-il.

J'ignorai ce qu'il voulait dire. Je m'en moquais du moment que ce baiser ne s'arrêtât pas et qu'il me laissât continuer d'explorer sa chaleur.

Je compris vite ses intentions et m'en délectai.

Je n'en revenais pas, sa chambre se trouvait à deux pas. Il nous avait suffi de remonter un chemin étroit, de traverser une cour et franchir des portes doubles.

Il s'agissait en fait d'une suite... Présidentielle ou royale, du genre à posséder un nom bien à elle. Même dans la pénombre, je pus en apprécier la taille démesurée.

Là, Max enleva son veston et arracha sa chemise. J'en oubliai l'univers entier. Quel corps de rêve !

Sans me laisser le temps de profiter du spectacle, il tira sur les bretelles de ma robe pour me couvrir de baisers. Chaque assaut de ses lèvres m'électrisait un peu plus.

J'inspirais profondément... Quel parfum envoûtant. Mes doigts vagabondèrent de ses abdominaux à son torse jusque sur le faîte de ses épaules sans fin. Je goûtai sa peau quand je sentis son souffle chaud sur la mienne.

Dans le fond, j'aurais dû m'arrêter. Mon hémisphère gauche me conseillait de ne pas sauter à pieds joints au cœur d'autant d'émotions. Pas quand je devais retrouver Brooklyn.

Mon hémisphère droit, lui, me disait *enfin*. Enfin, après tant de déceptions aujourd'hui, la chance me souriait.

Je ne me torturai pas longtemps.

Afin de me montrer on ne peut plus claire, je retirai ma robe et m'offris à Max, presque nue.

Il me serra contre lui en un éclair et je le laissai me submerger de son ardeur. Ma poitrine exposée s'enfonça contre son torse et mon désir atteignit des firmaments inouïs.

Alors il me souleva comme une plume.

— Allons dans la chambre.

Je crus entendre mon esprit crier de joie. Je n'avais jamais rien vécu d'aussi excitant.

Il passa une porte. Dans la lumière filtrée par un store, je distinguai un lit gigantesque noyé de coussins. Un ventilateur au plafond rafraîchissait l'air.

Nous nous écroulâmes dans la douceur des draps de soie,

Max sur moi, posé sur les coudes. Il me prit les mains et s'avança lentement pour m'embrasser.

Je poussai à la fois un soupir et un gémissement, perdue dans ce baiser, là, contre ses cuisses et son torse toujours plus proches. C'était si excitant de le sentir sur moi, de m'enfoncer au creux du matelas.

Sa bouche avide, passionnée et experte me titillait les seins, et mon bas-ventre vibrait déjà d'impatience. Quelles lèvres magiques ! Il se contentait de me caresser les paumes et pourtant, je tortillais les hanches dans tous les sens.

Le tissu de nos sous-vêtements aussi fins qu'un murmure nous laissa entrevoir le prélude de nos ébats au moment où j'écartai les cuisses.

J'avais envie de lui comme d'aucun autre auparavant.

Je lâchais ses mains et le serrai contre moi. Je crus m'accrocher à une ancre indestructible en pleine tempête.

Il retira ma culotte puis son caleçon, se munit d'un préservatif et se recula pour me regarder droit dans les yeux.

Je savourai le bleu profond de ses iris dans la pénombre. Ses cils en soulignaient l'intensité, la sensibilité.

Il me sourit puis ouvrit le petit paquet.

— Tu es magnifique, Layla.

Et en quelques secondes, il joua des hanches et s'offrit à moi. Il me noya de baisers encore une fois. J'explorai son corps et lui le mien. Ses longs doigts agiles et assurés découvrirent tous mes secrets, chaque zone sensible.

Cambrée contre lui, je cédai à tous ses charmes, me délectai de ses biceps d'acier, ses fermes épaules et les lignes de son dos.

Il bougeait le bassin à un rythme régulier, prenait son temps pour me pousser à bout. Puis, il nous fit rouler sur le côté et me donna un coussin avant de reprendre la danse.

Le plaisir s'emparait de moi, laissant dans son sillage des vagues de chaleur plus ardentes de seconde en seconde.

Je m'agrippai à ses épaules, mes ongles enfoncés dans sa chair pour mieux me raccrocher au monde désormais ouvert sur l'infini.

Je quittai l'atmosphère, prise de spasmes, et je le sentis m'accompagner dans ma chute.

Le ventilateur tournoyait toujours, bruyamment. Je percevais les halètements de Max tandis que sa poitrine se soulevait au rythme effréné de son cœur, sa sueur mêlée à la mienne et la sensation agréable de ses membres fatigués contre moi.

Il brisa le silence en premier.

— C'était...

Le ventilateur vibra encore quelques secondes.

— Ça l'était..., acquiesçai-je.

Il me caressa les cheveux, souleva la tête pour me dévisager. Je n'avais jamais connu de telle extase. J'ignorais son secret, mais j'adorais en profiter.

C'était terminé... Pour cette fois seulement, car je n'en avais pas fini avec lui. Il m'avait fait l'effet d'une révélation sexuelle. Sur le coup, j'avais le sentiment de ne plus pouvoir me passer de lui.

Nous nous embrassâmes de nouveau, enlacés. Un frisson me parcourut l'échine quand il me toucha les seins. Je retrouvai toute ma fougue et le désir s'éveilla en moi comme un hurlement soudain. Peu importe où Max voulait m'emmener, j'allais le suivre sans réserve.

Ce ne fut qu'une fois dans la salle de bains que j'intégrai toute l'opulence de la suite. La baignoire pouvait bien accueillir trois personnes, mais pas autant que la douche à jets multiples. Je comptais même assez de lotions et serviettes de luxe pour me combler, n'ayons pas peur des mots, à vie.

Je m'étais lavée en vitesse avant de m'emmitoufler dans un des peignoirs si doux pliés là. Je n'avais pas encore ramassé mes vêtements dans le salon. Je ne voulais pas vraiment y penser. Cela ne me dérangeait même pas autant que je l'aurais cru.

Je m'essuyai les cheveux et déballai un peigne jetable pour les démêler. Je me servis également dans les crèmes aux parfums si délicats posées sur le marbre du lavabo.

Je me pris à me demander comment Max pouvait s'offrir un

tel luxe. En plus de son intelligence et son élégance, il devait bien gagner sa vie. Comment pouvait-il encore être seul ?

Mon cerveau se bloqua, assailli de doutes propres à une célibataire. Il ne portait pas d'alliance… Si cela signifiait quoi que ce soit. De nombreux hommes en couple l'enlevaient pendant leurs voyages. Notamment à Las Vegas.

Encore une fois, je ne faisais que spéculer.

Tandis que je m'observais dans le miroir, mon esprit vagabonda vers toutes sortes d'idées fantasques. Et si nous tombions amoureux fous et partions pour un tour d'Europe ? Londres, Paris, Rome…

Je gloussai toute seule devant la glace. C'était ridicule. Il s'agissait d'une romance jetable. Sans doute la plus spectaculaire, mais elle venait de prendre fin. J'allais retrouver Brooklyn et la ramener à San Francisco… Ou plutôt Seattle.

Je devais oublier Max, voilà tout.

Quand bien même, je me réjouissais de lui avoir fait l'amour deux fois. Cela ne rendrait ce souvenir que plus sincère.

Prise d'un nouveau rire, je le rejoignis dans le salon. Il m'attendait dans un peignoir similaire, les cheveux trempés. La chambre devait disposer d'une deuxième douche.

Je remarquai ma robe bien pliée sur une chaise. Je dus réprimer un soupir extatique ; des hommes comme lui ne couraient pas les rues, ça, non.

— Je vais y aller, lui appris-je en attrapant mes vêtements, persuadée que cela l'arrangerait.

— Tu es sûre ?

Comme je lui tournais le dos, je dus me contorsionner pour voir son visage. Était-il déçu ou soulagé ?

— Je dois la trouver, ajoutai-je en me tortillant pour enfiler ma culotte avant de troquer le peignoir contre ma robe.

On frappa à la porte. Je sursautai, tout à coup mal à l'aise. Max était peut-être bel et bien marié.

— Est-ce que tu…

— Juste un instant, s'il te plaît.

— Je peux attendre dans la chambre, si tu préfères.

Il se fendit d'une moue dubitative.

— Inutile. Enfin, fais comme tu veux.

Cette remarque me réconforta un brin. Ainsi, je ne bougeai pas quand il ouvrit à un garçon d'étage et son chariot où se dressaient une bouteille de champagne, deux verres et un plat sous cloche d'argent.

— Souhaitez-vous que je vous serve, monsieur Kendrick ?

— Non, ça ira, le remercia Max en lui tendant un pourboire.

Il reconduisit le jeune homme dans le couloir et referma.

— Je me suis dit que tu aurais faim.

— Ce n'était pas la peine, lui assurai-je, de plus en plus inquiète de voir sa gentillesse dépasser les limites peu à peu.

— Attends, m'intima-t-il d'un sourire satisfait.

Comme je m'approchai, il souleva le couvercle. Ce parfum... Un soufflé au chocolat.

— Mais, tu es fou ! m'écriai-je, stupéfiée par cette vision.

— Je m'en suis voulu que tu rates ça.

— Tu as commandé un deuxième dessert ? Alors que je me suis enfuie comme une voleuse ?

Un éclair taquin sembla le traverser.

— Je crois que tu dois reprendre des forces.

Je pressais les bras contre ma poitrine, gênée par sa remarque.

— Pardon, Layla, s'excusa-t-il doucement.

— Non, non. C'est très gentil.

— Je ne voulais pas te faire culpabiliser.

— Ce n'est pas le cas.

— On aurait dit le contraire.

— Maintenant que tu en fais tout un plat, oui. Je suis à l'hôtel avec un inconnu probablement marié...

— Hé, là ! s'exclama-t-il en reculant d'un pas. Qu'est-ce qui te fait croire ça ?

Je ne savais pas trop comment lui expliquer mes doutes, d'autant plus quand je m'étais trompée, de toute évidence.

— Tu aurais simplement pu me demander, Layla.

— Je n'y ai pas pensé sur le coup, avouai-je, à court d'arguments face à son regard interrogateur.

— Oui, moi, non plus, j'imagine. Tu es mariée ?

L'espace d'un instant, je m'offusquai de sa question avant de réaliser à quel point j'étais ridicule ; lui non plus ne pouvait pas le deviner.

— Pourquoi ne pas t'en être inquiété plus tôt ?

— J'étais trop occupé à te faire l'amour passionnément.

— Je suis célibataire, Max.

— Bien, souffla-t-il de façon théâtrale. Maintenant que c'est réglé, mieux vaudrait ne pas laisser ce dessert refroidir.

— Tu as raison.

Je n'allais pas tourner le dos à cette décadence chocolatée une seconde fois. Max prit le plat et le champagne, je m'occupai des verres et couverts. Nous nous assîmes côte à côte à l'angle de la grande table de la salle à manger.

— Alors, comme ça, tu es super riche, commentai-je en observant les lieux. Serais-tu un prince ou autre ?

— Non, s'amusa-t-il en faisant sauter le bouchon de la bouteille. Tout ça, c'est pour le travail, ne t'emballe pas. Mon entreprise bénéficie de grosses réductions.

— De quel type d'entreprise s'agit-il ?

Il remplit ma flûte de fines bulles dorées.

— Doit-on vraiment parler de ça ?

— Non, lui accordai-je afin de ne pas l'agacer avec ma curiosité.

— J'aimerais faire comme si j'étais en vacances.

— Moi aussi, Max.

Sur ce, il leva son verre. Je l'imitai.

— Aux vacances.

— La meilleure raison de trinquer.

Une fois cette histoire terminée et après les noces, j'envisageais vraiment de m'offrir un voyage, je le méritais.

Le champagne ridiculement délicieux se mariait à merveille avec le dessert. J'écoutais Max me parler de ses escapades en kayak jusqu'à Angel Island, dans la baie de San Francisco.

Ainsi, je ne me trompais pas en l'imaginant ramer et prendre soin de son corps.

Puis, la bouteille se vida trop vite.

— Je dois vraiment partir, murmurai-je.

— Reste… dit-il en saisissant ma main en douceur.

Je fis non de la tête. Certes, je me sentais bien en sa compagnie et rêvais de dormir entre ses bras, mais je le connaissais à peine et tout cela demeurait trop intime.

— C'est trop tôt, Layla ?

— Voilà.

J'appréciais malgré tout l'idée d'un *plus tard*, d'un *encore*. Peu importe si je m'emportais, sur le moment, je crus à un avenir possible entre nous.

Il semblait réfléchir. Peut-être allait-il essayer de me faire changer d'avis. Peut-être y parviendrait-il. Peut-être avais-je pris ma décision trop vite.

— Et si tu ne la retrouves pas ? Tu comptes hanter la réception toute la nuit ?

Je devais l'admettre, je n'avais pas envisagé de devoir attendre aussi longtemps avant d'avoir jeté Brooklyn dans le premier vol.

— Je te réserve une chambre.

Je ne compris pas tout de suite.

— Au tarif préférentiel, reprit-il en se dirigeant vers le téléphone.

— Tu ne peux pas…

— Aucun problème. Si tu trouves ton amie avant, ça ne coûtera rien. Et sinon, tu sauras où aller quand la fatigue te rattrapera.

J'étais sur le point de refuser, mais me ravisai. Il avait raison, autant rester rationnel. Dans le pire des cas, un lit valait mieux qu'un fauteuil dans l'entrée d'un hôtel. Sauf si je passais la nuit avec Max…

Hors de question. Je devais me fier à la logique.

Il appela la réception et me réserva une chambre avec vue sur le Strip, la célèbre avenue de tous les plus grands casinos. Je n'avais pas besoin d'un tel luxe… Même avec une remise, ma banque allait me détester.

— Ça va faire mal ? m'enquis-je quand il raccrocha.

— Soixante-seize, trente-deux.

Je n'intégrai pas bien le montant. Pourquoi Max m'aurait-il pris une chambre à sept mille six cent trente-deux dollars ?

— Combien ? croassai-je, gênée.

— Soixante-seize dollars et trente-deux cents.

— Pardon ? Mais c'est absurde !

— Je t'ai dit que nous avions de bons prix. En fait, tu paies simplement les taxes.

— Autant me loger gratuitement, m'étonnai-je, effarée.

— Considère ça comme un tarif préférentiel pour un bon client. La chambre est libre que tu l'occupes ou non.

— Ton raisonnement est bancal. On ne peut pas louer à perte et compenser par la fidélité.

Il me caressa la joue.

— Layla, l'hôtel ne va pas faire faillite pour si peu.

— Ça ne va plus tarder s'ils continuent sur cette lancée.

Je posai mon visage dans sa paume. Je souhaitais rester, plus que tout.

— Tu veux de l'aide avec ton amie ?

— Je m'en sortirai toute seule.

J'ordonnai à mon corps de partir, mais il semblait manifestement prompt à rechigner ce soir.

— Je vais y aller, dis-je, autant pour moi que pour Max. Merci pour…

— Le dessert ? me coupa-t-il un sourcil arqué.

— Voilà, acquiesçai-je d'un sourire. C'était délicieux.

Je parvins à me lever par miracle.

— N'hésite pas à récupérer la clé s'il se fait tard.

Alors il me donna un tendre baiser. Cela me chatouilla un peu, de façon agréable, trop agréable même.

Si je cédais à mon désir de me fondre à lui, j'en oublierais Brooklyn. Or, je devais rester forte. Pour elle, et pour James.

— Au revoir, Max Kendrick. Ce fut un plaisir.

— Ce fut un plaisir, Layla Gillen.

4

J'avais bien fait de régler mon réveil. Je dormais comme une souche quand *Viva la Vida* me tira du sommeil.

La taille de ma chambre n'approchait en rien celle de Max, mais offrait un confort indéniable, et une vue stupéfiante. J'envisageais même de postuler dans sa compagnie. Je me demandais toujours en quoi consistait son travail…

J'oubliai mes envies de longues douches ou de bain à remous et me hâtai de descendre reprendre mes recherches.

Je trouvai enfin Brooklyn au restaurant le Jardin des Douceurs. Aucun doute n'était permis. Elle me faisait face, assise à une table au milieu de la salle, loin de toute échappatoire. Je la tenais.

Trop concentrée sur elle, je n'avais pas vu son compagnon tout de suite et m'arrêtai net en reconnaissant ce visage familier. Tout en moi se pétrifia tandis qu'une tempête se soulevait dans mon esprit.

— Toi ! m'exclamai-je, refrénant un hurlement.

Les gens aux tables voisines se turent, surpris. Max me fixait, figé dans une expression de choc abjecte, à deux doigts de lâcher ses couverts dans ses œufs brouillés.

— Layla ? s'étonna Brooklyn d'une voix pleine de honte. Que fais-tu ici ?

Je me tournai vers elle, furieuse, mais d'autant plus en rogne après Max. Je ne comprenais plus rien. Savait-il qui j'étais dès le départ ? Dans ce cas, il devait être complètement fou.

— Je suis venue te chercher, te parler. Je suis là pour te rappeler à la raison. Tu aurais pu répondre au téléphone !

— J'ignorais comment t'expliquer, s'excusa-t-elle.

— Et toi ? crachai-je en foudroyant Max. À quoi joues-tu ? Est-ce que tu es un malade ou juste un gros pervers ? Pourquoi faire quelque chose d'aussi horrible ?

— Layla, me coupa Brooklyn. Ce n'est pas sa faute.

Je ne quittai pas Max des yeux.

— En quoi n'est-ce pas sa faute ? Explique-moi un peu !

Faisait-il la cour à Brooklyn le jour pour mieux coucher avec moi le soir ?

— C'est arrivé comme ça, dit-elle. Nous n'avions rien prévu.

Max restait là, silencieux. Lui qui m'avait embrassée avec tant de passion, m'avait serrée tendrement, m'avait fait connaître des extases infinies, m'avait offert un soufflé au chocolat.

— Dis-lui ce que tu as fait, ordonnai-je à Max. Avoue ! Elle n'est pas au courant, je me trompe ? Tu t'amuses bien, j'imagine, espèce de malade.

— Layla ! s'écria Brooklyn en bondissant de sa chaise. Je sais que c'est dur pour toi.

Max se leva, lui aussi.

— C'est un sale menteur, Brooklyn ! Allons-nous-en. Partons et oublions toute cette histoire.

Je ne sais pas ce qui me retenait de tout révéler à mon amie. Peut-être valait-il mieux que j'emporte ce secret dans la tombe. Le plus important restait encore de la ramener auprès de James et l'éloigner de ce dépravé.

— Vous devez être Layla, intervint Max.

Je faillis exploser. Quel comédien !

— Tu veux jouer à ça ?

— Jouer à quoi ?

Je le fusillai du regard. Il ne se détourna pas.

— Layla ? retentit une voix derrière moi.

Je me retournai pour trouver Max, là, près de moi. Je me sentis défaillir. J'eus l'impression de partir à des années-lumière de tout.

— Attention, lança Max en me rattrapant.

— Mais qui êtes-vous ? demandai-je tant bien que mal en dévisageant le Max derrière moi.

— Je vois que tu as rencontré Colton, mon frère.

— C'est une blague ? s'étonna ce dernier.

— C'est lui ? dis-je à Brooklyn.

— Oui, admit-elle, en rougissant à juste titre. Colton Kendrick.

— Brooklyn est fiancée.

— Je suis au courant, m'assura Colton. Et ne me regarde pas comme ça, Max. C'est compliqué.

— Non, c'est très simple, le corrigeai-je en gratifiant les amants maudits d'un œil noir. Elle va épouser mon frère dans treize jours à la cathédrale Saint-Fidèle. Les préparatifs durent depuis un an déjà et nous attendons cinq cents invités.

— Autant que ça ? s'enquit Colton.

— Hé, oui, bienvenue dans la réalité. Brooklyn et mon frère s'aiment depuis des années.

— C'est vraiment compliqué, en fait, commenta Max, surpris.

— Tu ne vas pas t'y mettre, pestai-je. C'est une passade, rien d'autre.

— Demandons aux deux intéressés, ajouta-t-il.

Je compris alors que cette conversation ne concernait que Brooklyn et moi, mais pas Max. Lui et moi, c'était terminé. Si j'avais espéré le revoir toute la nuit, là, je souhaitais ne plus jamais entendre parler de lui. Le souvenir de cette soirée serait toujours vicié par ce cirque.

— Je préférerais en discuter en privé, précisai-je à Brooklyn pour l'arracher aux griffes de Colton.

Elle se tourna vers lui avant de me répondre. Une telle réaction ne m'enchantait guère.

— Vas-y, dit-il doucement. Tu ne peux plus te cacher.

L'hésitation sur le visage de ma meilleure amie me fit l'effet d'une gifle. Nous partagions tout. Je ne me rappelai pas un seul instant où nous avions eu des secrets l'une pour l'autre. Ce type s'immisçait non seulement entre Brooklyn et James, mais aussi entre elle et moi.

Je devais l'en empêcher.

Brooklyn se dirigea vers le couloir menant au jardin.

Nous avancions en silence au milieu des clients de l'hôtel et atterrîmes aux Trois Palmiers. Le calme régnait, nous trouvâmes une table sans problème.

Dès que la serveuse nous eut apporté du café, je me lançai dans une tirade répétée maintes et maintes fois.

— Que se passe-t-il ? interrogeai-je Brooklyn sans attendre de réponse. Tu pars de l'hôtel en douce, me laisses ce mot idiot et filtres mes appels pour t'installer avec le premier venu.

— Il n'est pas le premier venu, et je ne vis pas chez lui.

— Tu le connais au moins ou tu l'as rencontré vendredi ? Vu ta tête, je miserais sur la deuxième option. Pas comme James, que tu aimes depuis des années.

— Je n'avais pas prévu tout ça, je ne voulais pas, balbutia-t-elle, au bord des larmes, éveillant en moi un élan de compassion.

Non, je n'allais pas céder à la gentillesse. Je défendrais mon frère envers et contre tout.

— Alors pourquoi ? la pressai-je d'un air strict.

Elle observa le jardin, comme si elle cherchait ses mots.

— Je t'ai demandé pourquoi.

— Pour Colton. Il… Nous…

— Aurais-tu une tumeur cérébrale ?

Brooklyn n'était peut-être pas dans son état normal. Elle se contenta d'afficher une moue agacée.

— Il paraît que le comportement change parfois du tout au tout en cas de tumeur cérébrale. Tu veux faire une IRM ? Il doit bien y avoir des hôpitaux à Las Vegas.

— Non, mon cerveau va très bien, je te remercie.

— Comment peux-tu en être sûre ?

Je croyais de plus en plus à cette hypothèse. Rien d'autre n'aurait su expliquer cet éloignement si soudain entre elle et moi. De telles situations n'arrivaient pas du jour au lendemain sans le moindre signe annonciateur.

— C'est peut-être une attaque cardiaque, insistai-je.

— Arrête un peu.

— Une toute petite. Tu te rappelles tante Sandy ? On ne s'en serait jamais rendu compte sans sa dépendance soudaine au poker. Elle avait poussé toutes ses amies à jouer pour de l'argent et sans même nous laisser le temps de dire ouf, elle empochait deux cents dollars et faisait pleurer Rachel Simms.

— Non, mais sérieusement, Layla. J'ai vingt-six ans, tu sais parfaitement que je n'ai pas fait d'arrêt cardiaque.

— Mais alors que t'arrive-t-il, par tous les saints ?

Brooklyn sirota son café. Je l'imitai. Je devais me réveiller pour rester concentrée et contrer ses arguments. La serveuse réapparut avant que Brooklyn ne répondît.

— Désirez-vous manger quelque chose ?

— Un muffin aux flocons d'avoine, dit Brooklyn

— Une gaufre. Avec des fraises, de la chantilly et du chocolat.

Je méritais bien cela après tout ce stress. Brooklyn fit les yeux ronds.

— Quoi ? maugréai-je, en espérant la ramener à la réalité. Je n'ai plus besoin d'entrer dans ma robe, de toute façon.

— Va savoir, hésita-t-elle

— Alors, tu ne t'es pas encore décidée, dis-je en saisissant le doute dans sa voix.

Je pris sa main dans la mienne.

— Brooklyn, mon lapin, arrête avant qu'il ne soit trop tard.

— Sophie et Nat sont-elles au courant ? s'enquit-elle, pleine de remords.

— Je suis la seule, la rassurai-je en me rappelant devoir prévenir les filles. Je ne leur ai pas montré ton mot.

— Merci, fit-elle d'un sourire triste.

Je sortis mon téléphone pour écrire à Sophie.

— Que fais-tu ? s'inquiéta Brook.

— Je les appelle. Je dirai que tu avais besoin d'une nuit rien que pour toi et que nous rentrons dans la journée.

— Non.

J'ancrai mon regard au sien, m'efforçant vers la patience. Je sentais bien sa confusion et ne souhaitais pas la brusquer.

— Nous devons partir, dis-je.

— Impossible.

— Oui, eh bien, tu ne peux pas non plus rester. Regarde un peu ces arbres trop nets, ce jardin idyllique, ces lumières, ces fontaines. Tout ça, c'est un rêve, Brooklyn. Cet homme n'est qu'un fantasme.

— C'est faux.

— Tu ne sais rien de lui.

— Peut-être, mais il... Je ressens quelque chose avec lui, Layla. Un sentiment incontrôlable, ensorceleur, quelque chose que je n'ai jamais éprouvé auparavant, pas même avec...

— Avec James. Ton fiancé. Celui que tu aimes.

Une larme perla sur sa joue.

— J'aime James, c'est vrai.

Enfin, cette discussion nous menait quelque part. Je me détendis pour la première fois en deux jours.

— Mais voilà..., commença-t-elle en dessinant un motif sur la condensation de son verre. Je ne suis pas amoureuse de lui.

— C'est complètement absurde. Tu délires, Brooklyn.

Ce bref espoir se mua en un bloc de ciment attaché à mon cou.

— Je voulais qu'on soit sœurs, Layla.

— Mais c'est déjà le cas.

— J'adore ta famille.

— C'est réciproque, tu le sais. Tu verras, la vie sera fantastique.

Il lui aurait suffi de se lever, prendre un taxi avec moi jusqu'à l'aéroport. Nous aurions sauté dans le premier avion pour oublier toute cette histoire.

— Tu ne m'écoutes pas, se plaignit Brooklyn.

— Parce que tu ne sais plus ce que tu dis.

— Non, parce que tu ne peux pas t'enlever de la tête cette farce que j'ai laissée traîner si longtemps. Tu n'imagines même pas à quel point je m'en veux.

Je refusais d'entendre cela.

Nos commandes arrivèrent, nous accordant un peu de répit. Malgré les charmes de cette gaufre, je ne trouvai que peu d'appétit.

— Je me suis persuadée que j'étais amoureuse de James.

— Non, Brooklyn. Je vous ai vus ensemble, je vous ai observés pendant des années. Votre relation est sincère. Tu t'es persuadée du contraire, voilà tout.

— J'ai surtout bien compris la différence.

— Tu connais ce type…

— Colton.

— D'accord. Colton, lançai-je comme si de l'acide me coulait sur la langue. Tu le connais depuis deux jours… Deux jours, voyons !

— Ce n'est pas comme si j'allais me marier devant un sosie d'Elvis.

— Ça n'a rien de drôle.

— Si, un peu. Mieux vaut en rire.

— Brooklyn ! Tu t'apprêtes à gâcher ta vie, celle de James et la mienne, et ça ne te fait rien.

— Je m'apprête à changer nos vies, affirma-t-elle en découpant son muffin.

— Certainement pas en mieux.

— Tu n'en sais rien.

Je saisis ma fourchette avant d'observer la chantilly fondant sur ma gaufre baignée dans le chocolat. La lassitude m'anéantit tout à coup.

— Rentrons chez nous, Brooklyn.

— Attends, me supplia-t-elle, d'une voix soudain plus chaleureuse, plus douce.

Enfin, je retrouvai la Brooklyn habituelle.

— Invente une excuse pour Sophie et Nat et reste ici avec moi quelques jours.

— Tu veux vraiment que je vous tienne la chandelle ?

— J'aimerais que tu apprennes à le connaître. Tu as déjà rencontré Max.

Je vis l'étincelle dans ses yeux. Je n'aimais pas cela. J'entendais presque des rouages s'activer dans sa tête.

— Comment est-ce arrivé, Layla ? Et quand ?

— Il m'a invitée à dîner. Et il m'a obtenu une remise pour une chambre.

Je comptais tout lui raconter, mais pas tout de suite. Elle se focaliserait sur ma vie sexuelle et cela la détournerait du cœur du problème. C'est alors que les engrenages s'enclenchèrent dans mon esprit.

— Une minute. Toi aussi, tu connais Max.

Je ne pus m'empêcher de spéculer sur ce que Colton avait raconté à son frère. Celui-là s'était-il douté que j'étais l'amie de Brooklyn ? M'avait-il délibérément éloignée d'elle ? Quelle affreuse perspective… S'il avait voulu m'occuper, il aurait simplement pu m'emmener au karaoké.

— À peine, nous nous sommes croisés, admit Brooklyn.

— Max est-il au courant pour James ?

— Je ne vois pas comment. Je n'ai pas quitté Colton d'une semelle. Tout ce que Max savait, c'était que je l'accompagnais. Ils m'ont donné l'impression de multiplier les conquêtes.

Et encore une révélation perturbante. Fantastique. Pas étonnant que Max se soit montré aussi attentionné pour une aventure d'un soir. Il avait eu tout le loisir de s'entraîner.

Je m'efforçai de l'effacer de mes pensées.

— Ainsi, tu as parlé de James à Colton.

Sa réponse allait me dicter à quel point je détesterais cet homme.

Brooklyn se fendit d'un sourire trop rêveur à mon goût avant de hocher la tête.

C'était décidé ; j'abhorrais désormais Colton Kendrick de toute mon âme.

Brooklyn ne quitterait pas Las Vegas. Quant à moi, je ne partirais pas sans elle.

Ainsi, je risquais un découvert à cause de son amourette. D'autant plus que tout le monde n'allait pas continuer à m'inviter.

Elle m'avait laissée pour rejoindre Colton. J'attendais devant la réception, songeant à exiger une remise, mais je ne connaissais pas le nom de l'entreprise de Max.

Je me demandais si les deux frères travaillaient ensemble. Cela aurait expliqué leur présence à San Francisco et à Las Vegas même s'ils pouvaient tout aussi bien être en vacances.

Cela me parut étrange pour des jumeaux de ne presque jamais se séparer après avoir grandi sous le même toit. Attention, j'adorais ma famille, néanmoins je n'aurais pas passé chaque jour de la semaine avec eux.

Il restait encore trois personnes avant moi dans la file quand Max fit son apparition.

— Est-ce que ça va, Layla ?

— Étais-tu au courant que Brooklyn devait épouser mon frère ? lui demandai-je sans détour avant de baisser d'un ton pour ne pas que le couple devant nous ne nous entende.

Si Brooklyn n'avait pas tout expliqué à Max, Colton avait peut-être émis moins de réserve à s'ouvrir à lui.

— Comment aurais-je pu le savoir ? Colton ne m'a rien dit. Et de toute façon, tu ne m'as jamais précisé le nom de ton amie. Je ne suis pas devin.

Il marquait un point. Je me résignai à le croire.

— Je la ramène avec moi, lui assurai-je. James l'attend.

— Ne penses-tu pas que cette décision appartienne à Brooklyn ? répliqua Max en refrénant un rire narquois.

— Elle n'a pas les idées claires, mais je vais y remédier.

— Alors, tu restes encore un peu.

— Pas longtemps. J'espère tout arranger aujourd'hui.

J'avais déjà prévenu Nat et Sophie de rentrer sans nous. J'avais également écrit à James pour lui expliquer que nous allions profiter de deux jours de *farniente* avant le mariage.

Je ne mentais pas vraiment ainsi.

Quand mon tour dans la file arriva, Max prit la parole à ma place.

— Vous pouvez accorder l'offre spéciale à Mlle Gillen, dit-il à la réceptionniste.

— Entendu, monsieur Kendrick, acquiesça-t-elle d'un sourire radieux.

— Tu connais tout le monde ici ?

L'autre femme sembla perplexe.

— Je suis du genre amical, expliqua Max.

— Des préférences pour la chambre ? reprit-elle, passant de Max à moi.

— Celle de la nuit dernière t'a-t-elle plu ?

— Avec une vue pareille et à ce prix, je dois bien admettre que je la garderais toute la semaine.

— Elle séjournait au trente-cinquième étage, précisa Max à la réceptionniste.

— C'est vraiment gentil, le remerciai-je, consciente d'économiser une fortune grâce à lui en raison de je ne sais quel arrangement.

— Aucun problème.

— Souhaitez-vous une vue sur le nord ou le sud ? demanda-t-elle en me regardant, cette fois-ci.

— Peu importe.

Je n'allais pas agir en princesse même si je connaissais la différence.

— Pour trois nuits, ajouta Max.

— Je ne reste pas aussi longtemps.

— Tu n'auras qu'à annuler. Et comme ça, tu auras une solution de secours.

— Ah, mais j'ai déjà un plan B, affirmai-je en prenant la carte magnétique que me tendait la réceptionniste.

— Qui est ? s'amusa Max tandis que nous traversions le hall.

— Ne rêve pas trop. Je ne vais pas tout dévoiler à l'ennemi.

— Je ne suis pas ton ennemi. Et Colton est un homme de principes.

— Quelles belles valeurs, de draguer une future mariée.

— Est-ce donc ainsi que tu le vois, Layla ?

Une fois à hauteur des ascenseurs, Max appuya sur le bouton. En fin de compte, je n'avais rien à faire là-haut ; je n'avais rien à déballer ni à récupérer. Je devais acheter deux ou trois choses, notamment des sous-vêtements. J'avais lavé ma culotte dans l'évier la nuit dernière et avais utilisé un sèche-cheveux pour aller plus vite. Autant ne pas me compliquer la vie et en acheter des neuves.

L'hôtel mettait à disposition le nécessaire : brosse à dents, dentifrice, etc. Toutefois, je voulais me changer. Mes plus beaux ensembles étaient restés avec Nat et Sophie.

En dépit des prix exorbitants des boutiques de l'établissement, je refusais de sortir et laisser Brooklyn trop longtemps en compagnie de Colton. Elle m'avait promis de répondre au téléphone dorénavant.

Je précédais Max dans l'ascenseur. Nous étions seuls.

— Je devrais pouvoir m'en sortir, maintenant.

L'imaginer dans ma chambre me troubla quelque peu. Il m'embrasserait peut-être. Ou peut-être me jetterais-je sur lui la première. Même si je préférais museler cette attirance, je n'y pouvais pas grand-chose dans le fond.

— Le service de chambre te montera tout ce dont tu as besoin, m'expliqua-t-il. Des vêtements, du maquillage.

— Ai-je l'air si affreuse ?

Je me maquillais toujours assez discrètement, mais là, j'avais tout oublié à San Francisco dans la précipitation.

Je voulais qu'il me complimente et me retrouvais à douter de ses intentions une fois de plus. Je n'avais pas incarné des sommets d'élégance depuis mon arrivée, et Max, lui, semblait en permanence sur son trente et un. Du moins, c'est ainsi que je l'imaginais. Je n'avais sincèrement jamais rencontré homme plus séduisant.

— Ce miroir atteste du contraire.

Je ne m'étais pas attendue à de la flatterie détournée, mais cela me servirait de leçon.

— Très bien, à quoi rime tout cela ? T'occupes-tu de moi simplement pour laisser le champ libre à ton frère ?

Cela me semblait on ne peut plus évident. Colton désirait Brooklyn et savait que j'allais la lui enlever. J'ignorais ses intentions, mais il ne croyait sans doute pas à ces histoires d'âme sœur. Il la trouvait belle, amusante, intelligente.

Mais James, lui, l'aimait pour toutes ces raisons.

— Tu m'as l'air entièrement dévouée à ton frère, fit remarquer Max.

— Comme à tous les membres de ma famille.

— Eh bien, je ne suis pas comme ça.

— Normal, tu ne les connais pas.

Je m'étonnai moi-même de cette blague.

— Ha, ha. Plus sérieusement, Colton n'a pas besoin de faire-valoir.

— Mais bien sûr…

Je laissais mon cynisme iriser mes paroles. Les amis agissaient toujours ainsi, la famille encore plus. À mon sens, des jumeaux devaient exceller dans ce jeu. Comment pouvait-on ne pas rester loyal à son frère ?

— Vous n'êtes qu'une sceptique, Layla Gillen.

— Je préfère me croire rusée.

Une fois au trente-cinquième, je gagnai ma chambre. La vue me sidéra sur-le-champ. La pièce se trouvait à l'angle du bâtiment et se targuait d'une baie vitrée munie d'un salon dominant les multiples fontaines et la grande roue du Strip.

Je me forçai à détester les lieux, en vain, fascinée par ce spectacle.

— Max, cette chambre coûte plus cher, n'est-ce pas ?

— Un peu.

— Laisse-moi deviner. Quatre-vingts dollars, cinquante ?

— Environ…

— Ta vie se résume-t-elle à ça ?

J'aimais mon travail. Vraiment. J'éprouvais une certaine gratitude à côtoyer les enfants ou encore vivre près de mes proches. Toutefois, je trouvai un irrésistible charme exotique à ces belles chambres d'hôtel dans des villes légendaires, où il ne fallait jamais cuisiner, faire de courses, ni changer les draps.

On me livrerait même des vêtements. Comment ne pas y prendre goût ? Je préférai pourtant ne pas trop envier ce style de vie et décidai de n'en profiter que quelque temps…

— On s'en lasse parfois, souffla Max en s'approchant.

— Merci de briser mes rêves.

— Mais on en tire de sacrés avantages, continua-t-il d'une voix plus enjouée. Pas de vaisselle. Quelqu'un pour faire ton lit, nettoyer la salle de bains.

— On devient vite fainéant comme ça.

— Possible, admit-il en m'effleurant l'épaule.

Un doux soupir m'enveloppa. Mon corps s'enflamma face au souvenir de ses caresses. J'en voulais encore. Toujours plus.

Il prononça mon nom d'une voix grave. J'en ressentis la vibration depuis ma poitrine jusque dans le creux de mes reins. Je désirais tant me pencher contre lui, sentir son étreinte, ses lèvres sur ma nuque, ses doigts… Partout.

Du vent, hémisphère droit !

Je pressai les paumes l'une contre l'autre le plus fort possible, me rappelant soudain mon téléphone dans ma main. J'invoquai alors tout mon courage.

— Je dois appeler Brooklyn.

Il soupira.

— Elle a besoin de moi.

— Si tu le dis, se renfrogna-t-il, l'air agacé.

— Ce n'est pas un jeu.

— Personne n'a dit ça.

Je fis volte-face malgré le risque de lui céder. Il devait comprendre.

— Ne compte pas sur moi pour craquer. Et ne joue pas les idiots. Je ne vais pas mettre la pagaille en t'embrassant… Ou pire.

— J'aurais tendance à dire mieux, ricana-t-il.

— Non. Et ton frère me dégoûte.

Max sourcilla alors. Quand bien même j'admirai sa volonté de défendre Colton, je n'allais pas changer d'avis. Celui-là devrait se passer de ma Brooklyn. J'allais la reconquérir.

— Nous sommes ennemis dans cette histoire, affirmai-je afin de jouer cartes sur table.

— Tout cela ne te regarde pas, surtout.

— Mais bien sûr que si, m'esclaffai-je en me reculant pour mieux appuyer mes paroles. Alors, garde tes distances.

— Et si je n'y arrive pas ?

— Incroyable… Fais donc preuve d'un peu de volonté.

— J'essaierai, mais parce que tu me le demandes.

— C'est ça, lançai-je en levant les yeux au ciel. J'appelle Brooklyn.

— Tu me raconteras comment ça s'est passé.

Je n'eus pas le temps de lui expliquer que nous ne nous

parlerions plus. Brooklyn, fidèle à sa parole, décrocha dès la première sonnerie.

Max m'adressa un salut ironique puis quitta la chambre.

— Layla ? demanda Brooklyn dans le silence. Tu es là ?

5

— Je suis dans ma chambre. J'en ai pris une.

— Tant mieux, commenta Brooklyn avant de marquer une pause. Colton aimerait te proposer une réduction.

— Max s'en est déjà occupé.

— Max est avec toi ? s'étonna Brooklyn.

— Non, je l'ai croisé dans l'entrée.

Je n'appréciais pas vraiment mon nouvel engouement pour le mensonge détourné. D'habitude, je n'hésitais pas à étaler la vérité sous le nez des autres, quitte à les blesser.

En temps normal, je lui aurais tout avoué de ma confusion, de la façon qu'avait Max de me faire chavirer et rire, et la difficulté de réprimer ces sentiments pour le bien de James. Seulement, tout avait changé et je ne pouvais plus m'ouvrir à Brooklyn.

— Tant mieux, Layla. Avec de tels tarifs, tu aurais dilapidé ton épargne retraite.

— Je ne sais même pas quel type de compagnie dispose de tels avantages, Brooklyn. Enfin, peu importe. Où es-tu ?

— En voiture.

— Tu t'en vas ? demandai-je, le cœur soudain gros.

— Non, nous rentrons à l'hôtel, en fait. Nous avons fait les boutiques.

— Pourquoi ?

Brooklyn avait emporté sa valise depuis San Francisco. Elle n'avait pas besoin de nouveaux vêtements du tout. Je soupçonnai donc Colton de vouloir la séduire à l'aide de cadeaux extravagants, parfums et bijoux.

Sans savoir pourquoi, je me figurai même une énorme bague de fiançailles. Dommage, quelqu'un lui en avait déjà offert une. Je repensai alors à ce matin… La portait-elle ? Impossible de m'en souvenir.

— Pour toi. Je t'ai pris deux ou trois petites choses. Pour la piscine, par exemple. On se rejoint là-bas ?

— Tu m'as acheté des vêtements… Avec Colton.

— Mais que se passe-t-il, enfin ? Ce n'est pas comme si j'essayais de t'expliquer le dernier théorème de Fermat.

— Tu ne sais même pas ce que c'est.

— Parfaitement. Mais oublie ça. Je t'ai pris un bikini jaune et noir avec une jolie tunique en crochet.

Elle et moi partagions souvent nos affaires, nous faisions la même taille, et en toute honnêteté, j'avais bien besoin d'un nouveau maillot de bain. Brooklyn le savait. Elle s'était moquée de moi quand j'avais emporté mon vieux une pièce de secours.

— Tu verras, ils servent des margaritas glacées géantes au bord de la piscine.

Je fixai le ciel ensoleillé. Après toutes ces péripéties, une chaise longue et un cocktail me paraissaient salutaires.

— Faut-il un crédit pour s'en payer une ?

— C'est Colton qui offre.

— Je refuse que Colton me soudoie.

— Mais qu'est-ce que tu racontes ? Il cherche simplement à te faire profiter de Vegas.

— Je ne profiterai de rien tant que tu n'auras pas retrouvé la raison.

— Comme tu voudras. Tu ne nous laisses donc pas le choix de te faire boire pour te détendre un petit peu.

— Très bien, lui accordai-je à contrecœur.

En fin de compte, je ne savais pas comment m'occuper dans cette chambre d'hôtel. Avec un peu de chance, Brooklyn viendrait seule. Et dans le pire des cas, je l'emmènerais nager pour la séparer de Colton.

— Rendez-vous à la piscine panoramique du vingt-cinquième étage dans dix minutes.

Je raccrochai avant de me diriger vers la salle de bains où je relevai mes cheveux. Je trouvai un sac à cordon ainsi qu'une petite bouteille de crème solaire.

Je jetai le flacon dans le sac avec la carte magnétique, confiai mes papiers au coffre de la chambre puis gagnai l'ascenseur.

Brooklyn et Colton m'attendaient déjà au bord de l'eau.

Lui et son frère se ressemblaient tellement, je dus même marquer une pause. Cependant, dès qu'il sourit, je perçus leurs différences. Il dégageait quelque chose de plus collet monté, trop professionnel, presque inabordable. Max paraissait plus chaleureux et ouvert, même quand on ne le connaissait pas. Ses iris me semblaient aussi plus sombres que ceux de Colton, ses lèvres plus charnues, ses sourcils plus fournis.

Brooklyn m'agita un petit sac violet sous le nez.

— Et je t'ai pris des chaussures.

— Bonjour, Layla, me salua Colton.

— Bonjour. Merci pour les vêtements.

Mes sentiments envers lui ne m'empêchaient pas de rester polie.

— Aucun problème.

— Eh, bien. Bonjour l'ambiance…, ironisa Brooklyn. Allez, souriez un peu tous les deux.

— Je n'ai pas très envie, maugréai-je.

— Moi, si, assura Colton.

Il semblait plus méfiant que joyeux, à vrai dire.

Comment lui en vouloir, après tout, face à la sœur du fiancé de sa petite amie ? J'espérais bien qu'il se sentait mal à l'aise… Et coupable. Il ne méritait rien d'autre.

— Allez, va te changer, me conseilla Brooklyn en jetant un œil alentour pour désigner un emplacement. Nous t'attendrons là-bas, sous le parasol à rayures bleues.

— D'accord.

Il s'agissait de l'endroit parfait, sous deux palmiers près de la rambarde en plexiglas.

— Je vais nous chercher à boire, affirma Colton. Des margaritas au citron vert, ça te va, Layla ?

— Oui.

Je m'en voulais un peu d'accueillir sa gentillesse avec une telle froideur.

— Mets-la sur ma note.

— Pas de ça entre nous, répondit-il en se tournant vers Brooklyn. La même chose ?

— À la mangue, s'il te plaît, précisa-t-elle.

Il lui sourit. Ses yeux s'emplissaient de douceur quand il la regardait. Je comprenais mieux pourquoi elle le croyait amoureux. Je me retournai et balayai ces pensées. Colton n'aimait pas Brooklyn. Il la connaissait à peine. Peu importent ses sentiments, il ne s'agissait que de quelque chose de superficiel, d'éphémère, une bulle prête à éclater à tout instant.

Je ne comprenais cependant pas comment mon amie pouvait se laisser berner. Les garçons s'étaient damnés pour elle au premier coup d'œil dès nos quatorze ans, mais elle s'en était toujours moquée, se contentant d'accepter les milk-shakes et cocktails gratuits.

Je ruminai tout cela en me faufilant dans le vestiaire. Les murs aux vifs tons pêche s'accordaient au sol de marbre. Les petites banquettes en cèdre poli et les portes des cabines privées mettaient encore plus l'accent sur la richesse des lieux.

Des paniers de produits de luxe similaires à ceux de ma chambre ornaient les tables. Je n'aurais même pas eu besoin d'apporter ma crème solaire. L'hôtel en laissait à disposition des clients, avec cinq indices différents.

J'enfilai mon maillot de bain et la tunique. Pile à ma taille, et on ne peut plus élégant. Brooklyn avait toujours eu bon goût. Je fourrai mon jeans, ma blouse et mes sous-vêtements dans le sac à cordon, saisis une serviette rayée sur l'étagère près de la porte et rejoignis le bassin.

Si j'arrivais à ignorer Colton, l'après-midi se changerait vite en pur bonheur.

Les chaises longues semblaient m'inviter à me jeter dans

leurs bras accueillants. On entendait à peine les conversations ambiantes dans cette atmosphère de *farniente* soulignée par une musique discrète, douce.

Je vis un serveur avec un plateau de grandes margaritas givrées. Même de loin, on sentait qu'elles étaient délicieuses. L'homme posa les verres sur une table près de Brooklyn.

Colton s'était installé à côté d'elle. Les transats disposaient tous d'une épaisse serviette étalée dessus et d'une autre, au pied.

— Tu es magnifique, me cria Brooklyn en tendant une margarita à Colton tandis que je les rejoignais.

— Merci pour tout, dis-je. J'adore cet ensemble.

— J'ai tout de suite pensé à toi en le voyant.

— C'est vrai, fit Colton.

— Brooklyn a toujours eu du goût en matière de mode, dis-je pour ne pas paraître impolie. Même quand nous étions toutes petites.

D'après son sourire, Colton savait où je voulais en venir. Et cela m'agaçait à un point.

— Tu as tellement à m'apprendre sur elle, répondit-il.

— Vous allez vous comporter comme des teignes toute la journée ? gronda Brooklyn. Vous avez intérêt à arrêter ça tout de suite.

Puis, elle retira sa tunique transparente, mit ses lunettes de soleil et s'étendit sur la chaise longue.

Je fixai alors Colton droit dans les yeux.

— Elle est amoureuse de mon frère.

— Et je respecte ça.

Quelle réponse absurde !

— Je ne pense pas, non.

— Je respecte le fait qu'elle devrait rester libre de ses choix.

Je ne sus comment riposter. Je partageais son point de vue, en toute honnêteté. Seulement, Brooklyn avait perdu les pédales, cela ne comptait pas vraiment. Je sirotai mon verre pour gagner du temps.

— Tu n'es pas d'accord ? ajouta-t-il, sentant manifestement son avantage dans notre échange.

— Vous vous connaissez à peine.

— C'est vrai, acquiesça-t-il. Cependant, nous en savons déjà assez pour oser nous donner une chance.

— Et peu importent les répercussions…, le coupai-je. Fonçons dans le mur tête baissée et voyons si ça passe sans blesser personne.

— Layla, intervint Brooklyn.

— Non, laisse, reprit Colton. Elle a le droit de s'exprimer.

— Merci beaucoup, affirmai-je du ton le plus sarcastique possible.

À mon grand dam, Colton se fendit d'un sourire encore plus joyeux.

— Brooklyn m'avait prévenu que tu avais un sale caractère.

— Je n'ai pas un sale caractère.

Brooklyn releva ses lunettes pour me lancer un regard accusateur.

— Tu te moques de moi ?

— Bon, d'accord. Mais comment faire autrement ? Tu sais bien que je suis plutôt raisonnée et terre à terre. Pour une mathématicienne, tout ça, c'est trop illogique.

— L'amour ne suit pas de formule, me contredit Brooklyn.

— Pas si on se base sur les lois de la probabilité. Ces règles s'appliquent à tout.

— Il existe des exceptions, reprit Colton en saisissant la main de mon amie. Comme nous.

Je voulais les décoller l'un de l'autre, mais j'étais trop loin. D'ailleurs, je n'aurais rien trouvé de plus futile et pathétique que me lever pour empêcher tout contact entre eux.

Il me fallait un meilleur plan d'action.

Je sirotai ma margarita en m'allongeant pour observer la partie de water-polo. La tequila n'avait pas pour vertu d'éclaircir les idées, je le savais bien, mais quel délice ! Et me détendre un peu m'aiderait à mieux gérer cette crise à défaut d'y mettre un terme immédiat.

Une des équipes marqua un point et un vivat retentit. Derrière les joueurs, une silhouette capta mon attention.

Max.

Vêtu d'un simple short de bain noir, il déambulait au bord de la piscine comme s'il était chez lui. À la lumière plus vive que celle de sa chambre, je me délectai d'autant plus de ses abdominaux bien sculptés sous ses solides pectoraux. Ces larges épaules, ces biceps à tomber… Et sur son bras gauche, un tatouage abstrait que je n'avais mystérieusement pas remarqué.

Quand nos regards se croisèrent, cette tension atteignit de nouveaux sommets.

Je me levai d'un bond.

— Tu veux nager ? demandai-je à Brooklyn.

— L'eau doit être froide, se rembrunit-elle en m'observant de derrière ses lunettes.

— Mais j'ai chaud. Allez, viens, insistai-je en lui prenant le bras pour l'entraîner avec moi.

— Hé là ! Doucement, ronchonna Brooklyn.

— On a besoin d'exercice.

— Bonjour, nous salua Max en s'approchant.

Je jetai ma tunique sur le transat et saisis l'excitation de Max face à mon nouveau maillot.

— Salut.

Sur cette réponse aussi brève que possible, je traînais Brooklyn vers le bassin.

— Mais tu es folle ou quoi ? s'étonna-t-elle.

Je m'assis sur le rebord de la piscine et plongeai les pieds dans l'eau. Si elle était effectivement froide, ce détail ne m'arrêta pas. Je m'enfonçai dans le petit bain jusqu'à la taille.

— Il faut qu'on parle, affirmai-je.

— Et ne peut-on pas le faire au sec ? se renfrogna-t-elle en me suivant malgré tout.

Je laissai mon regard errer vers Max un instant. Il m'observait, aussi préférai-je m'immerger jusqu'au cou dans l'espoir de me couvrir.

— Tu es toujours collée à Colton, fis-je remarquer.

— Il vaut le coup qu'on se colle à lui.

— Et James ? Tu te souviens de lui ?

— Oui, répondit-elle, l'air soudain plus grave.

Je m'élançai en arrière, à la fois pour gagner des eaux plus profondes et pour m'éloigner des jumeaux. Mon corps s'habituait déjà à l'agréable fraîcheur du bassin.

— Tu devrais considérer les choses sur le long terme, lui conseillai-je. Tu le connais à peine, ce type.

— Mais justement, je pense au reste de ma vie.

Colton ne paraissait pas si monstrueux, je devais l'avouer. Rien ne justifiait mon attitude envers lui. Je détestais ses actes, pas sa personne. Il semblait même plutôt correct, cependant Brooklyn partageait avec James une longue histoire, des rêves, ainsi qu'un respect profond et indéfectible.

— Tu connais déjà mes sentiments, m'expliqua-t-elle d'une voix où transpirait la déception.

Une vague de culpabilité m'engloutit. Malgré ses erreurs, j'ignorais comment la ramener à la raison. Je me rapprochai d'elle.

— J'ai simplement peur que tu ne te réveilles un jour en comprenant que tout cela n'était qu'un fantasme. Tout ça...

Je désignai la magnifique piscine et l'hôtel derrière nous.

— ... Ce n'est pas réel. C'est Vegas, par tous les dieux !

— Mais Las Vegas n'a rien à voir là-dedans.

Je refusais de la croire. Pourtant, mon regard se perdit encore une fois sur Max. Il discutait avec un homme en costume trois-pièces.

— Tu sais s'ils viennent ici souvent ? On dirait qu'ils connaissent tout le monde.

— À mon avis, ils connaissent chaque employé. Ils ont à cœur de traiter tout le monde avec respect.

Je ne comprenais pas.

— Mais pourquoi se soucier du personnel d'un hôtel où ils font affaire ?

Brooklyn fronça les sourcils de telle façon que j'en vins à me demander si elle ne me prenait pas pour une folle.

— Layla, ils possèdent et dirigent cet hôtel.

La réalité posa son voile sur moi après m'avoir dansé autour si longtemps. Je me tournai de nouveau vers Max.

— Vraiment ?

— Ils sont aussi les propriétaires de l'Arche à San Francisco ainsi que de que huit établissements similaires. Enfin, tout ça appartient à leur famille.

Je dus cligner des yeux. Plusieurs fois.

— Attends... Quoi ?

— Comment crois-tu qu'ils aient pu t'obtenir une telle réduction ?

— Aucune idée, Max disait qu'il s'agissait d'un arrangement avec son entreprise.

— C'est le cas, son entreprise familiale.

Je me sentis comme une imbécile. Personne ne bénéficiait de prix aussi bas. Absolument personne.

Je repensai alors à James. Comment pouvait-il lutter ? Il occupait un bon poste et il avait su trouver quelques investissements rentables, certes, cependant il n'était pas multimillionnaire, encore moins milliardaire.

James ne pouvait pas offrir à Brooklyn un accès illimité au spa, au service de chambre ou des séances de shopping extravagantes dans les plus grandes villes du pays. Heureusement, elle ne courait pas après l'argent, bien au contraire, et préférait suivre ses propres codes.

Malgré tout...

Je jetai un nouveau regard alentour. Comment ne pas perdre la tête ?

— Je sais très bien à quoi tu penses, s'énerva Brooklyn. Je me moque de la fortune de Colton.

— Je n'ai jamais cru ça...

— Alors, dis-moi tout.

Je dus lutter pour trouver une réponse convenable.

— Si tu dois réfléchir, tu ne seras pas franche.

Touché. Je lui devais la vérité. Pour elle. Pour James.

— Tu vas briser le cœur de mon frère.

Elle sembla s'effondrer tout à coup.

— C'est inévitable.

— Pas si tu changes d'avis.

— Ça n'arrivera pas.

— Tu n'en sais rien. On se ravise parfois de façon inattendue.

Attristée, elle fit non de la tête. Je lui pris les mains.

— Je t'en prie, promets-moi d'essayer. Pour moi.

— D'accord, souffla-t-elle. Je ne vais pas m'emprisonner dans une décision. Je vais y réfléchir.

Cela me rassura. Il s'agissait d'un premier pas.

Je me réveillai en sursaut à 7 h 00.

J'avais très mal dormi, trop inquiète pour Brooklyn. Aussi, la culpabilité me rongeait.

Je n'avais encore jamais couché avec un homme sans le raconter à ma meilleure amie... On en avait parfois discuté avant, et toujours après. Je me souviens même d'un soir où elle m'avait écrit pendant les préliminaires. Enfin, techniquement, j'avais encore mes vêtements. Je lui avais répondu que le rendez-vous se passait très bien.

Et voilà qu'aujourd'hui, quand ma vie intime la concernait le plus, je n'évoquai pas le moindre sous-entendu. Toutefois, je me tirai du lit si tôt pour une autre raison : l'inquiétude.

Si Brooklyn apprenait tout de la bouche de Colton après qu'il eut discuté avec Max, elle serait folle de rage. Dans ce cas, je ferais mieux de m'excuser platement.

Cependant, je devais tout d'abord découvrir si les jumeaux s'étaient confiés l'un à l'autre.

Alors mon téléphone sonna. Je décrochai sur-le-champ. J'espérais entendre la voix de Max, de façon un peu idiote.

C'était James.

Je pris un appui sur le lit et répondis à contrecœur.

— Salut, grand frère.

— Comment peux-tu me faire ça ?

Ses paroles me percutèrent de plein fouet. Comment savait-il ce qu'il se tramait ?

— Euh..., hésitai-je, faute d'une meilleure défense.

— Je sais que tu adores passer du temps avec Brooklyn.

— C'est vrai, avouai-je en m'efforçant de respirer tandis que mon cœur s'apaisait légèrement.

— Mais il faut qu'elle rentre. Tout de suite, Layla. Je ne sais pas quelles réjouissances vous avez prévues, mais ça ne peut plus durer.

— Oui, on rentre bientôt. Encore quelques…

J'allais dire « heures », mais autant rêver.

— Arrêtez vos gamineries, ajouta-t-il, agacé.

— J'ai rencontré quelqu'un, répliquai-je sans réfléchir. Et, tu sais, il me faut un peu de temps.

— Et Brooklyn doit te tenir la main pour ça ? s'enquit-il, de plus en plus énervé.

— Tu sais que je lui fais confiance.

— Tu te reposes trop sur elle.

— Oui, dis-je en secouant la tête face à tant d'ironie.

— Est-elle avec toi ? Elle ne répond pas, son téléphone ne doit plus avoir de batterie, comme d'habitude.

— Le réseau est capricieux à l'hôtel. Elle doit être à la salle de sport pour entrer dans sa robe de mariage. Je sais que tu ne l'as pas vue, mais…

— Mais ne me parle pas de la robe ! Brooklyn va complètement paniquer.

— Oui, c'est vrai. Bref, elle doit faire du sport.

— Arrêtez vos âneries, Layla, je ne rigole pas. Nous avons des milliers de détails à régler ensemble, elle et moi.

— Je te la ramène très vite, promis.

Il marmonna quelque chose ; un au revoir ou une insulte très imagée. Toujours est-il qu'il raccrocha enfin.

Je poussai un soupir, soulagée. Ce sentiment ne dura pas longtemps lorsque je me rappelai ma situation avec Max.

J'écartai mon frère de mes pensées et enfilai un jeans, un chemisier, mes nouvelles sandales, me coiffai du peigne d'Almain et me dirigeai vers l'ascenseur.

Je ne réfléchis aux éventuelles conséquences de mes actes qu'après avoir frappé à la porte de Max. Qu'allait-il s'imaginer en me trouvant là ? Il dormait peut-être encore. En temps normal, j'aurais pesé le pour et le contre avant d'agir. Or, cet homme court-circuitait toute raison en moi.

Je me ressaisis et lançai un regard de part et d'autre du couloir, envisageant de prendre mes jambes à mon cou. Seulement, s'il ouvrait pour me trouver en train de m'enfuir, je me ridiculiserais encore plus.

Je pris une grande inspiration, dans l'espoir qu'il fût absent. Il devait se lever tôt pour faire du sport. Je l'imaginais sur un rameur, torse nu dans son short de bain noir. Quel régal, un vrai mannequin, du genre à poser en couverture de magazines de fitness.

La porte s'ouvrit. Il passa de la surprise à la curiosité, puis de l'intérêt au désir.

Ce n'était absolument pas l'impression que je voulais lui donner. Je ne venais pas pour une bataille matinale sous les draps.

— Tu as dit quelque chose à quelqu'un ? balbutiai-je.

— Il va me falloir des détails, s'étonna-t-il, l'air de nouveau perplexe. Peut-être une phrase plus construite.

— À notre sujet. Toi et moi.

— Toi et moi ? Je ne vois pas, non.

Je levai les yeux au ciel. Hormis notre passion éphémère, existait-il réellement un autre intérêt à notre relation ?

— Le soufflé au chocolat.

— Je suis resté muet, jura-t-il comme si tout cela n'était qu'une plaisanterie. Bon, peut-être que le serveur et le chef pâtissier sont au courant. Les commis de cuisine aussi. Pourquoi ? Tu fais partie d'un club d'accros à la diététique ?

— Tu insinues que je devrais suivre un régime ? m'offusquai-je tout à coup.

— Non. D'ailleurs, je pense que les gens en cuisine garderont nos plus sombres secrets.

— Je te parle de notre nuit ensemble, Max.

— Non, vraiment ?

— Quelqu'un est-il au courant ? Colton, par exemple.

— Non.

Je relâchai les épaules, soulagée.

— J'en conclus que tu n'as rien dit à Brooklyn, Layla.

— Pas encore. Je n'ai pas à m'en cacher.

— Ce petit cinéma en atteste assez bien.

— Mais je compte le lui avouer. Je cherche le bon moment, voilà tout. Je ne peux pas agir n'importe comment et il s'est passé trop de choses, hier.

— Tu veux un café ?

— Non, merci, assurai-je, même si j'en rêvais.

Il s'écarta du seuil.

— Entre donc. Nous mettrons notre alibi au point.

— Il n'y a pas d'alibi. Je ne vais pas mentir à Brooklyn.

Le café dégageait vraiment des arômes succulents.

— Et si tu m'expliquais ce que je dois dire ou non ?

Une porte s'ouvrit plus loin dans le couloir et je me rendis compte que je ne tenais pas du tout à être vue devant sa suite comme si je sortais du lit… Enfin, de son lit.

— Très bien, acquiesçai-je en entrant. Va pour un café.

— Super, s'extasia-t-il en refermant.

Le soleil illuminait le grand salon bien rangé. Un bouquet de fleurs trônait sur la table basse, un service à café en argent reposait sur la table de la salle à manger. Deux sofas blanc crème se tenaient face à face, flanqués de deux fauteuils gris taupe tournés vers la porte-fenêtre.

Je n'avais pas remarqué ces détails la dernière fois, mais les pastels abstraits, les mosaïques aux murs et la grande cheminée à gaz donnaient à ces lieux un aspect bien plus casanier que la plupart des chambres d'hôtel. Je n'avais jamais vu un tel luxe.

— Tu séjournes souvent ici ? demandai-je à Max.

— Dès que je viens à Las Vegas. Quelques jours par mois, en général, parfois plus.

Je l'entendis me servir une tasse.

— C'est joli, dis-je tout en admirant la pièce et le petit jardin sur le balcon.

— Tu veux de la crème, ou du lait ?

— Les deux, s'il te plaît.

— Délicatesse et onctuosité. Comme toi.

Quand je me tournai pour accueillir sa remarque d'une grimace, il se mit à ricaner sans vergogne. Je n'allais pas entrer dans son jeu, aussi lui adressai-je la moue réprobatrice que je réservais à mes élèves de seconde.

— Brooklyn m'a appris que tu es le propriétaire.

— Ma famille possède quelques hôtels, oui, admit-il en effaçant son sourire tout à coup. Mais nous n'en avons pas fait une chaîne. Nous gérons chaque établissement en fonction de la région et du marché.

— Tu as délibérément omis ce détail.

— Je plaide coupable, fit-il en me tendant mon café.

— Mais pourquoi ?

— À ton avis ? J'évite d'en parler de but en blanc pour ne pas obscurcir le jugement des gens.

Je me rapprochai de lui et pris la tasse.

— Crois-tu vraiment que je t'apprécierais moins si tu n'étais pas super riche ?

— Je ne suis pas super riche.

Je lui désignai la pièce des deux mains de façon exagérée.

— Voilà exactement pourquoi je n'ai rien dit.

— Alors tu sais que tu as moins de chance d'attirer certaines femmes dans ton lit grâce à ton compte en banque.

— Je ne cherchais pas à t'attirer dans mon lit.

— Trop tard.

Peut-être aurais-je dû culpabiliser... Peut-être. Faire l'amour à Max m'avait paru trop naturel pour regretter.

Il tira une chaise de la grande table et s'assit au même endroit où nous avions dégusté le soufflé.

Je l'imitai.

— Un muffin ? me demanda-t-il en montrant un panier.

Les gâteaux bien rebondis exhibaient de belles myrtilles sur le dessus. On avait aussi disposé des petits pots de confiture, de crème, de fromage frais et de beurre. Je ne trouvai aucune bonne raison de résister. Je posai un muffin sur une soucoupe et le coupai en deux, déjà prête à le noyer sous le fromage frais.

— Je t'aime bien, reprit Max. Je voulais mieux te connaître.

— Et ça n'a pas manqué.

— Je ne voudrais pas que tu regrettes.

— Mais ce n'est pas le cas, le rassurai-je en tartinant la pâte moelleuse. D'ailleurs, tu n'as pas à embellir les choses. Nous savons tous les deux ce qu'il s'est passé. En plus, tu m'as invitée à dîner et fait découvrir ce merveilleux soufflé. Deux fois. Et là, tu surenchéris avec ces muffins.

— On dirait une maniaque de la nourriture.

— Ce n'est pas le cas d'habitude. Mais je dois entrer dans une robe extra serrée dans deux semaines... Enfin, si le mariage est toujours d'actualité.

Soudain, je posai la pâtisserie, me demandant si je mangeais par pure nervosité.

— Ne sois pas timide, dit Max. Tu dois prendre des forces.

— Je ne risque pas de dépérir. La cuisine de l'hôtel est sans doute la meilleure de la région.

— Goûte-le au moins, ajouta-t-il en mordant dans le sien qu'il avait accompagné de confiture, mon deuxième choix.

Je lui obéis. Quel goût exquis ! Je faisais passer le tout avec une gorgée de café tout aussi savoureux.

— Quand lui avoueras-tu ? me demanda-t-il.

J'en conclus qu'il mourait d'impatience d'en parler à Colton.

— Aujourd'hui. Je te tiendrai au courant.

— Je n'ai pas l'intention de le dire à Colton, tu sais, m'apprit-il en haussant les épaules.

— Mais vous êtes frères. Je pensais que vous vous racontiez ce genre de choses.

— Pas depuis notre adolescence, non, s'amusa-t-il.

J'ignorais pourquoi cela me surprit autant. Je n'avais pas vraiment réfléchi à ce que les hommes échangeaient de leur vie. Sans doute les imaginais-je comme les femmes. Nous partageons tout, en général. La sexualité, son intérêt, les doutes qu'elle soulève, ses conséquences... Je me voyais mal tout garder pour moi.

— Même dans de telles euh... circonstances ?

— Est-ce que tu veux que j'en parle à Colton ?

— Non.

— Penses-tu vraiment que ça t'aiderait qu'il sache ?

— Ça ne servirait à rien qu'ils soient tous les deux au courant.

Cela distrairait Brooklyn. Et si elle croit que je t'apprécie, elle se mettra en tête que je pourrais accepter ton frère. Et ça, c'est hors de question, je ne trahirai pas James. Rien ne me fera changer d'avis.

— Aurait-elle tort ? m'interrogea Max, incertain.

Je ne comprenais pas, je pensais avoir été claire.

— Comment ça ?

— Tu ne m'apprécies pas ?

Je réalisai alors la sévérité de mes paroles.

— Je n'aurais jamais couché avec toi si ce n'était pas le cas.

— Donc tu m'aimes bien ? répliqua-t-il, une pointe de vulnérabilité dans la voix.

Je sentis mon regard emprisonné par le sien.

— Oui, Max. Je t'aime bien.

Il posa la main sur la mienne et ce fut comme si le courant s'allumait, un circuit complet. Mon cœur s'emballa, mon sang s'électrisa, mes joues tournèrent au rouge et ma peau me chatouilla à en perdre tout bon sens.

— Layla, murmura-t-il en me caressant la paume du bout du pouce.

— Mais je..., commençai-je sans vouloir lui mentir avant de me contenter d'une excuse. On ne peut pas.

— Quel mal y aurait-il ?

— C'est déjà bien trop compliqué, répondis-je tout en me penchant vers lui.

— J'aimerais prendre ça comme une promesse.

— Moi aussi, dis-je avec sincérité.

Comme il se recula, apparemment blessé, je regrettai sur-le-champ. Le monde ne se serait pas arrêté si j'avais accepté.

Il se leva, avala une dernière gorgée de café avant de reposer la tasse d'un geste évocateur ; je devais m'en aller.

— Merci, dis-je.

Je ne savais pas pourquoi je le remerciai exactement, sans doute pour tout ce qui existait entre nous.

— Aucun problème, fit-il d'une voix sèche.

Je l'avais déçu, ou énervé, peut-être les deux. Je n'avais pas voulu lui donner de faux espoirs, mais il était trop tard. Aussi préférai-je m'en aller avant de jeter de l'huile sur le feu.

6

Plus tard dans la matinée, je persuadai Brooklyn d'aller marcher sur le Strip. Je devais sortir de l'hôtel.

— Mais on va mourir de chaud, se plaignit-elle en atteignant le trottoir bondé.

Je sentais déjà la chaleur intense sur ma nuque et me réjouis d'avoir emporté de la crème solaire.

— Regarde, lui indiquai-je devant une boutique de souvenirs.

Le petit magasin vendait des chapeaux d'un rose criard qui disaient « J'aime Las Vegas » en lettres rouges brillantes. Si je ne partageais pas exactement ce sentiment, je voulais éviter une insolation. Et tant pis pour le prix exorbitant.

— Jus de fruits ? s'enquit Brooklyn devant un autre stand.

— Absolument.

J'avais soif, et ces boissons semblaient on ne peut plus rafraîchissantes. Brooklyn passa son bras au mien.

— Avec ou sans tequila ?

— Il est à peine onze heures.

— Et nous sommes à Las Vegas.

— Il est quand même trop tôt pour de la tequila.

— De la vodka, alors, s'esclaffa-t-elle.

— Je pensais plutôt à de la pastèque, avec un peu de myrtille.

Les couleurs vives tournoyaient dans les bacs en verre des

distributeurs en libre-service. On pouvait même se livrer à tous les mélanges possibles.

— Ananas, pour moi, précisa Brooklyn. Ou cola. Un peu de caféine ne me ferait pas de mal.

— La nuit a été longue ? demandai-je, regrettant ma question à l'instant.

— On a discuté des heures.

Je saluai sa discrétion tandis que nous nous servions. J'avais l'impression de revivre notre adolescence, là, sur cette avenue.

Nous croisâmes une femme en maillot de bain au crochet avec un python brun sur les épaules.

— C'est un vrai ? m'étonnai-je, avant de lâcher un petit cri en voyant le reptile bouger. Mais pourquoi fait-elle ça ?

Je remarquai alors d'autres personnes similaires avec des serpents. Je frissonnai de dégoût. *Berk.*

— On les paie pour prendre une photo.

— Mais pourquoi ?

— C'est Vegas, ajouta Brooklyn d'un ton blasé et d'un petit geste, comme si elle avait toujours vécu ici.

— Tu sais que tu n'es là que depuis deux jours ?

Même après avoir dépassé les fous aux serpents, je ne pus m'empêcher de me retourner afin de m'assurer qu'aucun de ces monstres sournois ne nous suivait.

— J'ai visité un peu, se justifia Brooklyn. Cette ville assume son excentricité.

La dernière chose dont je rêvais restait de sentir une de ces bêtes sur moi, et encore moins de payer pour ce privilège ni même d'offrir le souvenir éternel de mon visage horrifié à la postérité ou aux réseaux sociaux. Après tout, j'enseignais au lycée, je devais conserver un tant soit peu de dignité.

L'air commençait à se condenser sur mon gobelet. Je le pris dans la main gauche pour essuyer la droite.

Nous croisâmes des familles, des couples, des acteurs aux tenues exubérantes, des colporteurs et vendeurs d'attrape-touristes.

Ce ne fut qu'au bout de quelques blocs d'immeubles que je trouvai le courage de me confier.

— Tu m'as demandé ce qu'il se passait avec Max, hier, hésitai-je devant un passage piéton où la foule s'arrêta en masse autour de nous.

— Il est sympathique, avoua Brooklyn. J'imagine que c'est facile pour moi de l'apprécier vu qu'il ressemble à Colton. Enfin, pas tout à fait non plus.

Le bonhomme passa au vert, le flux de gens nous propulsa en avant. Je cherchai mes mots.

— Ce doit être bizarre d'avoir un jumeau, reprit-elle.

— J'ai couché avec lui, lâchai-je soudain.

Brooklyn s'arrêta net au milieu de la route. Comme je l'imitai, une femme et ses deux petites me rentrèrent dedans. Elle se renfrogna malgré mes excuses.

— C'est vrai ? s'étonna Brooklyn.

— Avance.

— Quand ? Pourquoi ? Comment ?

— Avec tes deux pieds, lui intimai-je en la tirant par le bras.

— Ha, ha, très drôle. Quand est-ce arrivé ?

— Je ne t'ai pas trouvée le premier soir. J'ai attendu dans le hall pendant des heures. Tu ignorais mes messages et mes appels.

— Et la solution consistait à coucher avec Max ?

— Ce ne serait pas arrivé si tu ne t'étais pas enfuie.

— Donc, c'est ma faute ?

— Oui. Non. Tu y as participé, voilà tout.

— Toi et Max, s'extasia-t-elle en s'imaginant des choses à en croire son visage émerveillé.

— Oh ! non. N'y songe même pas. Oublie tout de suite les soirées entre couples.

Elle ne pouvait le cacher, j'aurais agi de la même manière à sa place.

— Je pensais à tout sauf à ça.

— Je suis du côté de James, Brooklyn, précisai-je en m'arrêtant au croisement suivant.

— Tu aimes bien Max ? demanda-t-elle.

— Oui, autant ne pas te mentir. Et il est tellement canon.

— Colton aussi.

C'est vrai que tous deux pouvaient se vanter d'un charme certain, mais Max remportait la palme à mon sens. Leurs expressions, leurs manières présentaient des différences, tout comme leur façon d'envisager les choses.

Sans trop savoir pourquoi, j'imaginai mal Max sortir avec la femme d'un autre ; peut-être sa réaction et le choc évident sur son visage quand je lui avais demandé s'il était marié.

Des fiançailles n'engageaient à rien, mais cela restait une promesse, un serment digne d'être respecté.

Au cours de notre balade, la foule se dispersa plus ou moins à mesure que les petits étals cédaient le terrain aux boutiques de luxe.

— Que t'arrive-t-il, Brooklyn ? Tu semblais si heureuse, si impatiente de te marier.

Elle sirota son jus de fruits. Sans doute cherchait-elle une réponse appropriée. À sa place, j'y aurais déjà réfléchi.

— Ce n'est pas venu du jour au lendemain, assura-t-elle. Oui, j'étais contente de me marier, de devenir une Gillen après tant d'années. Puis nous avons parlé de fonder une famille.

— Je suis sûre que James attendra. Il n'a peut-être pas bien compris que tu préfères prendre ton temps.

Brooklyn fit non de la tête en jetant son gobelet.

— Il ne s'agit pas que de ça, Layla.

Il fallait s'en douter.

— Je vivais dans un monde trop idéal.

— Ce n'est pas forcément mal. Quelle femme ne voudrait pas vivre le rêve d'épouser un homme si merveilleux ?

— Je n'ai rien contre James, tu sais.

Difficile à croire quand elle cherchait à remplacer mon frère par un autre. Comment pouvait-elle n'éprouver aucune rancœur contre lui ?

— Le trac, ça arrive, Brooklyn.

En tout cas, beaucoup en parlaient. J'imaginais sans mal un homme comme Colton faire chavirer une femme pleine de doute. Exotique, beau, riche, il semblait pouvoir lui offrir tout ce dont elle rêvait, et James souffrait d'une telle comparaison.

— J'hésitais déjà avant de rencontrer Colton.

— Mais pourquoi n'as-tu pas annulé ?

— Je paniquais en silence.

— C'est la pression, insistai-je. Tu n'es pas la première.

Brooklyn poussa un long soupir, probablement exaspérée par mon attitude.

— Tu as promis de ne pas prendre de décision hâtive, lui rappelai-je, consciente que si elle choisissait aujourd'hui, James disparaîtrait du tableau. Ne fais rien que tu regretterais.

Je n'aimais pas la supplier de la sorte, mais tant pis pour l'orgueil, je ne trouvai plus d'autre recours.

— Je sais, admit-elle.

— Et si tu en parlais à James ?

— Mais tu es folle ? s'exclama-t-elle, les yeux écarquillés.

Je compris qu'il ne s'agissait pas d'un éclair de génie.

— Est-ce que tu perds la tête ? cria-t-elle comme si je n'avais pas entendu. Non, mais tu t'imagines la scène…

— Un vrai désastre…

— Voilà !

Je saisis le choc sur son visage inquiet. La réalité me rattrapa : elle envisageait de quitter James, d'oublier leur bonheur, leurs plans et leurs rêves pour un caprice.

— Et s'il s'agissait d'un signe ? Ta peur de parler à mon frère, c'est peut-être la preuve que tu n'es pas prête à le quitter.

Elle sembla hésiter. L'espoir rejaillit en moi. Je n'envisageais pas un monde où Brooklyn ne vivait pas avec James. La Terre dévierait de son orbite.

Moi, je m'étais déjà imaginé mes neveux et nièces, avec ses yeux à lui, ses cheveux à elle. Ils s'arrêteraient peut-être à deux, mais selon moi, trois ou quatre restait l'idéal. Ils assuraient avec les enfants. Je voyais déjà les pique-niques en été, les matins de Noël, les récitals de danse ou les tournois de ligue junior.

Mon avenir se fondait sur leur famille heureuse. Tout s'écroulerait si Brook partait sauter d'avion en avion au bras d'un inconnu.

Je tentai de me persuader que Brooklyn ne m'avait pas abandonnée, trop blessée par l'idée qu'elle préférât passer du temps avec Colton.

Je ne ressentais jamais cela avec James. Elle et moi trouvions tout le temps de profiter l'une de l'autre. Si j'avais un petit ami, nous sortions tous ensemble. Et quand j'étais célibataire, très souvent à vrai dire, nous nous occupions différemment.

J'en vins à me demander si c'était normal que James et Brooklyn se soient rarement retrouvés seuls.

Dans de telles circonstances, je refusais de trop y penser. Ce n'était pas forcément négatif et je réécrivais certainement le passé, trouvant des problèmes où il n'y en avait pas. Je devais me concentrer sur le présent.

Afin de ne pas dépenser trop d'argent durant mon séjour, je décidai que la piscine de l'hôtel restait plus sage qu'un déjeuner hors de prix. Un transat à l'ombre d'un palmier, une serviette et un verre d'eau glacée ne me coûteraient rien.

Bien installée au soleil, je me rappelai avoir commencé un livre numérique sur mon téléphone. Une parodie de roman policier à l'intrigue assez légère pour que je puisse reprendre le fil en quelques pages. La distraction parfaite.

— On profite du beau temps ?

La voix de Max me prévint de son arrivée avant même ses pas couverts par les rires des enfants dans l'eau.

Je levai le regard, de nouveau subjuguée par son élégance. Il avait relevé les manches de sa chemise blanche rentrée dans son pantalon gris. Il n'avait ni l'air de travailler ni d'être en vacances.

— Que fais-tu ici, exactement ? lui demandai-je de but en blanc.

— Comment ça ?

— En quoi consiste ton travail ? J'imagine que vous avez un directeur pour chaque hôtel vu que toi et, euh…

— Il s'appelle Colton.

Je pris une longue inspiration. Retenir son prénom équivalait à accepter sa relation avec Brooklyn. Or, je ne pouvais pas vraiment dire « celui dont on ne prononce pas le nom » devant Max.

— Vu que toi et Colton n'avez pas l'air assignés à un établissement en particulier.

Max semblait amusé, ses pupilles pétillant d'une façon à la fois attirante et agaçante. Je le haïssais de pouvoir éveiller en moi une émotion si vive sans le moindre effort. Me complaire dans ses charmes ne traduisait rien de raisonné.

Il s'assit sur la chaise longue voisine.

— Nous avons beaucoup à faire, m'expliqua-t-il.

— Inspecter les rangs ? plaisantai-je, n'assumant pas totalement cette blague.

Max rit malgré tout.

— Ainsi que nos installations et le bâtiment. Nous vérifions que tout se déroule bien. Nous épluchons les factures, les avis des clients, anticipons les problèmes, ce genre de choses.

— Quels types de problèmes ?

— Nous luttons en permanence pour nous moderniser. Quand les goûts changent, un restaurant passe de mode parfois, alors nous revisitons la décoration et les menus. Il y a les pannes, les soucis de recrutement... Même de la fraude.

— Quelqu'un vous a volé de l'argent ? m'exclamai-je, intriguée et surprise. Intéressant, je suis plutôt douée avec les chiffres.

— Tu penses pouvoir démasquer une fraude ou en monter une ?

— Tout dépend du contexte. Tu envisages une arnaque ?

— Pas tout de suite, tu sais, vu que je me volerais moi-même. Mais je t'appellerai si l'occasion se présente.

— J'ai toujours rêvé de me lancer dans le crime, ironisai-je. Et donc, vous avez trouvé le coupable ?

— Ils étaient deux. L'un falsifiait les comptes, l'autre signait des factures fictives. Ils couchaient ensemble et envisageaient de fuir dans les Caraïbes. Ils se sont seulement offert une escapade en prison.

Je souris face à sa légèreté. J'allais lui avouer à quel point j'étais surprise quand mon téléphone sonna. Je le pris sur la petite table en rotin, espérant avoir des nouvelles de Brooklyn. Encore raté, c'était James.

Je culpabilisai quelque peu de me trouver là, à plaisanter avec Max, mais saluai mon frère de ma voix la plus guillerette.

— Comment ça va, à Seattle ?

— Brooklyn est avec toi ? demanda James sans détour.

— Oui, hésitai-je l'espace d'un instant.

Elle était là, quelque part, songeai-je, à l'hôtel ou Las Vegas...

— Passe-la-moi, veux-tu ?

— Pourquoi ? répondis-je, le temps de bricoler une excuse. Quelque chose ne va pas ? Je peux t'aider ?

— J'aimerais simplement parler à ma fiancée.

— Tu l'as appelée ?

— Bien sûr que oui. J'essaie depuis ce matin. Demande-lui si elle a bien allumé son portable.

— Euh, là, je ne peux pas, dis-je en bricolant une excuse rapide.

— Et pourquoi donc ?

— Elle n'est pas à côté de moi...

Je n'eus pas à chercher bien loin pour trouver l'inspiration. Et lorsque je me baignais dans le mensonge, je n'atermoyais pas et plongeais tête la première.

— ... Elle est en train de nager. Brooklyn !

J'attendis un instant après avoir crié son nom dans le vide.

— Est-ce qu'elle peut te rappeler, James ?

— Dis-lui de sortir de l'eau.

— Elle... Joue au volley. La partie est serrée. Elle ne peut pas laisser tomber son équipe.

Là, je m'étonnai moi-même. Non contente de briser mon code moral, je devenais plutôt douée.

— Tout ça va trop loin, s'énerva mon frère.

— On passe quelques jours entre filles avant le mariage, rien de plus, répondis-je, me raccrochant à un semblant de vérité. Toi aussi, tu as eu ton enterrement de vie de garçon.

— Qui a duré six heures.

— Oui, eh bien, nous sommes plus inventives. Je lui dirai de te rappeler.

— Pas la peine.

Je sentis mon ventre se nouer, apeurée que James découvrît le pot aux roses.

— Quoi ? m'étonnai-je, consciente de ma voix chevrotante.

— J'en ai assez. Je prends le prochain vol.

— Non, surtout pas, m'écriai-je tout à coup.

Je l'entendis tenter de garder son calme à l'autre bout du fil.

— Et pourquoi cela, Layla ?

— Cet homme que j'ai rencontré, commençai-je en évitant le regard de Max. C'est peut-être du sérieux. Et Brooklyn me sert de copilote. Tu sais à quel point elle s'inquiète de me savoir seule à l'approche de vos noces.

— Oui, fit-il après un court silence.

Cette réponse me rendit perplexe. Brooklyn se souciait-elle vraiment de cela ? Mais pourquoi ? Je ne me sentais pas seule. En tout cas, leur mariage ne m'angoissait pas à cet égard. Avec Colton, en revanche, elle risquait de plus facilement me laisser sur la touche.

Max me dévisageait. James se taisait. Je me ressaisis et préférai savourer ma victoire.

— Super. Merci, James. On rentre bientôt.

— Dépêchez-vous.

— Oui, promis.

Il murmura de nouveau quelque chose d'inintelligible puis raccrocha. Je reposais mon téléphone.

— Intéressant, s'amusa Max.

— Surtout, ne respecte pas ma vie privée.

— Pardon. J'imagine que c'est moi dont tu parlais.

— Ce n'est pas toi… Ni personne, d'ailleurs. C'était une histoire.

— On appelle ça un mensonge, Layla.

Quel mufle ! Il me connaissait à peine et se permettait de me juger. C'était lui qui agissait mal. Lui, ou son frère. Parmi toutes ces personnes au comportement douteux, je devais bien être la seule irréprochable.

— Sors avec moi, reprit Max.

Je restai perplexe.

— Toi et moi, pour un rendez-vous. Ton mensonge n'en sera plus un, et tu culpabiliseras moins.

— Je le vis très bien, me défendis-je.

— Si tu voyais ta tête, s'esclaffa-t-il. Tu meurs de honte.

— Absolument pas.

— Tu es honnête à en mourir, continua-t-il en se relevant. Je devrais vraiment t'engager comme comptable.

— J'ai déjà un emploi.

J'ignorais pourquoi je sentais le besoin de lui rappeler ce fait hors de propos.

— Allons-y, Layla.

— Au service recrutement ? m'enquis-je, ne sachant pas jusqu'où il pousserait la blague.

— Non, partons pour notre rencard.

— Là, tout de suite ?

Et moi qui comptais garder mes distances à la base.

— Oui, tout de suite. Je veux qu'on ne puisse rien te reprocher. Tu te sentiras mieux, promis.

— Comme si tu savais comment me soulager.

— Une bouteille de Crepe Falls, d'après moi, assura-t-il en me tendant la main.

Je voulais accepter. Et cela n'avait rien à voir avec mes instincts contradictoires ni avec ma nouvelle faiblesse pour ce vin exquis.

— Il y a un tour en montgolfière au-dessus du Grand Canyon, cet après-midi. Tu verras, c'est fantastique.

Tout à coup, j'hésitai. Je me sentirais moins seule pendant une extraordinaire virée dans le ciel plutôt qu'à attendre Brooklyn.

— Allez, Layla. Tu n'as rien à perdre.

— Si, une bouteille de vin, apparemment.

— Voilà, c'est ça que je veux entendre.

Brooklyn n'avait pas à se soucier de moi. J'étais une grande fille. En vérité, peut-être allais-je même la laisser tranquille. La nouveauté de Colton s'étiolerait assez vite. Cependant, il leur fallait du temps ensemble... Sans personne pour les distraire tandis qu'ils se fixaient dans le blanc des yeux.

M'embarquer dans l'aventure d'une vie avec Max aiderait sans doute plus James. Sans même me bercer d'illusions, je croyais sincèrement en cette stratégie.

— D'accord, mais pas trop longtemps.

— Je te ramènerai pour le dîner.

Dans le ciel du Grand Canyon, je restais bouche bée face à la vue hallucinante sur ces falaises de roche rouge. L'azur s'étendait à l'infini, tout comme les touffes éparses de cactus verts.

La peur me tiraillait néanmoins. Pas à cause du vertige. Non, en raison du plaisir que je prenais en compagnie de Max.

La balade en montgolfière aurait suffi à me ravir, mais tout avait commencé par un tour en hélicoptère depuis Las Vegas jusqu'au lac Mead. Un guide professionnel en costume cravate et un pilote de nacelle, Rick, nous avaient accueillis pour nous expliquer les consignes de sécurité.

Ils nous avaient fourni des vestes pour le froid, montré comment fonctionnaient les masques à oxygène si nous dépassions les trois mille mètres et offert une coupe de champagne avant le décollage.

C'était du haut de gamme, bien frais, servi dans de vraies flûtes en cristal pour ajouter au faste d'une telle expérience.

Ainsi avions-nous découvert le désert depuis l'azur. Max et moi observions les arbres morts, les hauts cactus saguaros et les couleurs vives des fleurs délicates poussant en bouquets. Un faucon fendit l'air au-dessus de nous, un coyote trottinait plus bas.

Rick se tenait derrière nous, affairé à manier le brûleur.

— Parle-moi de ton frère, demanda Max.

— Pourquoi ? rétorquai-je, sur la défensive tout à coup.

— Ça me travaille depuis son appel.

J'aurais préféré me changer les idées et simplement apprécier les charmes du désert.

— Ce serait trop facile de n'envisager que le point de vue de Colton, reprit-il sans remarquer mon silence ou sans s'en soucier. Brooklyn et lui vont bien ensemble, mais…

— Elle va mieux avec James. Leur relation à eux est solide et réelle, insistai-je.

J'anticipais déjà une dispute, mais Max ne me contredisait pas. Cela m'énervait. Comment se plaindre de quelqu'un qui ne riposte pas.

Le silence s'imposa. Le vent nous fouettait le visage. La flamme poussait un rugissement tranquille et constant.

— À propos de ton frère...

— Quoi ? lançai-je, agacée face à son insistance. Colton t'a demandé des informations sur son rival ?

— Mais non. J'aimerais connaître les deux versions de l'histoire. Ce serait plus raisonnable.

— Tu n'es pas vraiment neutre dans cette affaire.

Il soutiendrait sa famille, voilà tout. Je ne lui en voulais pas. Moi aussi je défendais les miens, mais je pensais avoir plus de raisons d'agir ainsi. Certes, cela paraissait ridicule, car les sentiments de Brooklyn n'appartenaient qu'à elle. Pas à moi, Max, ni à Colton ou James. Pourtant...

— J'envisage de t'aider, assura Max. Je crois que tu n'as pas tout à fait tort.

Cela semblait trop beau.

Puis, la nacelle capricieuse partit en avant. Je trébuchai contre Max qui m'étreignit pour m'empêcher de tomber.

Je m'efforçai de ne pas apprécier cette sensation. Je n'avais rien de la demoiselle en détresse, personne n'avait à me défendre. Je n'allais pas voler par-dessus bord. Malgré tout, je restai entre ses bras sans trop savoir pourquoi... Bon, très bien, je savais pourquoi.

— Colton et Brooklyn se connaissent à peine. Leurs sentiments ne dureront peut-être pas.

— Parfaitement, balbutiai-je.

Un nouvel à-coup, plus violent, et le plancher sembla se dérober sous nos pieds. Tout comme mon estomac.

Max se tourna vers le pilote. Sans doute s'inquiétait-il un peu lui aussi.

— Des rafales, cria Rick en relançant le brûleur. Nous sommes pris dans un sacré courant descendant.

J'allais lui demander si nous allions basculer quand la vitesse se stabilisa.

— Quelle aventure ! dis-je à Max sans trop cacher mon émoi. Tu as peur ?

— Pas encore.

Le ballon chutait rapidement. Le rugissement des flammes s'intensifia quand le pilote se mit à se servir des deux brûleurs.

Je me retrouvai hypnotisée par la terre qui semblait se soulever. Nous devions nous trouver à environ trente mètres des collines clairsemées d'arbres.

Je n'irais pas jusqu'à dire que nous chutions, mais une chose est sûre, nous nous rapprochions du sol bien trop vite à mon goût.

— Il faut compter un délai de quinze secondes le temps que le ballon réagisse aux commandes, nous expliqua Rick, on ne peut plus serein. Nous allons ralentir sous peu. Préparez-vous à quelques secousses.

— S'agit-il d'un euphémisme pour un crash ? ajoutai-je, peu certaine de vouloir une réponse.

— Non, pour un atterrissage.

— Ne crains rien, me rassura Max.

— Je n'ai pas peur, mentis-je.

Alors, le ballon décéléra. J'entendis Rick bidouiller sa radio.

— Lancez-vous un SOS ?

— J'essaie de capter un signal.

— Il n'y en a pas ?

Gênée par la touche aiguë à la fin de ma question, je nous imaginais déjà perdus dans le désert, blessés, sans personne pour nous retrouver tandis que nous mourions de faim, de soif ou dévorés par les coyotes.

D'après Brooklyn, je m'emportais parfois. Selon elle, j'adorais jouer au scénario catastrophe.

Elle n'avait pas vraiment tort. Seulement, ce jour-là, il me semblait plutôt envisager le dénouement le plus plausible, ce qui est tout à fait différent.

— Il y a un traqueur GPS, dit Max, sentant mon inquiétude. Ils savent où nous sommes.

— Je dois prévenir le central que nous avons atterri en toute sécurité, affirma Rick.

Je jetai un œil par-dessus le rebord. Des arbres se dressaient en dessous de nous, et ils se rapprochaient.

— Ce n'est pas tout à fait exact, commentai-je quand une bourrasque nous balaya.

— Waouh, s'écria Rick en coupant les brûleurs. Accrochez-vous !

Max me colla à lui d'un bras, agrippé à la nacelle de l'autre. Nous percutâmes un arbre. Les branches craquèrent et le ballon reprit sa course.

Peu après, un autre arbre, plus solide, se dressa sur notre route et commença à se disputer la montgolfière avec le vent.

— Mais qu'est-ce que…

La nacelle se souleva d'un côté sans me laisser le temps de finir ma phrase. Je poussai un petit cri, presque fière de ne pas avoir hurlé.

Mon cœur battait à tout rompre tandis que je tâtonnais à la recherche d'une prise. Max me serra encore plus quand je faillis glisser de la nacelle.

— Je te tiens, Layla. Ne bouge pas.

Il nous maintenait en sécurité, dans la même position que tout à l'heure. Mais combien de temps allait-il tenir ?

Rick, lui, avait basculé et s'accrochait désormais au rebord, agitant les pieds dans le vide à la recherche d'un appui quelconque. Il sembla trouver une branche solide puis poussa un cri de soulagement avant de se hisser à la force des coudes.

— Ça va ? l'appela Max.

— Oui, et vous ? Désolé pour les secousses.

Incroyable, il plaisantait dans de telles circonstances.

— Et rappelez-vous, reprit Rick d'une voix volontairement joyeuse. Si on se relève, ce n'est pas un accident.

— En voilà une journée intéressante, s'extasia Max.

— Pardon ? haletai-je en envisageant les quelques mètres qui nous séparaient du sol.

— On va s'en sortir, ne t'en fais pas.

Je voulais me montrer courageuse. Je le souhaitais de tout mon cœur. Surtout devant Max. Seulement, je préférais ne pas me casser une jambe.

La nacelle bougea encore, mon cœur fit un bond.

— Pouvez-vous aider votre petite amie à descendre, monsieur Kendrick ?

À deux doigts de le corriger sur les termes de notre relation, je me ravisai. Ç'aurait été ridicule.

Max se coucha à plat ventre et m'invita à le suivre.

— Donne-moi tes mains, Layla.

Je ne parvenais pas à me détourner du sol.

— Que comptes-tu faire ?

— Si je te fais descendre à bout de bras, tes pieds toucheront presque terre.

— Presque ?

Je n'aimais pas cela, encore moins l'idée de me balancer en l'air, pendue aux bras de Max. Et s'il me lâchait ? Et si le vent ballottait encore la nacelle et nous faisait chavirer ? Je me casserais les jambes et Max se briserait le cou.

À ce même moment, une bourrasque souffla sur le ballon à moitié dégonflé et nous poussa contre l'arbre.

— Dépêchez-vous ! cria Rick.

— Donne-moi tes mains, fit Max.

Sans plus d'hésitations, je rassemblai mon peu de courage et m'exécutai. Il me saisit les poignets et je m'agrippais aux siens du mieux possible.

— Laisse-toi glisser en arrière. Ne regarde pas en bas. Tu verras, c'est facile.

J'écoutai son conseil pour me concentrer sur ses yeux. Il me souriait.

— Tu mens.

Cependant, je descendais déjà. Un instinct de survie oublié m'intimait de lui obéir afin de m'en sortir sans blessures.

— Tout va bien, assura-t-il lorsque mes pieds se mirent à battre le vide.

Je me pliais en deux pour reculer encore jusqu'à un point d'équilibre où je dus prendre une grande inspiration avant de repartir.

— C'est bon, il doit rester une cinquantaine de centimètres. C'est comme sauter d'une chaise. Plie les genoux en atterrissant.

J'étais prête.

Je lui fis un signe de tête.

Il me lâcha.

7

Nous regagnâmes la terre ferme avec quelques égratignures tout au plus. Rick grimpa à flanc de colline pour capter un signal radio. Max, lui, avisait la montgolfière prise au piège.

— Elle ne descendra pas, fit-il remarquer en s'approchant du rocher sur lequel je m'étais assise. Pas sans un peu d'huile de coude, en tout cas.

J'observais une ombre se déplacer au loin.

— Serait-ce un coyote ?

— Oui, dit Max en suivant mon regard.

— Ces bêtes ne sont-elles pas dangereuses ?

— Seulement pour les lièvres. Il ne nous embêtera pas.

— Tu es sûr ?

Max me mentait peut-être pour me réconforter. L'animal s'était arrêté. Il nous fixait d'un air affamé. Dans ce désert où les proies ne devaient pas foisonner, nous incarnions sûrement la promesse d'un festin.

— Que fait ton frère dans la vie ? m'interrogea Max en s'installant près de moi.

— Il doit rôder dans les parages avec ses copains.

— James ?

— Non, le coyote.

J'aimais bien les documentaires animaliers. Ces bêtes-là se déplaçaient en meutes. Malgré leur petite taille, un groupe bien organisé ne craignait pas un cerf. D'après les images, ce n'était pas beau à voir.

— Est-il enseignant ? continua Max. Avocat ? Ou banquier ?

— Non, économiste.

Le coyote se colla le museau au sol puis fureta dans notre direction.

— On devrait peut-être remonter dans l'arbre.

— Je parie qu'il travaille pour le gouvernement, une chambre des commerces, ou une entreprise réputée.

— Une compagnie d'expertise-conseil.

Comme Max gardait un calme olympien, nos vies ne devaient pas se trouver en danger.

— J'imagine qu'il est très beau.

Je me détournais de l'animal assez longtemps pour étudier l'expression de Max. Quelle remarque étrange...

— C'est ton frère, s'expliqua-t-il. La génétique semble jouer en votre faveur.

Le compliment maquillé m'ébranla quelque peu. Je ne savais pas si je devais le remercier et passer pour vaniteuse ou laisser couler au risque de paraître ingrate.

Tout à coup, il se leva et poussa un bref hurlement. À environ dix mètres, le coyote sursauta. Un peu comme moi.

— Du balai ! lui ordonna Max.

La bête se retourna pour s'en aller sans nous lâcher du regard malgré tout. Un nouveau cri et l'animal se mit à courir.

— Je croyais qu'il n'était pas dangereux, hésitai-je d'une voix légèrement chevrotante.

— Et c'est vrai.

— Il allait nous attaquer.

— Il était curieux. Nous sommes en plein désert, il ne doit pas souvent voir de gens.

— Tu ne m'ôteras pas de l'idée qu'il voulait nous dévorer. Et tu as dû l'éloigner.

— Je lui ai montré qui était le plus gros, s'amusa-t-il en se rasseyant pour me prendre la main. Pas de panique, il ne t'arrivera rien.

Je ne pus m'empêcher de guetter la colline où le pilote était parti.

— Et Rick ?

— Il ne devrait plus tarder.

— J'espère.

Je n'aurais pas voulu devoir grimper cette butte toute seule.

— Chez qui travaille ton frère ?

— O'Neil Nybecker.

— Une bonne compagnie.

— Qui convient à un homme bien.

Presque toute ma vie, j'avais chanté les louanges de mon frère… Sauf à mon plus jeune âge et à l'adolescence où il me faisait terriblement honte.

— Il était major de promo à l'université de Watford. Il a même obtenu une médaille d'argent au championnat national d'aviron.

— Colton s'est illustré dans le cross-country.

Ce n'était pas exactement la réponse que j'attendais.

— S'agit-il d'un concours, Max ?

— Ça y ressemble de plus en plus.

— Mais c'est toi qui m'as posé la question. Allez, dis-m'en plus sur toi. Tu aimais aussi la course de fond ?

— Je jouais au base-ball, en deuxième base.

— J'entraîne l'équipe de softball, m'exclamai-je, ma curiosité piquée au vif. Tous les professeurs prennent part aux activités extrascolaires.

Je ne voulais pas le pousser à croire que je me vantais d'apporter une participation extraordinaire à mon lycée.

— Tu joues aussi ? demanda Max.

— Oui, dans une équipe d'amateurs. Et toi ?

— Pareil.

Quelque chose dans cette réponse sobre transpirait une confiance tranquille.

— Tu es vraiment doué, c'est ça, Max ?

— J'en connais de plus talentueux.

— Tu mens.

Il se contenta de sourire.

— Je le savais !

— Depuis quand James et Brooklyn sortent-ils ensemble ?

— Depuis le lycée. Même avant, en vérité. Brooklyn et moi sommes amies depuis toujours.

— Partagent-ils beaucoup de points communs ?

— Pas tant que ça, répondis-je après un court instant. Ils se complètent bien. James a les épaules solides. Brooklyn se montre plus impulsive, jamais à court d'énergie ou d'idées.

— Leur arrive-t-il de se disputer ?

— Presque jamais. Je trouve ça génial, chez eux.

— C'est bizarre, non ? Le vice vient peut-être de là.

Je refusai d'admettre l'existence d'un problème en dépit de tout.

— Tout va bien entre eux.

— Ils sont peut-être trop proches. Un peu comme des frères et sœurs, et non comme un couple.

— Oh ! que non, ils connaissent la différence, crois-moi.

Je ne pus alors m'empêcher de repenser aux paroles de Brooklyn : elle aimait James sans être amoureuse de lui. Sur le moment, je n'avais même pas compris ce qu'elle avait voulu dire par cette distinction infime.

— Très bien, se résigna Max. Nous suivrons tes règles.

— Comment ça ?

Je me pris à observer le désert, comme si j'avais loupé quelque chose.

— Je vais t'aider à les séparer.

— Mais bien sûr, maugréai-je, trop maligne pour sauter à pieds joints dans ce piège si évident.

— Layla, tu as peut-être raison. Quand leurs hormones vont se fatiguer, ils constateront sans doute qu'il n'y avait rien de plus entre eux.

— Et Brooklyn se retrouvera malheureuse.

Je voulais croire en Max. Son aide constituerait un atout précieux ; je bataillerais ainsi à armes égales et non à trois contre une. Par ailleurs, il connaissait mieux Colton que moi. Si Max ne plaisantait pas...

Je préférai m'assurer de son sérieux.

— Pourquoi m'aiderais-tu ?

— Je t'aime bien.

Une explication trop simple au demeurant. Et trop improbable.

— Personne ne trahirait son frère pour la première venue.

— Tu n'es pas la première venue.

— Je suis apparue dans ta vie par hasard, il y a deux jours.

— Trois. Et à mon avis, c'était inévitable.

Je crus comprendre. Je n'allais pas lui demander ses sentiments lors de ce premier regard à San Francisco, mais je me rappelai bien les miens. Puis était survenue la crise de Brooklyn. Je devais l'admettre, tout cela sentait l'inéluctable.

— Et alors ? On parle de ton frère jumeau.

— Raison de plus pour empêcher l'irréparable.

— Tu penses qu'il s'agit d'une erreur ? m'enquis-je, soudain pleine d'espoir.

— Je leur donne une chance sur deux pour que ça dure. Pour les avoir vus ensemble, ils ont l'air d'y croire.

— Ils se trompent, m'exclamai-je.

— Tu veux de mon aide, oui ou non ?

— Oui.

— Très bien. Tiens, Rick arrive.

Je me tournai vers la colline. Le soleil déclinant derrière le pilote prolongeait les ombres sur le désert.

— As-tu prévenu quelqu'un que nous allions faire un tour en montgolfière, Max ?

Brooklyn s'inquiétait sûrement. Je ne lui avais pas écrit pour ne pas lui donner l'impression que je sortais avec Max. De toute manière, l'absence de baisers, d'intimité et de tendresse en attestait assez. Et peu importe cette étreinte dans la nacelle, cela ne comptait pas. En cas de peur panique, les bras de n'importe quel homme auraient fait l'affaire.

— Non, répondit Max. Mais nous pourrons leur raconter notre formidable aventure à notre retour.

— Et comment tu m'as sauvé la vie, ajoutai-je, persuadée qu'à sa place je m'en vanterais.

— Je ne t'ai pas sauvé la vie, réfuta-t-il avant de marquer une pause. La cheville, peut-être.

— Merci, en tout cas.

— C'est tout naturel, s'esclaffa-t-il.

Rick arriva alors à notre hauteur ; les secours ne tarderaient plus.

L'hélicoptère nous avait déposés directement à l'hôtel.

Pour mon premier atterrissage sur un toit, je dus admettre l'efficacité d'un tel moyen de transport. Pas étonnant que les millionnaires adoraient se déplacer ainsi. Les bouchons sur le périphérique dans ma Honda en perdaient tout leur glamour.

J'appelai Brooklyn depuis l'ascenseur. Après plusieurs sonneries, elle décrocha, à bout de souffle.

— Layla !

— Salut, dis-je, préférant ne pas imaginer ce que j'avais bien pu interrompre.

— Quelle heure est-il ?

— Un peu plus de 18 h 00.

— J'allais t'écrire puis j'ai été distraite.

Je compris vite qu'elle ne s'était même pas rendu compte de mon absence. Cela n'annonçait rien de bon.

— James a appelé, lui expliquai-je, espérant la secouer.

Elle se tut un instant, comme je m'y attendais, puis reprit d'une voix méfiante.

— Que voulait-il ?

— Toi. Il voulait savoir pourquoi nous mettions si longtemps à rentrer. Il a failli prendre l'avion.

— Impossible ! s'écria-t-elle une octave plus haut, affolée. Il me faut encore du temps. Le voir ne m'aidera pas.

J'éprouvai de la pitié pour elle, sans même savoir pourquoi.

— Pas de panique, je l'ai persuadé de rester à Seattle.

— Tant mieux, se rasséréna-t-elle. C'est toi la meilleure.

— Non, pas du tout, soufflai-je, accablée par le sentiment d'avoir trahi mon frère.

— Où es-tu ?

— À l'hôtel.

— J'arrive.

Je l'entendais marcher au téléphone. Cela me rassura qu'elle veuille me voir sans tarder. Nous devions trouver un endroit où discuter. Peu importe si j'ignorais quoi dire de plus, j'essaierai encore et encore jusqu'à la faire changer d'avis.

— Tu as prévu quelque chose, ce soir ?

Quelle question ! Bien sûr que non. Mes journées ne tourneraient en orbite qu'autour d'elle tout le temps où je serais coincée à Las Vegas.

— Je suis libre, si tu veux, Brooklyn.

— Je demande parce que, tu sais, Colton a des entrées pour une soirée à thème. Ça fait des mois qu'il les a achetées.

Colton, Colton, et encore Colton. J'aurais pu me taper la tête contre un mur. Il aurait bien pu avoir bataillé dix ans pour ces billets, je m'en moquais.

— Il peut s'y rendre seul, non ?

— C'est un bal, Layla.

— Tu vas à un bal...

Son monde s'écroulait tout autour d'elle, et mademoiselle allait danser.

— Le Retour aux Années folles, précisa Max en m'observant.

— J'ai trouvé cette magnifique petite robe à franges, s'extasia Brooklyn. Un mélange de noir et argent. Avec lacets, pampilles et paillettes. J'ai aussi pris un bandeau en strass, et attends de voir les chaussures.

— Ton frère doit arrêter d'acheter l'amour de Brooklyn avec des vêtements, dis-je à Max en couvrant le micro de mon téléphone.

— Rien que ça ? s'étonna-t-il à voix basse en s'approchant. J'aurais plutôt misé sur des voitures, des diamants...

Je lui donnai un petit coup d'épaule. Il ne chancela même pas.

— Il faut qu'on parle, Brooklyn. Sérieusement.

— La robe est dans ma chambre. Tu veux la voir ?

— Non, pas du tout.

— J'ai des billets, m'apprit Max. Nous pourrions les accompagner.

— C'est ça ton plan infaillible pour les séparer ? maugréai-je, la main sur le combiné. Une sortie en couples ?

— Est-ce que tu aimerais une robe ?

— Non, m'offusquai-je. Tu ne m'achèteras pas, moi.

— C'est une super soirée, en général.

— Je ne suis pas là pour m'amuser.

— Pas comme Brooklyn. De toute façon, nous ne les séparerons pas si nous ne passons pas du temps avec eux.

Il avait raison. Je réprimai l'envie de le frapper.

Si je ne pouvais pas empêcher Brooklyn de se rendre à ce bal, impossible à en croire son enthousiasme, autant la suivre. Elle rencontrerait ainsi plus de difficultés à m'éviter.

— Très bien, acquiesçai-je en regardant Max.

— Layla, s'inquiéta Brooklyn d'une voix tout à coup plus fragile face à mon silence.

— Je suis là.

— Tu sais, j'aime vraiment beaucoup cet ensemble.

— D'accord, j'arrive.

Max m'expliqua alors que sa suite jouxtait celle de Colton. Quelle horreur ! Nous avions fait l'amour tout près de l'endroit où séjournait Brooklyn. Elle aurait pu nous prendre sur le fait dans le patio… Dans le couloir, ou… Ou…

Quand les portes de l'ascenseur s'ouvrirent sur le hall de l'hôtel, je demandai à une Brooklyn impatiente de me laisser quelques minutes le temps de la rejoindre.

— Alors, quelle stratégie adopter ? m'interrogea Max tandis que nous traversions la grande salle.

Nous croisâmes plusieurs employés de l'établissement. Tous saluèrent Max, mais je compris vite qu'ils se demandaient également qui je pouvais bien être.

— Rien qu'une énième conquête, Mesdames et Messieurs. Rien de nouveau.

— Pardon ? fit Max.

— Tout le monde me dévisage.

— C'est moi que tout le monde dévisage. Ils attendent leur augmentation. Alors, veux-tu aller au bal avec moi ou préfères-tu rester discrète ? Je pourrais arriver un peu après toi, ou leur parler de cet après-midi.

— De notre accident de montgolfière ?

— Je ne le présenterais pas ainsi. Brooklyn pourrait s'inquiéter.

Il avait raison, encore une fois.

— Très bien, j'arrive la première à la chambre. Puis tu viens nous saluer et expliques que tu as un billet en trop… Par le plus grand des hasards.

— Et notre formidable aventure ?

— Nous aviserons.

— Si je ne t'offre pas de robe, c'est mon frère qui s'en chargera, assura Max en sortant de la suite de Colton, le reflet de celle adjacente.

Brooklyn avait presque sauté de joie quand, à force de les laisser mariner, j'avais accepté l'invitation au bal. Max, lui, était entré dans leur jeu l'air de rien. J'aurais préféré passer la soirée seule avec mon amie, en vérité… Autant rêver.

— Et comme ça, tu pourras la choisir toi-même.

Je ne voulais surtout pas devoir quelque chose à Colton, et Brooklyn m'aurait trouvé une tenue si elle pensait que je n'en avais pas.

L'offre de Max passait alors pour un moindre mal.

En tant que femme moderne, forte et indépendante, j'avais également envisagé de me payer cette robe, cependant, cette femme de caractère devait affronter la réalité de deux prêts et de dépenses imprévues pour sauver des fiançailles toujours plus bancales. Je préférai donc tenter de relativiser et tenir les jumeaux Kendrick comme responsables de tout ce bazar. Cette somme représentait l'équivalent d'un peu d'argent de poche pour Max de toute manière.

— Très bien, Max. Fais comme tu veux.

— Tu auras mis le temps.

— L'idée qu'un homme étrange m'achète une robe idiote ne m'enchante guère.

— Mais ?

— Mais quoi ?

— Il doit y avoir un « mais » puisque tu as accepté.

— J'ai un crédit, admis-je, préférant jouer cartes sur table dès lors, peu importe ma gêne.

À quoi bon agir comme si j'étais riche, moi, l'enseignante vivant dans un studio de trente mètres carrés et me déplaçant avec une voiture vieille de dix ans ?

— Combien pensais-tu dépenser pour cette robe, au juste ? s'amusa Max, après avoir poussé un sifflement.

— Une fortune, m'exclamai-je, plus ou moins persuadée qu'il plaisantait. Ma participation à ce bal fait office de protestation, et je n'éprouverai aucun scrupule à te mettre sur la paille.

— Je demande à voir, me défia-t-il, fendu d'un large sourire.

En un instant, nous nous retrouvâmes devant l'hôtel. Max leva la main et une grande voiture noire vint se ranger près de nous. Le conducteur fit mine de sortir, mais Max m'ouvrait déjà la portière.

— Où allons-nous, monsieur ? demanda le chauffeur.

— Aux Galeries Cristal… Tu verras, Layla. On trouve tout, là-bas.

Max s'installa à mes côtés et le véhicule fila sur le Strip. J'observais les passants sur les trottoirs tandis que Max envoyait un message.

J'en profitai alors pour contacter Brooklyn et l'empêcher de se faire des idées.

Quelques minutes plus tard, nous arrivions devant un bâtiment en verre étincelant.

Un homme bien habillé ouvrit la portière à Max.

— Monsieur Kendrick, le salua-t-il. Dalton Leonard, directeur adjoint des Galeries Cristal.

— Bonjour, Dalton.

Max sortit de voiture et m'aida à descendre. Je faillis vaciller devant cette scène aux allures de conte de fées.

— Il nous faut une robe pour le Retour aux Années folles, dit Max.

— Sans problème, madame, assura Dalton en se tournant vers moi.

— Layla, lui indiquai-je.

— Charmant, madame. Puis-je vous suggérer la boutique Andante, au premier étage ?

— Je vous fais confiance, affirmai-je, bien décidée à me laisser guider du début à la fin.

— Leur gamme de robes est magnifique. Elles allient l'ancien et le moderne. Cela pourrait correspondre à l'ambiance de ce soir. Par ici.

En pénétrant dans ce centre commercial de luxe, je ne sus plus trop bien comment réagir… Peut-être en prenant mes jambes à mon cou. J'avais beau jouer la maligne, face à la réalité de Las Vegas et son faste, j'ignorais si j'allais trouver le courage de dépenser l'argent de Max.

En toute franchise, j'adorais les grandes marques. Avec Brooklyn, nous passions des heures en boutiques à débusquer les bonnes affaires. J'avais beaucoup appris grâce à son flair, ces dernières années. Or, l'idée de payer plein tarif ici suffit à me dessécher la gorge et à me donner des palpitations.

— Tu m'as cherché, me murmura Max tandis que nous parcourions les allées.

Je ne me rendis compte qu'à cet instant que je lui tenais encore la main.

— Serait-ce un test ?

— Va savoir. Si tu changes d'avis, je connais une friperie au nord de la ville.

— C'est vrai ?

Si seulement il avait pu en parler plus tôt. C'était parfait ; j'aurais pu me payer ma robe. Où d'autre femme moderne, forte, indépendante, et intelligente de surcroît, se procurait-elle une tenue à usage unique ?

— Ah, non, s'exclama Max en me pressant le bras en douceur. Hors de question. Nous étions d'accord.

— Alors, tu me testais vraiment ? ricanai-je face à son air satisfait. Cette friperie n'existe pas.

— Pas dans ton avenir proche, en tout cas. Allez, Dalton est en train de nous semer.

— Laisse-le donc.

— Ce serait mal élevé.

— Je n'ai pas besoin d'une robe neuve. Je me contenterai de vêtements d'occasion.

— Non, ça compliquerait tout. Et ce serait moins drôle.

Je ne pensais pas trouver de plaisir à cela. Après tout, ce bal m'ennuyait déjà. Max gaspillait son argent ; il aurait plutôt dû le garder pour une autre.

Un instant...

— Qui comptais-tu emmener, ce soir ? lui demandai-je.

— Personne.

— Tu mens. Tu as deux billets, donc tu devais avoir un rencard. Tu envoyais un message à cette fille pour annuler, dans la voiture ? Par pitié, dis-moi que tu ne lui as pas brisé le cœur.

— Mais non, enfin. J'écrivais au centre commercial pour avoir de l'aide et ne pas errer pendant des heures. Mais merci pour le compliment.

— Quel compliment ?

— Tu me crois capable de briser un cœur en annulant un simple rendez-vous.

Je ne sus que répondre. À quoi bon nier ?

— C'est une œuvre de charité, se défendit-il. J'achète toujours deux tickets, que je sois en ville ou non. Je ne voulais même pas y aller.

Je me sentis soudain plus coupable qu'idiote.

— Désolée de te forcer.

— C'est moi qui ai proposé. Ah, nous y voilà.

Dalton s'était arrêté devant une boutique. Il me suffit d'un regard sur le tapis voluptueux, les étals rutilants et l'écart monstrueux entre les articles pour deviner les prix outranciers.

— Si vous ne trouvez pas votre bonheur, essayez chez Silver, en face, nous précisa Dalton d'un geste. Et sinon, il reste Belle de Nuit, au deuxième. C'est Nancy Roth qui dirige Andante. Elle vous aidera avec grand plaisir, mais n'hésitez pas à m'appeler en cas de besoin.

Il nous tendit une carte de visite avec un sourire puis prit congé.

— Quel bien étrange monde que le tien, Max !

— C'est le même que le tien, tu sais.

— Pas vraiment.

Il posa alors ses doigts délicats sur mon dos et me fit entrer.

Un tel geste m'aurait agacée d'habitude. La femme moderne, forte et indépendante était restée quelque part sur le trottoir le temps que la princesse gâtée s'achète des vêtements.

Une vendeuse se précipita tout de suite sur nous, me noyant sous une demi-douzaine de robes avant de me pousser dans une cabine d'essayage.

Entre la première qui hurlait son prix exorbitant et la dernière qui me vieillissait d'au moins trente ans, en passant par celle qui avait fait saliver Max et m'aurait fait ressembler à une chanteuse dévergondée, seule la plus sobre me séduisit. Blanche, en fuseau, munie de sangles fines et de pampilles classiques, elle s'arrêtait au-dessus du genou.

Si le cintre ne lui faisait pas honneur, elle m'allait pourtant à ravir et mes cheveux auburn accentuaient à merveille le blanc du bandeau assorti.

Son prix relativement raisonnable en comparaison des précédentes me convenait. Cela dit, au vu de la boutique, autant ne pas parler de décence.

Lorsque je sortis de la cabine, Max me fixa un instant.

— Elle te plaît ? me demanda-t-il.

— Oui, assurai-je en pivotant pour lui montrer le dos.

— Tu as bon goût, alors.

— Parce qu'elle coûte cher ?

— Non, parce qu'elle est jolie.

La vendeuse réapparut pour s'extasier d'une voix trop enthousiaste. On la payait pour cela, après tout.

— Et j'ai exactement les chaussures qu'il vous faut, se réjouit-elle.

— Eh oui, il t'en faudra, s'amusa Max face à ma moue dubitative.

Certes, ni mes bottines ni mes spartiates n'allaient avec la robe, cependant je ne voulais pas forcer Max à m'acheter des escarpins en plus de tout.

— Et n'essaie même pas de rouspéter, continua-t-il. Il te faut des accessoires. Tu as un sac à main ?

— Je n'ai pas besoin…

— Et un sac à main, s'il vous plaît, cria-t-il à la femme à l'autre bout de la boutique.

Elle se contenta d'un signe en guise de réponse.

— C'est ridicule.

— Je m'amuse bien, moi.

— Je ne vois pas en quoi tu trouves ça drôle, protestai-je en m'observant dans un miroir à trois pans.

— Tu serais surprise.

La vendeuse revint avec une paire de talons abattus à lanière en croix argentés ainsi que trois sacs de coupes différentes.

Je m'assis près de Max pour essayer les chaussures. Pile à la bonne taille. Puis, il me tendit une pochette blanche plissée de satin aux anses couvertes de pierres et d'argent.

— Votre petit ami a vraiment bon goût, me souffla la femme à mi-voix.

Venant d'une employée payée à la commission, je n'en attendais pas moins ; il devenait facile de confondre bon goût et onéreux. Seulement, Max n'en démordrait pas.

— Nous ne sortons pas ensemble, murmurai-je. Ce n'est pas ça, ma vie.

Alors son visage se transforma en une moue complice. Elle redevint une femme s'adressant à une consœur de la grande secte.

— Vous devriez tenter d'y remédier.

— Bien, se réjouit Max en se levant. Nous avons trouvé un gagnant. Sauf s'il te faut des boucles d'oreilles.

— Inutile.

— Ne nous précipitons pas, me coupa la vendeuse.

Peu importe si elle soutenait la cause féminine ou courait après un salaire plus élevé, je refusai de céder.

Même une princesse devait savoir établir des limites.

8

— Tu es merveilleuse ! me complimenta Brooklyn en entremêlant ses doigts aux franges sur mon ventre.

Elle étincelait dans sa robe moulante bleu nuit à lacets. Brodé d'or, l'ensemble s'arrêtait à hauteur des cuisses pour se prolonger en franges. Brook exhibait aussi un collier assorti à des boucles d'oreilles de saphir.

— Ce ne sont pas des vrais, j'espère, me renfrognai-je.

— Je n'ai pas demandé, admit-elle en effleurant un des joyaux. Je ne voulais pas savoir.

— Brooklyn, continuai-je, choquée. Comment peux-tu accepter…

Ce fut plus fort que moi. Je saisis le collier en douceur, persuadée qu'il s'agissait de vraies pierres.

— … Ça de la part d'un autre homme.

— Colton n'est pas n'importe qui, pesta-t-elle, pleine d'une détermination nouvelle. Layla, je dois tout avouer à James.

— Non, répondis-je, en proie à une panique soudaine.

— Je sais que je t'avais promis d'y réfléchir, mais ce n'est pas juste. Pour personne.

— Tu n'en sais rien.

— Si, je t'assure, rétorqua-t-elle d'une voix à la fois résolue et empreinte de colère.

Colton apparut, je le foudroyai du regard. Il se figea un instant face à mon expression puis se tourna vers mon amie.

— Tu veux danser ?

— Attends, je reviens, s'excusa-t-elle.

— Je t'accompagne, dis-je.

— Inutile, lança-t-elle, furieuse.

Je chancelai, sidérée, me retrouvant seule avec Colton.

— Elle a si peur de te blesser, Layla. Elle t'aime tellement.

Les cheveux sur ma nuque se hérissèrent. Je n'avais pas besoin que lui m'explique les sentiments de Brooklyn. Je les connaissais très bien. Depuis toujours. Et à ce moment, ils me terrifiaient.

— Pourquoi fais-tu tout ça, Colton ?

— Je lui ai proposé d'y mettre un terme.

— Est-ce vrai ? s'étonna Max en s'invitant à mes côtés.

— Oui. Plus d'une fois, même.

— Peut-être n'as-tu pas assez insisté, lui fit remarquer Max.

Je ne m'étais honnêtement pas attendue à ce qu'il me soutienne lorsqu'il allait falloir devenir plus agressif. J'appréciai son aide, je me sentais moins seule.

— Si je pensais que c'est ce qu'il y a de mieux pour elle, je laisserais tomber.

— Alors, laisse tomber, le pressai-je.

— Comptes-tu l'épouser ? surenchérit Max.

Colton n'en revint pas.

— On se connaît depuis quatre jours.

— Voilà. Tu souhaites lui ôter une vie entière d'amour en échange de quoi ? D'une passade ?

— Ne l'insulte pas, Max ! Il ne s'agit pas de ça.

— Alors, explique-moi, le pressa Max en se rapprochant de son jumeau.

— Nous sommes deux personnes qui apprennent à se découvrir et ont compris qu'elles ne pourraient plus vivre l'une sans l'autre.

— Ridicule, crachai-je.

Sans doute pas mon argument le plus valable, mais à coup sûr le plus véridique.

— Ce n'est pas juste pour elle, ajouta Max.

Brooklyn réapparut à temps pour entendre cette remarque.

— Tu ne sais rien de moi, s'offusqua-t-elle d'un ton sec. Colton, allons danser.

— N'appelle pas James, lui criai-je tandis qu'ils s'éloignaient.

Je ne supportais pas d'imaginer Brooklyn se contenter de quitter James par téléphone. J'envisageai presque de rentrer sur-le-champ afin de me trouver près de lui à cet instant. Cependant, rien n'aurait su atténuer sa douleur.

— Ils semblent très confiants, dit Max.

— Tu abandonnes déjà ?

— Seulement si tu me le demandes.

— Alors, non.

— Très bien, acquiesça-t-il. Je parlerai à mon frère.

— Merci.

— En attendant, proposa-t-il en observant la salle de bal. Et si on dansait ?

Je n'avais pas le cœur à cela, mais mieux valait ne pas rester là comme une gourde.

— Tu es si merveilleuse, Layla.

La douce lueur dans ses yeux me réchauffa. Je me sentis belle, et coupable à la fois, mais tant pis. Autant m'accorder un répit et profiter de cette superbe soirée. De toute manière, je ne pouvais rien faire de plus à ce moment.

J'ignorais toutefois si ce raisonnement tenait la route.

— Toi aussi, tu es très beau, Max.

Il s'illumina, même s'il se savait probablement le plus charmant de tous n'importe où.

— Allons danser, proposai-je en passant mon bras au sien.

— Je préfère ça.

Le groupe jouait une chanson douce, aussi me blottis-je contre mon cavalier. Je me sentais tellement lasse.

Mon monde embrassa les formes de Max, sa chaleur, ses gestes et les battements de son cœur.

Il dansait mieux que je ne l'avais cru. Avec sa carrure solide, je ne pensais pas le trouver si gracile.

— Tu es doué, le complimentai-je, heureuse de suivre ses pas.

— C'est très facile de danser avec toi.

— Non, c'est différent. Tu t'es entraîné, tu as pris des cours.

— Touché. Ce sont mes parents qui ont insisté.

— Ah bon ? lui demandai-je en traçant les contours de ses épaules. Mais pourquoi t'obliger ? Tu n'as pas vraiment la carrure d'un professionnel.

— D'après mes grands-parents, savoir se sociabiliser servirait les affaires. Colton et moi nous faisions tout le temps enrôler de force pour divertir des adolescentes.

— Oh ! pauvre chéri. Quelle terrible enfance !

— La plupart nous dépassaient d'une tête.

— Vous avez eu une croissance tardive, alors ? J'ai du mal à t'imaginer court sur pattes.

— Et maigrichon, ricana-t-il.

— Je croyais que tu jouais en deuxième base.

— Pas au collège. Et toi ? Comment étais-tu ?

— Mince. Avec un appareil dentaire, des cheveux roux et des taches de rousseur.

Il passa les doigts dans ma chevelure. Un frisson me parcourut l'échine.

— J'aime bien cette couleur, avoua-t-il.

— Moi aussi, maintenant, mais je la détestais au lycée.

— Et j'adore tes taches de rousseur. Elles sont discrètes, mais jolies.

— Elles se sont estompées.

— Eh bien, tu es parfaite aujourd'hui.

Je ne pus m'empêcher de glousser.

— C'est toi qui es parfait. Je parie que les filles ne te lâchaient plus après ta puberté.

— J'avais de quoi faire.

— Et modeste, en plus !

— Je me suis mal exprimé. C'est facile d'obtenir un rendez-vous, c'est autre chose de trouver quelqu'un avec qui on a envie de passer plus d'une soirée.

— Tu as bien dû avoir des petites copines.

— Quelques-unes.

— À quand remonte la dernière ?

— Changeons de sujet.

— Allez. Ne sois pas timide.

— Tu n'as qu'à me parler de tes ex.

— Tous plus imparfaits les uns que les autres, affirmai-je sans plaisanter. Je dois être très difficile, car ils arrivaient tous avec un défaut fatal.

— Vraiment ? Et comment est-ce que je m'en tire ?

Je ne saisis pas trop le ton de sa voix, aussi le regardai-je droit dans les yeux. Je n'y trouvai pas plus de réponses.

— Nous ne sortons pas ensemble.

— Pas encore.

Là, il devait plaisanter.

— Je pars demain. Après-demain, au plus tard.

Cela me rappela Brooklyn ; une vague de tristesse et d'inquiétude me submergea. Max sembla le comprendre et me serra plus fort.

— Tu sais, tu vas devoir la laisser un peu tranquille.

C'était ma seule option, je le savais. Brooklyn m'en voulait. Je préférai l'écarter de mes pensées.

Au lieu de cela, je m'émerveillais de voir à quel point je me sentais bien entre les bras de Max. Comme si j'appartenais depuis toujours à chacune de ses courbes, chacun de ses souffles. Je n'avais jamais autant apprécié me retrouver contre quelqu'un. J'aurais voulu ne plus me séparer de lui, me fondre à lui, absorber tout son être.

Je me souvins de nos deux corps nus, serrés. Je fermai les paupières pour me délecter de son odeur, revenir à ces quelques heures dans sa chambre. Le désir jaillit en moi, me chatouilla la peau, me brûla les reins. Je le voulais tout entier encore une fois.

Il m'embrassa le cou, ses douces lèvres chaudes me faisant vibrer des épaules jusqu'à la pointe des seins.

Je réprimai à peine un gémissement de plaisir.

Je me languissais de ses baisers, de sa bouche. Je me serais damnée pour retrouver ses audaces qui m'avaient abandonnée à des infinités de voluptés.

— Embrasse-moi, murmurai-je.

— Avec joie.

Ses lèvres trouvèrent les miennes sans détour. En douceur tout d'abord, puis avec plus de fermeté, et de passion.

Je m'accrochai à sa nuque, il appuya sur mes reins, et je me cambrai contre lui.

Je savais où cela nous mènerait, et il me tardait déjà. Max était un amant fantastique. Que le temps s'arrête, qu'il m'ensorcelle à nouveau... Je ne demandais rien d'autre.

Une sensation étrange naquit en moi, néanmoins. J'avais beau chercher à l'ignorer, elle perdura. J'oubliais quelque chose de vital. La musique retentit, me rappelant où je me trouvais. J'ouvris les paupières en haletant.

— Quoi ? s'enquit-il.

Je jetais un œil inquiet alentour, effrayée qu'on pût nous observer. Toutefois, Max nous avait menés dans un recoin sombre, à l'abri.

Ma peur s'envola. Il me serrait encore et la volupté resurgit de plus belle. Mes muscles se contractaient au moindre contact. Ses baisers m'engourdissaient. Je voulais retrouver toutes les sensations de cette nuit.

Nous échangeâmes un regard. Des vagues de chaleur semblaient écraser l'air entre nous.

Cette sorte de lien cosmique, c'était étrange. Appelez cela une connexion solaire, des micro-ondes, peu importe... Cela n'en restait pas moins ardent, magnétique et irrésistible.

— Layla, dit-il d'une voix rauque.

— Peut-on rentrer ? demandai-je à bout de souffle telle une star de Hollywood collée à lui lascivement.

— À l'hôtel ?

— Oui. Dans ta chambre. Tout de suite.

Sans même prendre le temps de répondre, il nous menait déjà vers la sortie.

Malgré la séparation dans la limousine, j'espérais que l'interphone était déconnecté, car Max m'assit immédiatement sur ses genoux.

Je passai les doigts sous son veston trop rigide, explorai son torse, sentis son cœur battre à un rythme intense.

Ma poitrine faisait des bonds elle aussi, secouait mes hormones, envoyait des signaux irréfléchis à tout mon corps. J'adorais cette exacerbation des sens, le picotement de ces vagues de chaleur qui consumaient mes moindres atomes en manque d'amour.

Je pris la main de Max pour la poser sur ma cuisse nue.

Il glissa plus haut, comme je l'espérais.

Je me cambrais, gémissais en l'embrassant. Agrippée à ses épaules, je taquinais sa langue, me délectai de ses doigts de plus en plus audacieux.

Lorsqu'il écarta ma culotte, je sus que je devais l'en empêcher. Je jouais avec le feu... À l'arrière d'une limousine.

Rien qu'une minute, songeai-je. Pas plus.

Seulement, il s'invita toujours plus loin en moi, et j'enfonçai les ongles dans ses épaules. Mon cerveau commença à bourdonner et une pulsion intense m'anima.

Je me mis à panteler soudain et mes hanches se balancèrent sur la paume de Max. Je ne ferais plus machine arrière. J'allais assouvir mes désirs, ici et maintenant.

Je dus me mordre la lèvre pour ne pas crier, incapable de retenir mes gémissements.

J'enfonçai alors mon visage au creux de son épaule et frissonnai sous le plaisir qui m'emportait encore et encore.

Quand la tempête se calma enfin, je me retrouvai à bout de souffle.

— Je..., tentai-je, ignorant quoi dire.

— N'essaie même pas de t'excuser, haleta-t-il. Tu es incroyable.

Quand la limousine ralentit, Max se recula légèrement et réarrangea ma robe.

— Incroyable, s'exclama-t-il en m'embrassant.

— Suis-je présentable ? lui demandai-je, consciente de devoir affronter les lumières vives du hall d'entrée.

— Les joues un peu rouges, les pupilles dilatées. Ça te rend encore plus belle.

Je me réjouis du compliment comme une midinette. Après

tout, qu'allait-il dire d'autre dans un moment pareil ? Peu importe, cela me réconforta.

Le chauffeur nous ouvrit la portière.

— Prête ? s'enquit Max.

— Je crois.

Il sortit le premier et me tendit la main sans la lâcher quand nous passâmes les portes d'entrée. Cette sensation me semblait de plus en plus naturelle.

Une petite voix lointaine dans ma tête tentait de me mettre en garde. Or, je n'allais pas écouter mon côté rationnel. Pas maintenant. Ce soir, je laisserais la passion me dicter ma conduite. Tout ce que je devais analyser, soupeser et placer sous le coup de la logique pouvait attendre le lendemain.

Max salua plusieurs employés lorsque nous traversâmes en silence les couloirs jusqu'à sa suite.

Il déverrouilla et la pénombre nous accueillit.

— Tu veux quelque chose ? me demanda-t-il une fois la porte refermée.

— Rien que toi.

Je me retrouvai de nouveau entre ses bras. Sa bouche se voulut plus avide alors. Je comprenais très bien ses envies.

Il ôta son veston et sa chemise d'une main.

Puis, il m'arracha ma robe et ma culotte. Tant pis s'il les avait déchirées.

Je le libérai de son pantalon. Un préservatif apparut de nulle part. Max me souleva pour me caler contre un mur où il se fondit en moi sans interrompre ses baisers.

— Oui, m'écriai-je, surprise de voir mon envie resurgir si rapidement.

En général, la deuxième fois me semblait toujours plus calme, simple écho du premier acte. Pas ce soir. Là, je ne me lassais pas de Max.

Il bougeait les hanches à un rythme ferme, régulier. Il m'empoignait les cuisses avec vigueur. Et à chaque poussée, il m'effleurait le bout des tétons.

Tous mes nerfs hurlaient de volupté. Mon ventre se contractait de plus en plus. J'en perdis presque le souffle.

Et quand je pensai ne rien ressentir de mieux, il me prouva le contraire. Le temps s'arrêta puis la pièce se mit à tourner autour de moi.

Il accéléra, se colla toujours plus à moi, et je lâchai un cri au moment où l'extase atteignit des sommets inimaginables.

Nous restâmes là un moment encore, nos corps palpitant à l'unisson, trempés de sueur, ventre à ventre, à bout de souffle.

Max m'étreignit plus fort. Il me couvrit de baisers.

— Tu as l'air aux anges, haleta-t-il.

Il me fallut un instant pour trouver mes mots.

— C'est le cas, si tu veux tout savoir.

Il émit un rire grave.

— Tu as soif ? Ou faim peut-être ?

— Je ne sais pas trop, là. Je n'ai jamais quitté mon corps de la sorte.

Ne vous méprenez pas, j'avais déjà couché avec des hommes que j'appréciais auparavant. Ils étaient plutôt doués, d'ailleurs, mais aucun n'avait su me combler à ce point. Je ne savais ni pourquoi ni comment, Max rendait tout cela tellement différent.

— Moi, ça m'a ouvert l'appétit, assura-t-il en me reposant. On peut commander le temps de prendre une douche. Des préférences ?

— Faisons dans l'excès. Je veux quelque chose de décadent et exquis sans aucune vertu pour le corps.

— Je vous apporte ça tout de suite, s'amusa-t-il. On se rejoint dans la salle de bains ?

Je me réveillai entre les bras de Max.

Cela me parut si naturel que je m'inquiétais… Mais pas assez pour partir.

Enfin, pas tout à fait.

Je jetai un œil au réveil : 9 h 00. Cela suffit à me motiver. Cette nuit volée touchait à sa fin, je devais retrouver Brooklyn.

Je soulevai le drap et me redressai quand Max me retint contre lui.

— Reste.

— Je ne peux pas. Je dois parler à Brooklyn.

— Comme d'habitude, soupira-t-il de façon théâtrale. Très bien. Je suis debout.

— Tu n'es pas obligé de me suivre.

— Je t'ai promis de t'aider.

Je n'allais rien exiger de sa part. Et pourtant, la nuit dernière avait tout changé, curieusement.

J'enfilai un peignoir et me glissai dans la salle de bains pour me rincer le visage et me coiffer. Me promener sans maquillage ne me dérangeait pas, cependant regagner ma chambre dans ma robe de la veille me mettait mal à l'aise. Au vu du nombre de personnes présentes, il ne fallait pas être très malin pour deviner que j'avais décidé de partager le lit d'un autre à la dernière minute.

Je me rendis ensuite dans le salon.

Max nous servait un café. Il se tourna pour me tendre une tasse.

— Avec du lait et du sucre, c'est ça ?

— Et un bagel aux myrtilles ? osai-je.

Nous nous étions offert des desserts et du chocolat chaud alcoolisé avant d'aller nous coucher. Le chef pâtissier de l'hôtel devait venir d'un autre monde.

— Si tu veux, affirma-t-il en me montrant un sac de vêtements sur le sofa. Je me suis dit que tu te ferais moins remarquer dans cette tenue.

J'y trouvai un pantalon de yoga et un T-shirt large posés sur une paire de sandales plates.

— C'est gentil.

Il se contenta de hausser les épaules.

— Tu veux un bagel, Layla ?

— Je n'ai pas le temps.

J'emportai mon café et les vêtements dans la salle de bains, talonnée par Max.

— Tu veux que j'occupe Colton pendant que tu discutes avec Brooklyn ? m'interrogea-t-il en me regardant me changer.

— Oui, s'il te plaît.

Je devais trouver une autre approche, me montrer moins agressive. Et la supplier ne mènerait à rien sur le long terme. Il suffisait peut-être de la laisser parler pour qu'elle saisisse les failles de son raisonnement.

— Et, Max, pendant que tu y es…

J'hésitais. Il ne me devait rien. Je ne voulais pas non plus le pousser à croire que j'en attendais plus de sa part désormais.

— Je vais essayer de lui montrer ses torts dans cette histoire, ajouta-t-il à ma place.

— Tu n'es pas obligé, soufflai-je en me figeant.

— Tu ne disais pas ça, hier.

— C'était différent.

Il se rapprocha.

— Même si nous avons battu des records, cela ne change rien entre nous.

— Très bien, acquiesçai-je, mitigée.

— Je t'aiderai du mieux possible. Va retrouver Brooklyn. Je vais remettre du plomb dans la cervelle de mon frère.

Je me calai dans mes sandales, avalai une dernière gorgée de café et me dirigeai vers la porte. Max m'attrapa par le bras au passage pour m'embrasser avec tendresse.

— Au revoir, murmura-t-il.

— Au revoir.

Nous échangeâmes un sourire. Je sus alors que je devais m'en aller au plus vite. Max était gentil, génial même. Le simple fait de penser à lui illuminait ma journée.

Je traversais le hall d'entrée quand une voix derrière moi jeta un froid sur mes rêveries.

— Layla ? m'appela James.

Il avait tout de même fini par venir. Je ne pouvais plus l'éviter désormais. Le chaos allait nous tomber dessus.

— Où étais-tu passée ? Je suis allé voir à votre chambre, mais il n'y avait personne.

— Je prenais mon petit déjeuner.

Je ne trouvai pas d'excuse plus proche de la vérité.

— Pourquoi ne réponds-tu pas au téléphone ?

— Je n'ai plus de batterie.

Il s'était éteint pendant le bal. Peu importe, je devais reprendre le dessus de la conversation avant d'en arriver aux questions trop dangereuses.

— Que fais-tu ici, James ? Tu avais dit que tu attendrais.

— J'ai assez perdu de temps, maugréa-t-il, visiblement énervé. Je sais que tu ne veux pas que j'épouse Brooklyn.

— Quoi ? m'écriai-je en décortiquant chacun de ses mots insensés.

— Tu as toujours été jalouse…

— Attends. Sérieusement ?

— … D'elle et moi.

— C'est ridicule, voyons !

— N'essaie pas de nier, cracha-t-il, le visage contrit de dégoût.

— Mais enfin, c'est faux, rétorquai-je, réalisant qu'il ne soupçonnait absolument rien.

Lui aussi avait perdu toute raison. Tout mon entourage sombrait dans la folie.

— C'est absurde, j'espère que tu le sais, James.

Il s'avança alors, l'air agacé, un regard accusateur posé sur moi.

— Tu sais très bien de quoi je veux parler.

— Non, pas du tout.

Je ne suis pas parfaite, mais l'envie reste le dernier de mes péchés. Il aurait dû me considérer comme sa plus fidèle alliée au lieu de me traiter en ennemie.

James poussa un ricanement sardonique.

— Les journées au lac. Le club. Noël dernier. Je pensais que tu abandonnerais, que tu nous laisserais un peu d'air après le mariage. Mais ça… s'exclama-t-il en désignant les lieux… Tu vas trop loin cette fois-ci.

Je le fixai en silence. Je ne trouvai pas les mots.

— C'est moi qu'elle épouse, aboya-t-il. Pas toi. Et tes délires de meilleures copines insouciantes du reste du monde doivent cesser !

Je chancelai face à sa colère grandissante. Ma poitrine se noua.

Je refrénai même mes envies de me défendre. Lui crier dessus ne servirait à rien.

Je fis comme avec les élèves retors et lui répondis d'une voix calme :

— James, je ne veux pas m'interposer entre Brooklyn et toi.

— À d'autres...

— Sérieusement, James.

— Sérieusement, Layla. Je supporte ça depuis des années.

— Tu te fais des idées.

Jamais je ne me serais doutée de sa frustration. Je pensais qu'il appréciait ce lien entre sa fiancée et moi. Nous étions comme des sœurs en parfaite harmonie. Il ne possédait aucune raison d'être jaloux.

Malgré sa mâchoire crispée, je compris qu'il réfléchissait.

— Dans ce cas, prouve-le. Dis-moi où elle est, arrête de l'accaparer et mets un terme à ces satanées vacances.

— Mais je..., balbutiai-je.

Brooklyn arrivait. Elle traversait le hall au bras de Colton en riant. Un vrai petit couple.

Mon regard me trahit et James se retourna sans attendre la suite de ma phrase. Brooklyn se figea en le repérant.

— C'est qui, ça ?

Mon cerveau s'éteignit une seconde. Je restai paralysée. Puis, une inspiration divine me frappa.

— C'est Max, lançai-je.

Je me précipitai à leurs côtés le plus rapidement possible, suivie de James.

— Max, appelai-je. Je suis là. Je t'ai déjà parlé de mon frère, James, tu te rappelles ? James, je t'ai dit que j'avais rencontré quelqu'un. Eh bien, je te présente Max Kendrick.

Je parlais trop fort, trop vite. Mon seul espoir restait que James plaçât mon trouble sous le coup de notre dispute. Je pris Colton par le bras de façon manifeste et le tirai vers moi, de plus en plus loin de Brooklyn.

— Est-ce que tu reviens de la salle de sport ? demandai-je à mon amie d'un ton équivoque.

— Max Kendrick, intervint Colton pour distraire James avec brio.

J'appréciai Colton pour la première fois.

— James Gillen, le fiancé de Brooklyn.

— Je ne m'attendais pas à ce que tu viennes, assura Brooklyn, retrouvant enfin la parole.

— J'en ai eu assez. Très franchement, vous me fatiguez, toutes les deux.

Elle pâlit tout à coup.

— James m'accuse de monopoliser ton temps, indiquai-je à Brooklyn, agacée.

Mon frère se planta face à elle pour lui prendre les mains.

— Vous vous êtes bien amusées, toutes les deux, et j'ai essayé de me montrer indulgent, mais nous avons des millions de choses à régler.

Brooklyn m'adressa un regard.

James semblait croire qu'elle soutenait ses accusations, mais je préférai l'ignorer, trop concentrée à deviner ce que Brook cherchait à me dire. Elle ne voulait pas que j'endosse toute la colère de mon frère, mais je lui fis comprendre de se taire. Elle s'inquiéterait pour moi plus tard. Et je finirais bien par me réconcilier avec James.

— Où est passée ta bague ? se rembrunit James en observant son annulaire.

— Je..., hésita-t-elle les yeux baissés, sans que je ne puisse l'aider cette fois-ci. Je l'ai retirée pour aller à la piscine. À force de me priver pour entrer dans cette robe, j'ai perdu du poids, elle glisse tout le temps.

— Je croyais que tu sortais de la salle de sport.

— Je comptais aller à la piscine ensuite.

— Où est ton maillot ? la pressa James, de plus en plus perplexe.

— Dans notre chambre, répondis-je. Elle en a acheté un nouveau, tu vas l'adorer.

— Peut-on aller discuter quelque part ? dit James à sa fiancée avant de se tourner vers moi. En privé.

C'était inéluctable, je le savais. Désormais, tout reposait sur mon frère. Il devait saisir l'occasion pour faire peser la balance en sa faveur. J'espérais simplement qu'il ne traiterait pas Brooklyn comme moi. Dans ce cas, le mariage n'aurait jamais lieu.

— Nous allons vous laisser, dis-je sans m'adresser à qui que ce soit en particulier.

Je me contentai de tirer Colton pour qu'il continue de jouer la comédie.

C'est alors que Max apparut au détour d'un couloir.

Il se fendit d'un gros sourire et accéléra le pas. Puis il fronça les sourcils en me voyant au bras de Colton. Mon cœur s'emballa. Si James se retournait...

Cependant, Max sembla comprendre la situation et ralentit pour se précipiter dans une boutique de mode.

Mes jambes faillirent me lâcher.

— Il y a un salon, par là-bas, indiquai-je à James en désignant la direction opposée au magasin de vêtements. Vous devriez être au calme, à cette heure-ci.

J'en profitai pour enlacer Brooklyn et lui murmurer de se taire. Elle manqua se trahir, mais se contenta de hocher la tête.

— Et si nous allions à la piscine ? demandai-je à Colton.

— Avec plaisir, me répondit-il, l'air joyeux, passant de Brooklyn à moi. Mais tout d'abord, je t'avais promis un nouveau maillot de bain.

— Parfait, m'exclamai-je en saisissant son signe de tête vers la boutique où Max se cachait. À plus tard, vous deux.

Loin de moi l'idée d'abandonner Brooklyn avec James, mais je devais emmener Colton et rejoindre Max avant une catastrophe. Nous ne tardâmes pas à le retrouver.

— Que se passe-t-il ? s'inquiéta-t-il.

— James est là.

— Je m'en doutais. Est-ce qu'il sait quelque chose ?

— Pas pour l'instant.

Pour le moment, c'était moi la méchante de façon plus qu'inattendue, ce qui me contrariait assez. Et encore, je pesais mes mots.

— Et maintenant ? fit Max à son frère.

Colton tenta un regard par-dessus son épaule, mais Brooklyn et James avaient déjà disparu.

— C'est à Brooklyn de décider, je crois, admit-il.
— Brooklyn compte-t-elle tout lui avouer ?
— Non, affirmai-je.
— Peut-être, me corrigea Colton.
— Non, insistai-je. Pas tout de suite. Je lui ai demandé de se taire pour l'instant. Elle n'est pas prête. Enfin, j'espère.
— Il faut lui laisser le temps, assura Max.
Colton parut vouloir le contredire… Mais alors, toute volonté sembla le quitter.
— Dans ce cas, Layla, mieux vaudrait déplacer ses affaires chez toi.
Très bonne idée, il fallait le reconnaître.
— Il n'y a qu'un lit dans sa chambre, précisa Max.
— Nous dirons à James qu'il y avait une offre spéciale. Nous avons déjà dormi ensemble elle et moi. Il ne s'en formalisera pas.
— Tu devrais lui donner une clé, ajouta Max. Et ensuite…
— Ensuite, nous attendrons, continua Colton d'un soupir résigné. C'est sa décision.
— Un peu, que c'est sa décision, dis-je.
— Layla, reprit-il comme s'il invoquait toute sa patience. Je ne veux que ce qu'il y a de mieux pour elle.
— Non, moi, je veux ce qu'il y a de mieux pour elle.
— La différence, c'est que j'aimerais que Brooklyn soit heureuse. Toi, tu ne penses qu'à James.
— Ce n'est pas juste.
Ses sentiments ne valaient pas mieux que les miens.
L'espace d'un instant, je me pris à ressasser les accusations de James. Ma relation avec Brooklyn avait-elle réellement sapé leur couple ? Étais-je responsable de ses doutes ?
— Je l'aime, dit Colton.
— Tu la connais à peine, lui fis-je remarquer.
— Tout ça ne nous aidera pas, nous coupa Max.
Il avait raison, je ne pouvais plus reculer, encore moins si tout était en partie ma faute.
— Et dans un an, Colton ? Dans un mois, ou une semaine ? Que se passera-t-il quand tu te lasseras ?

— Impossible.

— Tu n'en sais rien. La vraie Brooklyn n'est pas celle que tu as rencontrée ici. Elle est en vacances. Elle traverse une épreuve difficile. Elle a des manies, des défauts.

— Ah, bon, lesquelles ? demanda Colton d'un ton sardonique. Elle appuie au milieu du tube de dentifrice ?

— Elle est accro aux pistaches, passe sa vie devant des chaînes de mode. Elle refuse de faire le plein de sa voiture.

Les deux frères me fixèrent comme la dernière des folles.

— Et je vous passe les meilleures. James, lui, connaît tout ça et l'aime telle qu'elle est.

— Je n'abandonne pas Brooklyn, mais si elle décidait de me laisser tomber, alors je l'accepterais. Je m'écarterais sans protester, et je suis même prêt à le faire là, maintenant. Je l'attendrais un jour, un mois, autant qu'il faudra. Elle doit passer du temps avec James, sinon elle ne saura jamais.

J'acquiesçai, légèrement incrédule. Cela me paraissait trop beau pour être vrai.

— Tu ferais réellement ça ? m'étonnai-je.

Si je préférai continuer de ne pas l'apprécier, je devais avouer qu'il se montrait honorable.

— Bien sûr.

Max me lança alors un regard l'air de dire « je t'avais prévenue ». Comment lui en vouloir, d'ailleurs ? Colton s'échinait justement à me prouver son bon fond.

Sans accepter que lui et Brooklyn aient formé le couple parfait, j'espérai tout de même qu'il se trouve une femme bien tant que ma famille et mes amis ne figuraient pas dans le tableau.

9

Ce ne fut que des heures plus tard que je profitai enfin d'un peu de temps seule avec Brooklyn.

Je l'avais rejoint aux Trois Palmiers, au crépuscule.

— Est-ce que ça va ? lui demandai-je, penchée vers elle.

James était allé réserver une chambre. Malgré sa froideur, je ne pouvais pas entièrement les laisser tous les deux, c'était trop risqué.

Le sourire de Brooklyn s'était estompé quand il s'était éloigné. Toute joie de vivre semblait l'avoir abandonnée.

— Je suis de plus en plus perdue, avoua-t-elle.

J'ignorai quoi répondre. Je ne comprenais pas trop, en vérité, mais restai optimiste. Revoir James lui avait peut-être rappelé leur bonheur ensemble.

— C'est-à-dire ?

— Tu connais James… Gentil, patient, toujours aux petits soins.

Gentil. J'en doutais depuis ce matin. Cependant, je me tus, préférant ne pas l'interrompre.

— Je sais ce qu'il espère, je sais où nous allons et notre avenir est tout tracé. Mais Colton est…

Elle soupira. J'attendis la fin de sa phrase, elle cherchait le bon mot.

— Nouveau ? osai-je.

— Imprévisible, amusant, enivrant.

— Il a de l'argent à jeter par les fenêtres.

Je culpabilisai immédiatement de cette remarque injuste. Brooklyn sembla déçue par mon attitude elle aussi.

Cela te fera un autre point commun avec James.

— Tu sais que ce n'est pas tout à fait vrai.

— Puis-je te poser une question…, dis-je sans trop vouloir me mouiller, mais portée par mes instincts.

— Je t'en prie, dit-elle d'un geste nonchalant pour balayer toute prudence.

— Es-tu certaine de ce que Colton ressent pour toi ? Ses vrais sentiments, j'entends.

Je me persuadai que je ne trahissais pas Colton en remettant en doute ses motivations et ses valeurs. Je posais la question en toute sincérité. Il passait son temps à parcourir le pays, voire le monde, et peut-être séduisait-il toujours tout un tas de femmes de la sorte.

Pour avoir enquêté en ligne, il semblait actif de ville en ville. Ces deux dernières années, je n'avais compté pas moins de douze filles à son bras lors d'événements divers. Il n'avait pas l'air de viser le long terme.

— Je ne cherche pas de garantie de sa part, se défendit Brooklyn.

— Et si c'en était un autre, quitterais-tu James ?

— Peut-être, murmura-t-elle quelques secondes plus tard. Je ne sais pas.

— Donc… En quelque sorte, tu imagines ton avenir avec Colton.

— Mais non.

— Allez, Brooklyn. Tu sais à qui tu parles.

— Très bien, c'est possible, c'est vrai. Je veux être avec lui.

— J'aimerais juste éviter de te voir commettre une erreur après ta petite poussée de luxure.

— Mais tu perds la tête, s'offusqua-t-elle.

— D'accord, pardon. Cet engouement soudain, si tu préfères. Tu pourrais te retrouver sans rien et passer le reste de tes jours dans le remords. Peux-tu m'assurer, ici et maintenant, que tu ne regretterais pas une seule seconde ton avenir si merveilleux, si incroyable, avec James ?

Elle se pencha en arrière sur sa chaise.

— Rien n'est jamais sûr à 100 %.

— Si, des tas de choses.

Le silence pesa sur nous alors.

— Et pour ce soir ? l'interrogeai-je.

— De quoi, ce soir ?

— James réserve une chambre. Pour vous deux. Pour dormir. Ensemble.

— Nous ne sommes pas obligés de faire l'amour.

En général, je m'efforçais de passer le moins de temps possible à songer à la vie sexuelle de mes proches, seulement aujourd'hui, la question semblait inévitable.

— Tu ne crois pas qu'il attendra quelque chose ?

Brooklyn ne comprit toujours pas mes sous-entendus, elle restait là à me fixer, l'air hagard.

— Tu ne peux pas..., commençai-je d'une voix trop perchée avant de me calmer... Tu ne peux pas coucher avec Colton puis avec James sur un claquement de doigts. Enfin, je ne te juge pas, mais tout de même.

— Il ne s'est rien passé avec lui.

Je dus marquer une pause, retracer le cours des événements.

— Vraiment ?

— Tu croyais que j'allais tromper James ? Merci de ta confiance...

— Désolée. Tu avais l'air si...

Je ne trouvai pas les mots. Comme j'avais cédé à Max, je m'étais persuadée qu'elle et Colton n'avaient pas pu résister. Ils pensaient tomber amoureux de surcroît. Colton grimpa dans mon estime.

— Je ne trompe pas James.

— Pardon, dis-je sans trop savoir où me mettre.

— Tromperais-tu ton fiancé, toi ?

— Je n'en ai jamais eu.

— Peu importe, je sais que tu ne le ferais pas.

Mes pensées se tournèrent vers Max, curieusement. Je lui resterais fidèle, fiancés ou non. Non pas que cela arrive un jour, mais du moment où je partageais son lit, je ne rêverais jamais d'un autre.

Je m'accordai un moment pour y réfléchir.

— Et donc, tu prends cette décision comme ça, Brooklyn ?

— C'est la seule solution.

— Tu connais tellement mieux James que Colton, affirmai-je pour orienter la conversation.

Elle hocha la tête. Mon frère revint alors, le regard toujours plein de haine à mon égard.

— Le revoilà, indiquai-je à Brooklyn.

Elle déglutit

— Il me faut un verre.

— Tu crois que ça t'aiderait ?

— Ça ne me fera pas de mal en tout cas.

— Mieux vaut que je m'en aille.

James s'installa sans me prêter attention.

— Quels prix scandaleux !

— Heureusement que nous avons eu cette remise, déclarai-je, préférant ignorer son attitude. Tu as pu réserver une chambre ?

— Oui, mais il n'y avait pas d'offre spéciale, répondit-il. Nous devons rentrer demain. Ta mère panique avec la robe, le gâteau, et nous devons encore organiser la répétition du mariage. J'ai dit au traiteur de servir du homard et du filet, mais tu devrais vérifier le menu.

— Est-ce qu'ils ont la tarte à la crème de noix de coco ?

— Il faut la commander. J'ai aussi confirmé les centres de table violets.

— C'étaient mes préférés, dit Brooklyn d'un sourire.

Il lui déposa un baiser sur la main.

— Je sais. Nous ne choisirons que tout ce que tu préfères. Et pour ça, tu dois rentrer.

Il m'adressa un regard en coin.

— Layla peut encore rester un jour ou deux si elle y tient.

— Ce n'est pas sa faute, intervint Brooklyn.

— Ne la défends pas.

Brooklyn sembla perplexe.

— Je ne fais que…

— Je n'ai aucune raison de rester, la coupai-je.

Brooklyn fixa James droit dans les yeux. Ensuite, elle observa leurs doigts entremêlés, les grandes mains de James, sa bague de fiançailles.

Elle releva le menton, redressa les épaules.

Un oiseau se mit à gazouiller dans les arbres au-dessus, rejoint par trois de ses compères.

Je retins ma respiration.

— D'accord, reprit Brooklyn sans ambages. Nous prendrons un vol demain matin.

James n'attendit pas un instant avant de réserver des billets sur son téléphone.

Quel soulagement !

Néanmoins, je repensai vite à Max, submergée par une amertume nouvelle. Je m'intimai de ne pas me laisser aller, je venais enfin d'obtenir ce pour quoi j'avais bataillé ces derniers jours.

Peu importe la magie entre nous, cela ne devait pas durer. La fin prévisible arrivait : je rentrerais chez moi et lui en rencontrerait une autre.

M'apitoyer sur mon sort n'arrangerait rien.

— Félicitations, tu as réussi, s'exclama Max, peu sincère.

— Je ne m'excuserai pas d'avoir bien agi, rétorquai-je.

Après avoir laissé Brooklyn et James, j'avais filé tout droit vers la chambre de Max, où les jumeaux m'attendaient. Je voulais ne rien dire, mais mon visage me trahit.

— Tu n'as pas bien agi, maugréa Colton d'un ton implacable et inquiétant. Brooklyn a tort.

Malgré toutes ses belles paroles, il semblait déterminé à ne pas abandonner.

— Tu as dit que c'était sa décision, lui rappelai-je sèchement.

— Acceptera-t-elle au moins de me parler ?

— Je l'ignore.

Jusque-là, j'avais pensé que Brooklyn expliquerait tout à Colton. Seulement, avec James sur ses talons, cela s'avérerait très compliqué. Mon frère semblait d'ailleurs peu enclin à se séparer de sa fiancée une minute de plus.

Quel dilemme… Je ne pouvais m'empêcher d'éprouver de la peine pour Colton. À sa place, j'aurais souhaité des explications. Je voyais qu'il chercherait à la faire changer d'avis.

Brooklyn allait au-devant d'un impossible crève-cœur, mais je préférais croire en l'échec de Colton pour le bien de tout le monde.

— James a réservé une chambre.

Max, lui, secoua la tête, l'air déçu. Son frère se crispa, jura puis se dirigea vers la porte. Je n'aimais pas du tout cela.

— Colton, tu ne peux pas…

— Rompre ma promesse ? me coupa-t-il, furieux. Ne t'inquiète pas, Layla. Je n'en ai pas l'intention. Je ne la forcerai pas à m'accorder une vraie chance.

— Mais elle l'a fait, répondis-je, me sentant obligée de lui avouer.

— Pas vraiment, commenta Colton, les doigts sur la poignée. Elle s'est jetée vers lui sans hésiter.

Max me saisit le bras en douceur, comme pour me conseiller de me taire. De toute évidence, il ne voulait pas voir son frère aussi mal en point.

— Son temps était compté, fis-je remarquer.

Colton émit un rire guttural.

— Les mariages, ça se reporte.

— Pas avec cinq cents invités.

— Elle joue sa vie entière là-dessus.

Quelque chose dans sa voix me perturba. Je ne m'inquiétais pas de le voir revenir sur sa parole, non, je craignais qu'il eût raison. Nous parlions bel et bien du bonheur futur de mon amie.

Ainsi, j'imaginai les conséquences si le mariage était annulé, la réaction de mes proches. Mon père deviendrait fou face à tout cet argent gaspillé, ma mère ne se remettrait jamais de l'embarras vis-à-vis de tous les invités. Je songeai alors aux parents de Brooklyn, eux qui pensaient James parfait. Ils n'en reviendraient pas. Moi-même, après plusieurs jours, je ne comprenais toujours pas.

Si nous tous, Brooklyn y compris, trouvions James irréprochable, alors il devait l'être. Leurs retrouvailles avaient sans doute consolidé cette union, cette décision.

Colton ne se rapportait même pas à une amourette. Comment lui et Brooklyn pouvaient-ils bien cerner leurs sentiments après une relation purement platonique ?

— Elle avait l'air sûre d'elle, ajoutai-je, cherchant à me persuader moi-même.

— Eh bien, tant mieux, s'amusa Colton d'un rire froid.

Sur ce, il s'en alla, laissant la porte se refermer lentement derrière lui.

Max et moi échangeâmes un regard.

Je songeai à demander pardon. Techniquement, je n'y étais pour rien. J'avais agi comme tout ami avec un minimum de bon sens l'aurait fait.

— Et toi ? s'enquit Max.

Je ne compris pas. Allait-il exiger des excuses de ma part ? Au lieu de cela, il me fit face pour me prendre les mains. Il les caressait avec tendresse, ses yeux azur plongés dans les miens.

— Et nous ?

— Je ne peux pas rester.

Malgré tout, à cet instant, je ne désirai rien d'autre.

Il m'observa un moment.

— Layla, penses-tu que nous ayons une chance ?

Oui. Que le ciel me vienne en aide, j'y croyais.

Je n'avais jamais rien ressenti de tel. Max, si envoûtant, si intelligent et attentionné. L'amour avec lui me portait aux nues.

Ainsi restai-je là, à rêver, à espérer de tout mon cœur. Dans le fond, mon esprit mathématique s'écrasait toujours face à mon romantisme éperdu. Devais-je cette attitude à mon âge ? Sociologiquement, j'entends. Cette période de ma vie correspondait à l'âge moyen pour fonder une famille.

— Oui, assurai-je, la poitrine alourdie par la déception. J'ai passé un week-end merveilleux. Honnêtement, c'est la plus belle amourette de ma vie.

Max me fixait, mes paroles encore suspendues entre nous. Pour ce que j'en savais, il s'efforçait d'imaginer combien de passades j'avais connues. Aucune, en vérité. Qu'il me croie plus volage que je ne l'étais si cela nous facilitait les choses.

Les secondes défilèrent, mes mots de plus en plus proches d'un mensonge.

— Mais n'essayons pas d'y voir ce qui n'existait pas, surenchéris-je.

— Et qu'est-ce qui n'existait pas ? s'enquit-il doucement comme pour me défier.

Je crus mourir.

— Une histoire sérieuse. Réelle, sans fin.

— En es-tu sûre ?

Absolument. Il le fallait.

J'aurais même pu lui calculer les probabilités de voir nos vies si différentes s'entremêler de façon si durable. C'était ça le plus triste, je connaissais déjà ces chiffres dérisoires.

Je crus entendre la foudre frapper malgré le ciel dégagé.

Max me caressa les cheveux, l'air abattu.

— Ah, Layla.

Sans savoir exactement comment réagir, mon corps tout entier sembla balbutier au moment où je soupirai et me dictai de ne pas me blottir contre le sien.

— Je devrais partir.

— Combien de temps ? m'interrogea-t-il, me laissant perplexe. Combien de temps nous reste-t-il avant ton départ ?

— Sérieusement, Max ? lançai-je, chamboulée par ce qu'il sous-entendait, non sans le désirer moi aussi, j'en ai peur. Tu me demandes de me jeter dans ton lit pour un adieu ?

Une moue agacée lui déforma le visage. Il laissa retomber sa main.

— Je n'ai rien dit de tel.

— Tu le pensais, ne mens pas.

Il s'agissait d'une façon détournée d'arriver à ses fins.

— J'allais te proposer un soufflé au chocolat... Un dernier pour la route.

Je tentai d'analyser son visage. Je n'y lus que la sincérité. Pour un mensonge, il y avait pensé très rapidement. Et pourtant...

— Tu as vraiment des problèmes, s'amusa-t-il soudain. Tu doutes de tout.

— Tu nies vouloir me faire l'amour ?

— J'en aurai toujours envie, mais si je dois miser sur un dernier souvenir de toi, je choisis un soufflé. Tu n'imagines pas à quel point tu es jolie face à du chocolat.

Je pensais avoir la même tête devant un dessert que face à n'importe quel plat.

— On a l'impression que tu as un orgasme en public.

— Tais-toi donc, l'arrêtai-je, refusant de me sentir gênée.

Il inventait toute cette histoire.

— Avec un chocolat chaud, on y arrive presque, mais rien ne vaut le soufflé.

— Tu es intenable.

— Tu es belle, me complimenta-t-il en m'effleurant le bout du menton.

— Et tu cherches à me distraire.

— J'essaie de te faire changer d'avis. Ne pars pas. Je suis sincère. Tu n'es pas obligée de rentrer.

— Max… Ne fais pas ça.

Mes pensées s'embrasaient déjà assez à l'idée d'une fin de conte de fées sans qu'il n'en rajoute une couche.

— Tu sais bien que c'est terminé. Ne te voile pas la face, même pas une seconde.

Je devais me montrer forte. Cette simple discussion d'avenir m'attristait bien assez.

— Pourquoi ? demanda-t-il. Donne-moi une seule bonne raison de ne pas essayer.

— Ce mariage dans onze jours. Brooklyn a besoin de moi. James aussi. Ma famille compte sur moi.

— Le mariage n'a rien à voir avec ta décision. Ce n'est qu'une journée. Après ça…

— Non, l'interrompis-je en lui posant le doigt sur la bouche.

Grossière erreur, ce simple contact suffit à me consumer.

— Max, nous ne ressaisirons jamais cet instant. J'en ai envie, mais tu dois t'occuper de tes hôtels, et moi de mes élèves. Brooklyn fait partie intégrante de ma vie, Colton de la tienne.

— Nous trouverons une solution.

— Écoute-toi un peu, dis-je de plus en plus désespérée.

Je m'écartai. Il me fixa un long moment. Je voulais partir ; mes jambes ne m'obéissaient pas.

— Alors, tu ne ressens rien, finit-il par souffler.

— Je ne ressens rien.

Je détestai lui mentir de la sorte.

— Adieu, Max.

Ensuite son regard se durcit et il se détourna. Lui, avec sa chevelure négligée, son corps parfait, ses doigts de fée, me repoussait, éveillant en moi une vive douleur.

J'aurais voulu céder à cette part irréfléchie de moi, lui avouer mon désir de ne jamais le quitter, mais il était trop tard pour changer. Pour l'heure, je devais ramener Brooklyn à Seattle. Elle aurait besoin de tout mon soutien après une décision si difficile.

Et plus vite Max deviendrait un simple souvenir, mieux m'en porterais-je.

Nat se tenait à côté de moi devant le mur de miroirs dans la boutique de mariage. Nous avions rendez-vous pour les derniers essayages.

Les robes légères sublimaient notre féminité et notre grâce. Nat portait une jolie paire de sandales argentées à talons avec une bande de satin.

Pour ma part, je tentais le diable. J'avais opté pour des talons aiguilles à lanières ornés de strass. Nat, encore plus pragmatique que moi, ne comprenait pas comment on pouvait vouloir souffrir pour des chaussures.

Sophie arriva derrière nous pour se poster à nos côtés.

— Ils se jetteront tous à nos pieds, s'exclama-t-elle.

— Surtout à ceux de Brooklyn, la corrigeai-je en fixant la cabine où elle essayait sa robe.

Depuis notre retour, elle paraissait heureuse. Trop, parfois, en vérité. Je n'avais pas pu passer beaucoup de temps avec elle. James ne la lâchait pas et m'évitait encore. Je n'avais pas abordé sa petite colère, ni avec lui ni avec elle. Cela dit, si ma présence l'avait tellement gêné, il aurait dû m'en parler plus tôt.

Peu importent ses accusations, nous avions passé de bons moments au lac chaque année. Et ma mère avait toujours fait les réservations de sorte que je partage ma chambre avec Brooklyn, et James avec notre cousin Neil. Ils n'allaient pas non plus coucher ensemble avec mes parents dans la pièce à côté, malgré quelques entorses à cette règle tacite.

Toujours est-il que je retrouvais seulement Brooklyn pour notre rendez-vous du vendredi au club de tennis. Elle fermait le magasin tôt, nous disputions un match et partions boire un verre. Souvent, nous restions pour le dîner.

James rentrait tard de toute manière. Cela nous permettait vraiment de discuter de nos soucis.

J'ignorais de quoi parlait mon frère par rapport à Noël dernier. Plus je pensais à ses paroles, plus je doutais de moi. Nous aurions pu régler tout cela il y a longtemps au lieu de laisser cette frustration s'accumuler.

Le mariage les occupait trop pour que je glisse mes inquiétudes au cours d'une conversation anodine. D'ailleurs, cette situation ne me paraissait pas problématique, simplement bizarre.

J'en mourais d'envie, cependant je n'avais pas parlé de Colton non plus, préférant ne pas risquer de chambouler les noces. Ce devait bien être le seul sujet dont nous aurions dû discuter. En somme, nous semblions avoir décidé d'un commun accord de faire comme si nous n'étions jamais allées à Las Vegas. Une stratégie comme une autre, j'imagine.

— Brooklyn ferait baver un mort, s'extasia Sophie, me rappelant sur Terre.

Nous nous fendîmes d'un grand sourire face à cette vérité universelle. Peu importent nos tenues, personne ne lui arriverait à la cheville.

Le rideau de la cabine s'ouvrit. Nous nous retournâmes.

Son corsage immaculé lacé de blanc se scindait en un col en

V et se prolongeait en manches très courtes. Le tissu se fondait à ses hanches incroyablement minces. La jupe pleine en soie jaillissait dessous, couverte de simples mailles très fines parsemées d'appliqués cousus main.

Un peigne serti de pierres maintenait sa chevelure en arrière, laissant quelques mèches éparses souligner les traits de son visage et mettre en valeur les boucles d'oreilles en saphir assorties à son ras-de-cou. Elle semblait en route pour un podium.

— Une vraie déesse, affirma Sophie en s'écartant. Allez, viens avec nous.

Nat et moi fîmes un pas sur le côté pour lui laisser assez de place.

— Tu portes les fameuses chaussures ? demandai-je à Brooklyn.

Sa robe s'accordait à sa silhouette élancée en une parfaite harmonie, effleurait à peine le sol dans un cercle de lacets et s'allongeait tout juste à l'arrière en référence à une traîne traditionnelle.

Brooklyn tendit un pied pour nous montrer ses chaussures.

— Parfait, m'extasiai-je.

— Un calvaire, ajouta Nat.

— Petite nature, lui dis-je.

— Vous m'envierez toutes après la cérémonie, s'amusa Nat.

— À mon avis, elle pensera à tout sauf à ses pieds en prononçant ses vœux, commenta Sophie.

Je hochai la tête en guise d'approbation. Si j'avais dû me marier, mes chaussures représenteraient le cadet de mes soucis.

Max apparut alors dans mon esprit. Il portait un smoking noir, une chemise blanche, un nœud papillon. L'incarnation du *sex-appeal* au masculin. J'imaginais déjà ses beaux cheveux, son sourire et l'éclat de ses yeux bleus. Je le sentis presque me passer la bague au doigt, anneau d'or lisse et froid, et se baisser pour m'embrasser.

Bon sang, que ses baisers me manquaient !

Je me flagellai mentalement.

Tu parles de contrôler mes émotions. Il n'était plus qu'un souvenir.

— Effectivement, dit Brooklyn en croisant mon regard dans le miroir. Je penserai à tout sauf à mes pieds.

L'espace d'un instant infime, je saisis en elle une brusque détermination fragile. Avais-je rêvé ?

Je considérai alors l'idée de lui parler seule à seule, à cœur ouvert, afin d'étaler au grand jour toute la vérité dans son infâme splendeur avant le moment fatidique. C'est ce qu'on attend de ses meilleurs amis.

— Mais quand même, ricana Brooklyn en prenant Nat par l'épaule. Elles sont trop jolies. Et c'est ça le plus important.

Brooklyn se détendit de nouveau, heureuse, semblait-il.

Encore une fois, je m'étais inventé des problèmes.

— Je ne comprendrai jamais, ronchonna Nat. Sacrifier son confort pour l'allure.

— C'est drôle de se faire belle, contra Sophie.

Je m'observai dans la glace, assez superficielle pour me trouver attirante, croire qu'un bon parti voudrait me séduire. Toutefois, mon cœur ne pouvait vraiment se résoudre à espérer un cousin éloigné de Brooklyn. Je n'étais pas prête à rencontrer quelqu'un d'autre. Je désirais seulement faire chavirer Max.

J'eus beau chercher à nier en bloc, je devais affronter les faits, trouver mon équilibre dans cette vérité.

La couturière nous rejoignit alors pour vérifier les coupes des robes. Elle voulait retoucher les hanches de Nat et le cou de Sophie. Elles la suivirent dans l'arrière-boutique sans rechigner.

— Est-ce que Max te manque ? lança Brooklyn.

Sa question m'étonna. Je redoutais cet instant où Las Vegas resurgirait de sous la poussière.

— Non, répondis-je, prête à prétendre le contraire jusqu'à la mort.

— Menteuse.

— Ça ne mènerait à rien. Nous avons vécu de bons moments, et voilà. C'est terminé.

— C'est comme ça que tu considères les choses ?

— C'est comme se languir d'un milk-shake au chocolat quand on vient d'en avaler la dernière gorgée, dis-je, forçant une voix enjouée. C'était bien, mais pas éternel. Au bout d'un moment, la glace fond.

— Les types comme Max ne fondent jamais.

— Ils ne sont pas non plus éternels.

Brooklyn hocha la tête puis sembla se perdre dans un rêve lointain, très lointain. Je devais rompre le silence.

— Et Colton ?

Elle se tut.

— Brooklyn ?

— Hum ?

— Colton ?

Elle sursauta en clignant des yeux.

— J'ai pris ma décision. C'est irrévocable.

— Tout comme la mienne.

— Sauf que votre histoire était différente, assura-t-elle avant de marquer une pause d'un air pensif. Tu sais, tu avais raison depuis le départ.

— J'aime quand tu me parles comme ça.

Je préférais plaisanter, trop inquiète de voir la conversation devenir sérieuse.

— Colton n'était qu'un fantasme, Layla. J'ai paniqué. Mais il faut faire ce qui est juste, et James est le bon choix.

— Bien, soufflai-je, soulagée.

— Mais tu as le droit de vouloir revoir Max, reprit-elle en passant son bras au mien. Tu sais… Au plus tard de la nuit, quand tu penses à ses muscles virils et sa façon de te faire hurler de plaisir.

— Il ne…

Non, à quoi bon nier ? Pas avec Brooklyn. Je lui devais bien un peu de franchise. Sans cela, notre amitié ne repartirait jamais sur de bonnes bases, et j'avais besoin d'elle.

— D'accord ! Il était hors normes… En tant qu'amant, j'entends.

— Inutile de préciser. Personne ne t'enlèvera ces souvenirs.

— Exactement.

— Et ça te donne un repère, comme James avec moi.

— Vraiment ? m'enquis-je, le cœur soudain plus léger.

— Pour tout ce qui concerne l'honnêteté, l'intégrité, la bonté, le travail acharné. Tu le sais très bien.

Je préférai ne pas l'interroger sur leur intimité. Puis, je me demandai si elle l'aimait à la folie. J'ouvris la bouche, mais ne trouvai pas le courage.

Elle l'aimait. Indéniablement. Depuis toujours et jusqu'au bout ; un mariage fiable ne reposait que sur ce principe. Elle et James possédaient toutes les clés pour vivre heureux.

— Et il est drôle, aussi. Est-ce que tu lui as raconté ? lui demandai-je, presque trop nerveuse pour finir ma question. Même un peu ?

— Je lui ai expliqué que j'avais paniqué. Il ne s'est rien passé avec Colton, je n'avais pas besoin de l'inquiéter davantage.

— Et comment l'a-t-il pris ?

— Il était content de me retrouver.

— Oui, ça se voit.

— Merci de n'avoir pas hésité, Layla.

— À mentir à mon frère ?

C'était peut-être le bon moment pour aborder les accusations de James. Ou alors… C'était peut-être une très mauvaise idée d'en discuter ici et maintenant.

— À venir me chercher, me corrigea Brooklyn.

Cette honnêteté retrouvée entre nous me fendit le cœur. J'aurais souhaité ne jamais mettre un terme à ce moment.

— Serais-tu rentrée sans cela ?

— Va savoir, soupira-t-elle, à nouveau perdue dans ses pensées. J'avais plongé au plus profond de ce rêve frivole et entêtant. Je voulais rester dans ce tourbillon à tout jamais.

— Je ressentais la même chose. Max incarne cette tornade d'extravagance. Mais on se fatigue à voguer dans la tempête, je crois même qu'on en mourrait.

— C'est vrai, dit-elle, les yeux figés dans les miens un instant avant de me prendre les mains. Merci, Layla. Tu m'as empêchée de commettre l'irréparable.

Je sentis quelques larmes poindre.

— Ne t'en fais pas. Tu pourras toujours compter sur moi.

— Je sais.

10

Un orgue résonnait dans l'église embaumée du parfum des roses blanches disposées dans le foyer où les invités se pressaient. La longue limousine dans laquelle nous étions arrivés attendait désormais d'emmener les amoureux au parc pour les photographies.

James et Brooklyn avaient opté pour les jardins ouest. Les touches de bruns et de verts souligneraient à merveille le blanc de la robe de mariée et l'azur des nôtres.

Le mois de juillet jouait en notre faveur. Certes, il faisait un peu chaud pour les hommes en costume, mais les arbres offraient de nombreuses zones d'ombre parfaites pour les photos, apparemment.

Ainsi, les noces se profilaient à merveille.

Patrick, le père de Brooklyn, osa un coup d'œil furtif dans l'entrebâillement de la porte.

— On dirait qu'ils nous attendent, fit-il.

Nat, censée avancer la première jusqu'à l'autel se posta près du seuil, hors de vue de la congrégation, prête à entrer dès les premières notes de la chanson *A Thousand Years*, un titre approprié.

Tout le monde était paré.

Je réarrangeai ma jupe une dernière fois pour en ôter toute électricité statique puis relevai mon bouquet bien droit devant moi. Les cheveux bien en place, je ne maudissais pas encore mes chaussures.

Tout à coup, je sentis Brooklyn m'empoigner le bras. Comme elle me serrait fort, je me tournai d'un bloc pour voir si elle allait bien.

— Que se passe-t-il ? m'étonnai-je.

— Layla…, murmura-t-elle, apeurée, les yeux écarquillés, les joues rouges.

— Qu'y a-t-il ? Tu as des vertiges ? Tu veux t'asseoir ?

La chaleur nous pesait dans l'église, le mercure atteignait bien les 30 °. Pour couronner le tout, Brooklyn n'avait rien mangé. Je ne me rappelai même pas l'avoir vue boire. Une demoiselle d'honneur devrait toujours rester attentive à ce genre de choses.

— Je ne peux pas, pantela-t-elle.

— De quoi ?

Elle secoua la tête. Mon ventre se noua. Non, pas maintenant. Surtout pas maintenant.

— J'ai la trouille, ajouta-t-elle.

Patrick arriva à cet instant.

— Allez, c'est parti. Tu es ravissante, ma chérie, s'exclama-t-il en posant la main de Brooklyn sur son coude plié.

Elle me supplia en silence de l'aider, mais je restai impuissante. Devais-je l'éloigner quelques minutes ?

— Layla, il faudrait te mettre en place, me conseilla son père d'un regard équivoque vers Nat et Sophie.

L'organiste entama les premières notes de la chanson tant attendue.

— Brooklyn ? m'inquiétai-je.

La réalité revenait au grand galop. C'était irrévocable. Même si je voulais les voir heureux elle et James, je ne pouvais ignorer une telle réaction.

Puis, une des portes secondaires s'ouvrit derrière nous. Les lourds panneaux de chêne fichés dans des gonds de fer noir grognèrent sous l'effort.

Une brise étouffante s'engouffra entre les murs alors que je me retournai.

Mon cœur s'emballa au moment où je vis Max, ciselé contre

la lumière du soleil. Cependant, je déchantai vite ; il s'agissait de Colton.

Il portait un simple jeans et une chemise bleue. Un mince filet de sueur coulait de ses cheveux en bataille.

J'ignore pourquoi ces détails me frappèrent tant, le temps s'était arrêté pour moi, transformant chaque seconde en une éternité.

Colton repéra Brooklyn et se figea.

Elle s'immobilisa aussi et m'empoigna le bras avec encore plus de force.

— Excusez-moi, se rembrunit Patrick. Nous sommes sur le point de célébrer un mariage.

— Brooklyn, s'exclama Colton en s'avançant.

— Non, criai-je, refusant de l'accepter. Non et non.

Tout se déroulait à la perfection. Tout !

Brooklyn prit une grande inspiration, entre un halètement et un gémissement.

— Que signifie tout cela ? s'offusqua Patrick en toisant Colton qui l'ignora.

— Je dois te parler, Brooklyn, fit-il.

Par réflexe, je passai un bras protecteur autour de mon amie.

— Tu n'as pas le droit, lui lançai-je.

Et c'est alors que je vis Max. En chair et en os, sur le seuil. Je sentis tout mon corps s'arrêter. Mes bras retombèrent.

J'absorbai sa présence... Le bleu de ses iris, sa barbe effrontée de trois jours, sa chevelure ébouriffée, ses larges épaules saillantes dans un T-shirt vert olive. Un rêve devenu réalité.

— Que se passe-t-il ? s'impatienta Patrick. Qui sont ces gens ?

— Brooklyn, s'il te plaît, insista Colton, désormais tout près d'elle.

— Ne vous avisez pas de toucher ma fille.

Max s'approcha de moi.

— Vous n'avez pas le droit d'être là, les sermonnai-je.

— Même si j'avais voulu le retenir, je n'aurais pas pu l'en empêcher.

Nat et Sophie nous dévisageaient, stupéfaites, les bras ballants.

Je compris vite que toute l'assistance voyait les jumeaux. James aussi. Tout le monde dans l'église se demandait ce qu'il se passait.

— Papa, je te présente Colton.

— Qui est ce jeune homme ? Que fait-il là ? Est-il invité ?

Je suppliais Max en silence d'intervenir.

Brooklyn, elle, semblait bien plus calme désormais. Elle ne prêtait attention qu'à Colton, l'univers n'existait plus. Il était son âme sœur, un imbécile l'aurait compris. Inutile de croire qu'elle voulait épouser James. Quel désastre ! Or, ce mariage n'aurait mené qu'à une catastrophe encore plus grande.

J'aurais souhaité le contraire. J'aurais tout donné pour arranger les choses.

— On n'y peut rien, me souffla Max en me caressant la paume.

— Papa..., hésita Brooklyn.

Alors James fit irruption dans l'alcôve, poussant presque Sophie et Nat sur son chemin.

— Que se passe-t-il ? Quelqu'un est-il blessé ? Mais... Que fait-il ici, celui-là ?

— Tu le connais, James ? s'étonna le père de Brooklyn.

— C'est Max. Layla le..., s'interrompit-il en remarquant Max, la main dans la mienne.

James se tourna vers Colton, le visage contrit de colère.

— Qui êtes-vous, au juste, tous les deux ?

— James, il faut qu'on parle, intervint Brooklyn.

Cependant, mon frère ne se détourna pas un instant de son rival.

Je serrai les doigts de Max. Comment un tel cauchemar pouvait-il devenir réalité ? Je voulais dire quelque chose, faire quelque chose. Je souhaitais aider James et Brooklyn, mais rien ne me vint à l'esprit.

Mes parents arrivèrent, suivis de la mère de Brook.

— Pour l'amour du ciel, aboya Patrick. Fermez donc cette porte !

Mon père s'exécuta.

— Brooklyn, s'insurgea James. J'attends des explications.

— Viens avec moi, Brooklyn, dit Colton.

Elle resta silencieuse, livide, presque sur le point de défaillir. Je vins me poster devant elle en poussant Colton de l'épaule.

— Regarde-moi, Brook, lui intimai-je. Regarde-moi. Tu ne peux pas te décider aussi vite.

— Mais...

— Allons prendre l'air. Respire un grand coup.

Elle me dévisagea puis l'incertitude la quitta et elle me sourit. Je retrouvai la fille des cages à écureuils, de la plage, des milk-shakes. L'ancienne Brooklyn avait refait surface.

— Je t'aime, Layla, assura-t-elle.

— Je sais. Je t'aime aussi.

— Tu seras toujours ma meilleure amie.

— Je le sais aussi.

Elle se tourna vers James.

— Je suis désolée, lui dit-elle, au bord des larmes. Tu n'imagines pas à quel point. Tout est ma faute. Papa, je ne voulais pas que ça se termine comme ça, ne m'en veux pas.

— Va-t-on m'expliquer ce qu'il se passe ? la pressa Patrick.

— Je dois partir, continua-t-elle. Pardon...

Elle se tourna vers Colton. Il tendit le bras et la tira vers lui avant de l'enlever devant tout le monde.

— Viens avec nous, me susurra Max en les regardant s'enfuir dans la rue.

Je ne compris même pas ce qu'il attendait de moi. Je ne pouvais me détourner de James. Sa fureur avait cédé le pas à une sorte de vide fantomatique.

Derrière lui, mes parents restèrent sidérés. Je n'avais plus vu ce mélange d'incompréhension et de déception chez ma mère depuis la fois où Brooklyn et moi nous étions servies dans le punch alcoolisé à l'âge de seize ans.

J'aurais au moins voulu leur préciser que Brooklyn n'avait pas trompé James.

Je me sentais responsable. De toute évidence, j'avais commis une erreur... Plusieurs, en vérité.

Nous aurions pu éviter un tel drame si je n'avais pas tant bataillé pour la ramener. J'aurais dû l'écouter et oublier mes délires égoïstes de belle-sœur.

— Allez, viens, fit Max en me reprenant la main.

Je me dégageai d'un geste nerveux, honteuse.

— Je ne peux pas partir.

Les Kendrick venaient de blesser les miens. Mes parents et mon frère auraient pu assassiner Max sur place, comme s'il était devenu leur pire ennemi. Ils se sentaient trahis et je demeurai la seule capable de tout leur expliquer, même si je n'aurais jamais su par où commencer.

— Ce n'est pas à toi d'arrondir les angles, insista Max, comme s'il lisait mes pensées.

— Je dois rester avec eux.

— Je dois y aller, me pressa Max d'un regard proche d'une question, d'une invitation et d'une supplique en même temps.

— Alors, pars.

— Layla.

— Va-t'en ! m'écriai-je.

Il s'éloigna à reculons sans me quitter des yeux, le visage de plus en plus dur à chaque pas.

Mon cœur me rappela mon erreur trop tard.

Il disparaissait déjà dans le crépuscule aveuglant.

— Layla, je sais ce que ressent James, compatit Nat.

Nous observions les lumières du jardin depuis le porche chez mes parents.

C'était un samedi, près d'un mois après la débâcle. Nous avions forcé James à venir à un barbecue. Il devait retrouver une vie sociale. Il se renfermait sur lui-même ces derniers temps, trop en colère après moi, trop furieux après l'univers.

— Moi aussi, je crois.

Je me sentais tout aussi triste et désemparée.

Max me manquait. Bien plus que je n'aurais pu l'imaginer. Brooklyn était partie, prise dans cette indescriptible vie si exaltante. Un grand vide m'habitait, je ne savais plus comment vivre à Seattle.

J'attendais septembre avec impatience, persuadée que la rentrée me changerait les idées.

— On ne t'a jamais quittée, fit Nat.

À bien y réfléchir, elle avait raison. Si j'avais connu des ruptures, j'avais toujours été celle à prendre la porte.

— J'ai tellement pleuré à cause de Henry, m'expliqua-t-elle. Je pensais avoir trouvé le bon, je vivais sur un nuage. Et nous n'étions même pas fiancés. Il n'y a rien de pire que se faire plaquer devant l'autel.

Que dire de plus ?

J'avais tenté une approche réaliste avec James pour le sortir de sa torpeur : il reprendrait goût à la vie, il retrouverait le sourire...

Seulement, je n'y étais pas parvenue. J'ignorais même si j'y croyais moi-même.

Je savais qu'il m'en voulait encore. Pour lui, Vegas, c'était ma faute, malgré tous mes efforts. Je m'étais défendue de toutes mes forces, j'avais tout essayé. Il ne m'écoutait pas.

Avec le recul, je me demandai si je n'avais pas occulté ses arguments. Cette séparation était la sienne, pas la mienne.

— C'est drôle, Nat, repris-je.

— Tu arrives à trouver ça amusant, toi ?

— J'ai commis la même erreur avec James qu'avec Brooklyn. J'ai passé tellement de temps à manipuler ses émotions. Je ne considérais que la logique de ce mariage sans même comprendre qu'elle n'était pas amoureuse de mon frère.

— Tu enseignes les mathématiques. C'est ton travail d'oublier les émotions.

— Peut-être, je ne sais pas. Je me demande si c'est une cause ou une corrélation.

— Pardon ?

— Crois-tu que ce soit à cause de mon métier que j'occulte les sentiments ou ai-je étudié les maths parce que je ne ressentais rien depuis le départ ?

— On s'en moque, non ?

— Je ne sais pas trop. J'essaie de mieux me connaître pour arrêter d'enchaîner les erreurs.

C'est en prononçant ces mots que je compris. Voilà donc d'où venait mon cafard : j'agissais n'importe comment et perdais confiance en moi.

— Ça ne te ressemble pas, Layla.

Mon téléphone vibra. Un SMS. Je vérifiai par réflexe. Quelle surprise ! Brooklyn venait de m'écrire.

La culpabilité m'avait interdit de lui parler depuis, pensant avoir une dette trop énorme envers mes proches. Elle semblait respecter cela et gardait ses distances.

— C'est Brooklyn.

— Tu as de ses nouvelles depuis ? s'enquit Nat en se redressant.

— Non.

— Moi non plus. Elle n'a vraiment eu aucune considération.

Je ne savais pas trop quoi lui dire.

— Tu lui en veux ? m'inquiétai-je.

Je n'avais même pas imaginé que Nat et Sophie puissent s'énerver après elle.

— Un peu. Tu sais, je l'aime, mais elle joue toujours trop son rôle de belle tornade humaine, à virevolter sur le monde qui lui déroule le tapis rouge, insouciante de la destruction dans son sillage.

Je clignais des yeux en l'écoutant. Je n'en revenais pas.

En quelque sorte, elle avait raison. Cependant, Brooklyn n'y pouvait rien si on la traitait comme une déesse, et au vu de la masse de bellâtres qui se pliaient en quatre pour elle, elle avait toujours plus ou moins gardé la tête froide.

— Pardon, s'excusa Nat. On aurait dit une vieille aigrie.

— Non, tu n'as pas complètement tort. Je crois simplement qu'elle a essayé de faire de son mieux.

— Regarde ce qu'elle veut, me conseilla-t-elle d'un signe du menton vers mon portable.

Je m'exécutai, impatiente à en mourir. Son message me fit l'effet d'une gifle.

— Quoi ? me pressa Nat.

— Elle veut que je la rejoigne à San Francisco.

— Pour séjourner gratuitement dans le nouvel hôtel de luxe de son petit ami ?

— Non, enfin, peut-être… Elle me demande d'être sa demoiselle d'honneur.

— C'est une blague, j'espère ! retentit la voix de James derrière nous, nous faisant sursauter. Comme ça, aussi vite ? Elle va épouser cet abruti ?

— Il n'est pas…, hésitai-je avant de me raviser.

— C'est vrai que c'est rapide, surenchérit Nat.

James s'affala sur une chaise près de nous.

— Je suis sorti avec elle huit ans… Huit longues années avant de la demander en mariage. Et elle tourne la page si vite ? Incroyable !

— Je n'irai pas, dis-je.

— Bien sûr que non, commenta Nat.

— Tu dois y aller, se rembrunit mon frère.

— Je refuse de t'infliger ça.

Pour une fois, ma logique et mon instinct se rangeaient du côté de James. Cependant, participer à ce mariage signifiait croiser Max, et j'aurais tout donné pour le revoir… Même s'il devait m'en vouloir. Il n'avait pas tenté de me contacter depuis.

Moi, je ne savais plus ce que je ressentais. C'était bien ça le creux du problème.

— Elle est ta meilleure amie, rétorqua James en agitant les doigts nerveusement sur la chaise. Tu la connais depuis que vous avez, quoi, six ans.

— Elles se sont rencontrées à mon anniversaire, précisa Nat en se tournant vers moi d'un air pensif. Je n'ai jamais su pourquoi tu n'es pas devenue ma meilleure copine.

Une vive émotion m'envahit. Je compris alors à quel point l'amitié reposait sur des équilibres infimes.

Je n'y avais jamais songé auparavant. J'adorais Nat, une fille merveilleuse, mais Brooklyn éveillait en moi un bonheur surnaturel de par sa simple présence.

— Si tu rates ça, tu t'en voudras toute ta vie, m'assura James.

— J'ai l'impression que ce n'est pas juste, lui expliquai-je.

Houla ! Une autre décision trop émotive. Je perdais la boule.

J'observai la réaction de Nat. Elle haussa les épaules.

— C'est Brooklyn. Et tu fais partie de ce monde qui se plie à son existence.

James parut surpris. Nat, elle, resta calme, comme face à une vérité acceptée depuis longtemps. Ils avaient raison, ce n'était que logique.

— Très bien, acquiesçai-je.

Je fermai les paupières une seconde, immédiatement assaillie par l'image de Max. Il n'entrait absolument pas dans l'équation. Je n'étais pas assez égoïste pour me servir du bonheur de Brooklyn comme excuse pour le retrouver.

Cependant, son souvenir persistait, aussi intense que son odeur, nos sons, nos caresses. Cette vision éveilla en moi un tel bonheur... Je me demandai si je n'étais pas enfin passée maîtresse dans l'art du déni.

Brooklyn me récupéra à l'aéroport de San Francisco.

J'avais redouté un malaise entre nous, mais une accolade suffit à tout reprendre là où nous l'avions laissé. Elle n'avait pas changé.

— Ton vol s'est bien passé ?

— Incroyable, mais tu aurais pu me prendre un billet en classe économique.

Entre le salon des premières classes, l'embarquement prioritaire, le grand siège confortable et un cocktail Mimosa, elle n'aurait pas su mieux me gâter.

— C'est Colton qui a insisté.

— Arrête de me forcer à l'apprécier.

— Ah, mais tu n'y échapperas pas, je te le garantis.

— Si tu le dis, m'amusai-je. Il ne pourra pas acheter mon affection.

— Il a réussi avec moi, ironisa Brooklyn en me montrant l'énorme diamant à son annulaire.

— Incroyable. Je veux le même !

Je lui immobilisai la main pour observer le solitaire serti sur l'anneau d'or. La grosse pierre se flanquait de deux émeraudes. Une bague peu orthodoxe, tout à fait adaptée à Brooklyn.

— Allons chercher tes bagages. Le chauffeur nous attend.

— Un chauffeur ? Avec casquette et uniforme ?

Elle afficha une moue perplexe.

— Je ne suis pas sûre qu'il portait une casquette.

— Alors, voilà ta vie, désormais ? m'étonnai-je en pénétrant dans le hall bondé. Bijoux de luxe et limousines ?

Je m'étais exprimée trop vite. Je ne voulais pas la juger ni lui faire croire que j'étais jalouse. Du moins, je n'enviais pas sa situation financière, seulement son bonheur.

Elle irradiait de joie de vivre. Colton ne devait pas être un si mauvais bougre, après tout. S'il partageait des points communs avec son frère, alors il devait être un homme bien.

J'allais revoir Max aujourd'hui.

J'allais vraiment le revoir…

— Layla, hésita Brooklyn.

— Oui, dis-je en revenant sur Terre.

— Je n'ai pas changé.

— Je le sais bien, attestai-je en la prenant par le bras.

— Pas vraiment. Pas en ce qui concerne le plus important.

— Tu as démissionné, non ?

— Oui.

— Comment t'occuperas-tu alors ? Tu ne peux pas aller au spa tous les jours.

— Je n'y vais pas si souvent. Une fois par semaine, tout au plus. C'est gratuit pour moi maintenant. Et pour toi tout le week-end.

— Je ne pense pas que j'irai, affirmai-je, n'ayant pas la tête à cela.

— Comme tu veux.

— Quels sont tes projets ?

— Les hôtels Kendrick disposent de boutiques. Je travaillerai encore dans la mode, et ailleurs peut-être.

— Un poste s'est libéré ? continuai-je, prête à parier qu'on trouverait toujours un emploi à la femme du patron.

— Je sais ce que tu te dis.

— Tu ne peux pas m'en vouloir.

— Je crois qu'ils ont créé un poste temporaire rien que pour moi. Tout le monde va me prendre pour une dilettante et me détester, j'imagine.

Une telle réaction restait à prévoir, mais je ne me rappelais pas avoir déjà croisé quelqu'un capable de haïr Brooklyn. J'ignorais comment elle le vivait.

— Je vais devoir faire mes preuves.

— Tu t'arrangeras déjà de ceux qui ne t'aimeront pas.

— Je leur ferai changer d'avis.

Je la croyais, non sans une certaine fierté. Elle se lançait dans cette situation peu confortable au lieu de se complaire à mener la belle vie. Cela n'aurait probablement pas dérangé Colton.

Nous dépassâmes une famille et son énorme chariot de bagages.

— En parlant de rancœur…, commença-t-elle.

— James ?

— Il va bien ?

— Il se remet lentement.

— Vraiment ?

— Oui, mais il lui faudra du temps. Il a repris le travail et le tennis. C'est lui qui m'a persuadée de venir.

— Je n'avais pas le choix, expliqua-t-elle d'un ton plus calme.

— Ça aussi, je le sais. Brooklyn, je tiens à m'excuser…

Elle sembla perplexe.

— J'ai eu tort de chercher à vous séparer, Colton et toi. J'aurais dû t'écouter quand tu me disais savoir ce que tu voulais.

— J'avais mes doutes, admit-elle. Et quand j'ai eu peur, j'ai choisi la solution de facilité, épouser James.

— Ça s'est quand même avéré très compliqué, ajoutai-je en repérant ma valise.

— J'essaie de ne plus y penser. J'ai failli tirer un trait sur Colton. Cette perspective me terrifie. S'il y a une personne à qui je peux l'avouer, c'est bien toi.

Mon ventre se noua, alourdi de peur, de regrets.

J'avais rejeté Max ce jour-là, mais je détestais me morfondre à ce sujet, car quand j'y repensais, je ne voyais que la déception sur son visage puis sa colère au moment où il m'avait tourné le dos.

11

Les parents de Colton, David et Susan Kendrick, se montrèrent gentils et accueillants. Quant au futur marié, il me laissa tranquille. Les parents de Brooklyn, eux, semblaient tendus, mal à l'aise. Je les admirai tout de même pour leur présence.

Il n'était pas question d'église, cette fois-ci. La cérémonie, assez intime, aurait lieu dans la villa privée des Kendrick au dernier étage de l'hôtel de l'Arche.

Il s'agissait d'une suite magnifique au plafond haut, munie de grandes fenêtres et d'un vaste patio.

La différence entre ces noces et celles que nous avions passées un an à préparer me sidéra. Brooklyn avait choisi une robe ivoire plus longue à corsage en V lacé et à manches trois quarts transparentes avec une jupe tout en mousseline de soie. Charme et sobriété.

Je portais une robe vert émeraude à épaules nues sertie de perles sur le devant. La jupe retombait de façon asymétrique à l'arrière.

J'avais légèrement relevé mes cheveux, Brooklyn avait laissé les siens cascader en douces vaguelettes. J'affichais ainsi plus d'extravagance que la mariée, mais personne ne s'en soucia.

Nous discutions autour d'une coupe de champagne quand les employés de l'hôtel installèrent une table et des fleurs devant les fenêtres dominant la baie. Une révérende vêtue de crème allumait des bougies.

On sonna à la porte, un majordome ouvrit.

Je retins mon souffle, trop impatiente de retrouver Max. Mon sang ne fit qu'un tour en le voyant. Il portait un costume noir simple, pas un smoking. Peu importe, l'effet resta le même. Cela lui donnait l'air sophistiqué, élégant, sûr de lui, au sommet de son charme, à la barre de l'univers.

C'est alors que je remarquai la femme à son bras, une belle blonde en robe de soirée bordeaux sans bretelles. Une large bande de perles argentées scintillait sous son bustier. Sa jupe à doublure lui arrivait à hauteur du genou.

La tenue parfaite pour danser. La cavalière idéale pour Max.

— Max, Ellen, appela Susan. Pile à l'heure. Venez saluer Layla, la meilleure amie de Brooklyn.

Susan connaissait donc Ellen, plutôt bien même.

Je me sentis comme la dernière des idiotes. Je m'étais laissée dépérir pour lui, croyant l'avoir blessé, énervé, ou lui avoir brisé le cœur. Au lieu de cela, il reprenait déjà les rails. Peut-être s'agissait-il d'une ancienne conquête avec qui il s'était réconcilié, d'où la joie de Susan.

Peu importe, Max avançait sans moi désormais.

Je n'apprendrais donc jamais.

J'avalai une grande gorgée de champagne, me détournant de Max, jurant de l'ignorer.

— Tout le monde est prêt ? demanda la révérende.

— Plus que jamais, s'impatienta un Colton joyeux en prenant la main de Brooklyn.

Aujourd'hui, elle irradiait de bonheur, comme toute femme comblée.

Je pris place à ses côtés. Max ou pas, je me réjouirais pour mon amie, elle le méritait.

Le soleil plongeait dans la mer au fil du discours de la révérende sur l'amour, le respect et la loyauté.

Les nuages épousèrent des teintes rosées lors des vœux de Colton et Brooklyn. J'avais beau porter toute mon attention sur le couple heureux et la vue époustouflante, je ne parvenais pas à ignorer la présence de Max. Je le sentais dans tout mon être. Je devais me calmer.

Max avait une petite amie. Quelques semaines plus tôt, il me demandait encore où notre relation nous mènerait. Je l'avais éconduit et il avait rebondi en un éclair.

Au moment où Colton embrassa Brooklyn, je fulminais contre Max, incertaine de ce que je lui avais trouvé.

Je m'en voulais à moi-même. Je devais avoir un problème génétique ou quelque chose du genre. Les bons partis me réduisaient la cervelle en bouillie et celui-là était devenu le pire de tous.

Je lui lançai un regard ; il me le rendit. Cela me catapulta vers cette nuit paradisiaque contre son corps nu.

Ma peau se mit à me brûler, mes hormones s'emballèrent.

Puis Colton poussa un vivat et tout le monde applaudit.

Brooklyn était mariée.

Lorsque son époux la libéra, je l'enlaçais de toutes mes forces.

— Félicitations. Je t'aime.

Le photographe se lança dans une séance avec le couple heureux, les serveurs installèrent le banquet, et moi, je me rendis aux toilettes.

Je gagnai le plus de temps possible à me recoiffer, me laver les mains, m'appliquer de la lotion aux fleurs sauvages. Je préférais éviter d'échanger des banalités avant le repas.

En sortant, je passai une porte vers le patio, une cour en forme de croissant de lune où je trouvai un peu de paix.

La nuit tombait déjà, les lumières du port embrasaient la baie. Quelle vue apaisante. J'essayai de m'imprégner d'une telle sérénité, en vain. Impossible de me calmer face à ce fatras de déception et de frustration.

Un bruit de pas derrière moi. Un homme, apparemment. Je priai pour avoir la paix, qu'on me laissât me morfondre.

— Ne complique pas les choses, intimai-je à Max sans le regarder quand il s'appuya au garde-fou. Nous ne sommes pas obligés de faire bonne figure.

— Et si je veux te parler ?

— Je ne vois pas pourquoi, m'esclaffai-je d'un ton sec. Je ne suis que l'aventure d'un soir invitée au mariage de ton frère.

— Personne ne t'a forcée à venir, se défendit-il, agacé.

— C'est vrai. Mais je serai toujours là pour Brooklyn. Laisse-moi.

— Layla, regarde-moi.

— Non.

Il se contorsionna pour m'obliger à le voir. Je me concentrai sur la baie.

— Pourquoi cette froideur ?

Je n'avais jamais été autant à bout de nerfs. Max m'avait oubliée sans équivoque, de façon erratique, et moi, je ne désirais que lui. Je voulais le serrer, l'embrasser, lui faire l'amour encore et encore. Je faillis éclater de rire face à cette perte de contrôle totale.

— Qu'y a-t-il de drôle ?

Absolument rien. Je me ressaisis et capturai son regard dans le mien.

— Que veux-tu de moi, Max ?

— Tout ce que j'ai toujours voulu de toi.

— M'entraîner dans ton lit, donc.

— Mais non, se renfrogna-t-il. Pourquoi dois-tu toujours tout ramener à ça ?

— Il n'y a rien… Il n'y avait rien d'autre entre nous.

— Ce n'est pas ça que j'attends de toi, s'écria-t-il avant de jeter un coup d'œil en arrière et baisser d'un ton. Enfin, si, mais pas seulement.

— Il te reste toujours le soufflé, j'imagine, mais ça ne compte pas sans le sexe si je me souviens bien.

— Tu as trop bu ? s'inquiéta-t-il en m'entendant déblatérer de telles âneries. Layla, je suis venu te chercher à l'église, non ? Je t'ai demandé de partir avec moi.

— Et pourquoi ? m'insurgeai-je d'une voix toujours plus forte sans lui laisser l'occasion de répondre. Pour un autre week-end ? Combien de temps as-tu attendu avant de la draguer ? Une heure ? Un jour ? Lui as-tu joué le même numéro de l'escapade romantique ?

— Mais de qui parles-tu ? aboya-t-il.

Je me moquais qu'on puisse nous entendre. Rien n'aurait pu empêcher ma colère d'éclater.

— Il faut que je te l'épelle en plus ! E-L-L-E-N. Avec un ou deux « l », pour ce que ça change.

— Ellen ?

— Bravo, tu connais l'alphabet.

— Ma cousine ?

Je me figeai. Mon cerveau s'absenta. Quelle honte… Tous mes autres sentiments disparurent d'un coup. Ne disposant plus d'aucune échappatoire, autant opter pour l'humilité.

— Je l'ai prise pour ta nouvelle conquête.

— Je n'ai pas de petite amie, assura-t-il à voix basse.

— Comment pouvais-je le deviner ?

— Nous étions ensemble il y a un mois à peine.

— Nous n'étions pas un couple à proprement parler.

— Alors quoi ? Et n'appelle pas ça une aventure d'un soir.

Je dus lutter pour trouver les mots justes.

— La folie de Las Vegas ?

Max me prit la main. Je voulais me libérer, mais qu'on me vienne en aide, je n'en trouvai pas la force.

— Je n'ai pas simplement suivi Colton, il y a un mois. Il peut se débrouiller tout seul pour capturer une mariée. Je suis venu et tu m'as repoussé sans ménagement.

Il avait raison, je voyais encore son visage à ce moment.

— Ce n'était pas définitif.

Ce fut au tour de Max de se figer.

— On aurait dit le contraire, Layla.

— Je devais soutenir mes proches, expliquai-je en réalisant pouvoir les laisser désormais.

Ce serait dur, il leur faudrait du temps avant de s'en remettre et peut-être ne s'agissait-il pas du choix le plus sensé. Après tout, je ne connaissais presque rien de Max. J'allais risquer de blesser mon frère, mes parents pour une idylle illusoire.

Peu importe. J'aimais Max. Cela, je le comprenais aussi dorénavant. Deux émotions très claires en un jour, un vrai record.

— Je t'aime, soufflai-je.

Je ne trouvai rien de plus idiot à dire en de telles circonstances.

Je me retrouvais désormais nue, sans défense. Et plus curieux encore : je ne m'en souciais même plus.

— Pas autant que moi je t'aime.

Mon cœur hurla de joie. Quand bien même, je me raccrochai une dernière fois à ma logique.

— Tu n'as aucun moyen de mesurer cela, ricanai-je.

— Je suis tombé amoureux en premier, dit-il. Ça me donne l'avantage.

— Tu ne peux pas non plus le savoir.

Il approcha ses lèvres des miennes. Toujours plus près.

— Je m'en fiche, Layla.

Ce n'était pas une compétition, ce n'était pas une comp...

Il m'embrassa. Mon univers s'embrasa d'un espoir nouveau, bercé d'amour, de joie et d'excitation. Et il ne me libéra qu'après un long moment.

— Ah, vous voilà enfin ! s'exclama Brooklyn, surgie de nulle part. Arrête de lui barbouiller son maquillage, on vous attend pour les photos.

— Elle n'a pas l'air plus surprise que ça, lançai-je.

— En un mois, elle a eu le temps de savoir ce que je ressens.

J'adressai un regard plein de reproches à Brooklyn qui se contenta de me sourire avec une insouciance effrontée. Max m'invita alors à la suivre, les doigts posés sur mes reins.

— Tu parles d'une meilleure copine, maugréai-je à l'attention de Brooklyn.

— Je n'ai pas voulu te mettre la pression.

— La seule fois de ta vie, et tu choisis ce moment-là ? m'exclamai-je en repensant aux pires bêtises auxquelles elle m'avait incitée depuis le lycée.

— Tu devais t'en rendre compte par toi-même, rétorqua-t-elle, plus grave. Au cas où je me serais trompée.

Elle nous précéda pour rejoindre Colton dans le salon. Max amena ma main jusqu'à ses lèvres pour y déposer un baiser de plume.

— Et maintenant ? lui demandai-je.

— Maintenant, nous allons dîner avec ma famille, affirma-t-il d'un sourire satisfait. Puis après le gâteau, on regagne ma chambre et on commande un soufflé au chocolat.

Mon cœur se mit à fleurir.

— J'adore le soufflé au chocolat.

Quand je pensais à mon futur mariage, autant dire que cela m'arrivait souvent au fil des ans, je m'étais toujours imaginée dans une longue robe blanche à traîne flottante, un semblant de voile sans rien pour me cacher le visage, mais composé de lacets et de lés fins tressés à mes cheveux. Quant au bouquet, j'en voulais un de fleurs des champs : marguerites, primeroses, violettes et bleuets. Je rêvai de cette explosion de verts et autres couleurs attachées à l'aide d'un ruban.

J'aurais choisi l'église familiale de Saint-Fidèle, assez grande pour accueillir tous mes proches et amis. Pour la répétition, elle aurait eu lieu au club de tennis en raison de sa vue merveilleuse sur le port.

La réception. Ah, la réception... J'avais envisagé trois hôtels potentiels à Seattle. J'aurais organisé un beau banquet, engagé un orchestre pour le bal, me serait offert une magnifique pièce montée à cinq étages, mais sans fruits ; je voulais que les invités savourent ce gâteau. Une génoise à la vanille peut-être, ou une montagne de choux à la crème, mais la crème au beurre restait ma seule valeur sûre. J'aurais pu ne manger que cela.

Après toutes ces années de rêverie, je n'aurais jamais cru me marier à Las Vegas.

La cérémonie allait avoir lieu dans le charmant atrium des Sables de Canterbury. J'y trouvais tout ce dont j'avais toujours rêvé, car dans le fond, tout ce que je désirais vraiment, c'était Max.

Brooklyn était la seule à être venue, de mon côté. Je savais que disparaître du jour au lendemain avait agacé ma famille.

Septembre approchant à grands pas, Max et moi envisagions l'avenir avec une sérénité absolue. Je n'enseignerai plus au lycée de North Hill. Et si j'avais démissionné pour suivre Max sans l'épouser, mes parents ne s'en seraient jamais remis.

Voilà où nous en étions.

Je les aurais appelés dans la soirée pour leur apprendre la bonne nouvelle et mon bonheur.

Tout le monde étant installé, j'attendais au bout de l'allée en compagnie de Brooklyn dans un petit jardin près du ruisseau bouillonnant, sous les palmiers et mesquites entourés des cactus et fleurs colorés.

J'avais finalement choisi une robe blanche unie avec quelques œillets dans le coton, mi-longue et à larges bretelles qui me descendaient juste au-dessus de la poitrine. En revanche, je n'en avais pas démordu concernant mon bouquet et m'étais même offert de magnifiques talons hauts sertis de pierres. Je ne les porterais que trente minutes, je survivrais.

— Quand on sait, on sait, me murmura Brooklyn d'un air entendu.

— Je sais, lui accordai-je.

— Je sais que tu sais, ricana-t-elle. Tiens, regarde.

Je me retournai dans l'attente de Max et Colton. Leurs parents et la révérende du mariage de Brooklyn étaient déjà arrivés.

À mon grand étonnement, Nat et Sophie apparurent. Je devais avoir l'air sous le choc, car Brooklyn s'esclaffa.

— Comment est-ce que vous...

— Brooklyn nous a prévenues, s'exclama Nat. Tu croyais que nous allions rater ça ?

— Je n'en reviens pas que tu ne nous aies pas invitées, lança Sophie.

— Tu sais, c'est parce que...

Je vis alors James. Mon frère, James, s'avançait vers nous. Je passai du choc à la peur. Pourquoi était-il là ? Comment allait-il réagir ?

— Salut, Layla.

Il paraissait calme, semblable à celui avec qui j'avais grandi, pas à la boule de haine qui avait juré ne plus vouloir me parler.

— Je ne comprends plus rien.

— C'est Brooklyn qui m'a appelé.

— Pourquoi te donnerais-tu cette peine, Brook ?

— C'est ta famille, expliqua-t-elle platement.

Et au même moment, mes parents prirent part au cortège. Ils souriaient, comme s'il s'agissait d'un mariage tout à fait normal.

— Ce n'est pas ta faute, me rassura ma mère en m'enlaçant.

Mon père l'imita puis je fis un pas en arrière pour tous les regarder.

— Nous sommes si heureux pour toi, déclara James.

Je l'observai attentivement, incrédule, inquiète de sa réaction lorsque Max et Colton arriveraient.

— Tu vas bien ? lui demandai-je.

— C'est un peu bizarre, admit-il en jetant un œil à Brooklyn. Mais je m'en remettrai. Et j'ai compris que rien n'est ta faute. Pardon pour tout ce que j'ai pu te dire.

— Tu le pensais vraiment ? m'enquis-je, incapable de museler ma curiosité.

— Parfois, dit-il avec nonchalance. Mais avec le recul… Comme on dit, ce n'est pas toi, c'est moi.

— Désolée.

— Arrête. Je vais bien. Je m'en remettrai.

Alors ma mère m'effleura l'épaule.

— C'est ton grand jour, ma chérie. Ne t'occupe de rien d'autre.

Max et Colton tournèrent au coin du patio. Ils s'immobilisèrent tous les deux face à ma famille. Colton déglutit en repérant James.

— Tu ne les as pas prévenus ? demandai-je à Brooklyn.

— Je ne voulais pas les inquiéter.

Un court silence appesantit l'atmosphère. Puis mon père prit les devants. Il alla à leur rencontre et tendit la main à Max.

— Nous n'avons pas encore été présentés. Al Gillen.

— Max Kendrick, le salua-t-il, un brin méfiant.

— Il paraît que vous allez épouser ma fille.

— Oui, monsieur.

— Je dois dire que je m'attendais à tout sauf à ça, affirma mon père en désignant les environs.

— Pour un mariage ? s'étonna Max.

— Pour Las Vegas. C'est joli, vraiment très beau.

Colton arqua les sourcils et se tourna vers sa femme. Elle lui adressa son sourire le plus enjôleur avant d'annoncer haut et fort :

— Tout le monde est heureux pour Layla. Et pour Max. Allez, c'est parti, nous finirons les présentations plus tard.

Mon futur époux s'approchait déjà.

— Ça va ? demanda-t-il en se plaçant avec moi devant l'arche couverte de lierre.

— Je n'en reviens pas.

— Et ton frère ?

— Il semble tenir le coup. Et personne ne l'a forcé à venir, j'imagine.

Max me serra les doigts.

— Je suis content qu'ils soient là.

— Et moi donc, répondis-je, une larme au coin de l'œil.

— Ils t'aiment. Et je t'aime.

— C'est un bon début.

Je voyais déjà ma vie avec Max, et avec Brooklyn, Colton et tous nos proches.

Le cœur de James finirait par guérir. Il venait de faire le premier pas sur cette voie.

— Parents, amis, commença la révérende. Nous sommes réunis ici pour célébrer un jour de félicité.

Max me passa un bras sur les hanches pour me serrer contre lui.

Je posai la tête sur son épaule, réconfortée par sa volonté et sa force, persuadée de ne pas me tromper. Notre bonheur allait durer pour toujours.

BARBARA DUNLOP

Un défi si séduisant

Traduction française de
PEGGY SASTRE

PASSIONS

HARLEQUIN

Titre original :
THE DATING DARE

Ce roman a déjà été publié en 2020.

1

Non, je n'étais pas complètement seule.

Enfin, pas vraiment. J'avais des amis au travail. Certes, plutôt des connaissances. Mais on s'échangeait des cadeaux à Noël. On allait déjeuner ensemble. Parfois même prendre un verre le soir après le boulot, avant que chacun ne rentre chez soi.

Mes amies de toujours, Layla et Brooklyn, étaient peut-être parties de Seattle, mais j'allais rebondir. Comme tout le monde. Les gens remplissent leur vie d'autres choses, de nouvelles expériences et de nouveaux compagnons.

Des compagnons qui n'avaient même pas besoin d'être des humains.

J'aimais les chats. Plus particulièrement, j'aimais les chatons. Une fois, on m'avait dit que les chats devaient s'adopter par deux, comme des partenaires de litière en quelque sorte. Ainsi, chacun tenait compagnie à l'autre durant votre absence.

Une bibliothécaire avec deux chats.

Parfait.

C'était exactement comme cela que j'espérais finir ma vie...

J'étais au Harbor Tennis Club, dans le centre-ville de Seattle, à contempler le dernier message que Sophie Crush, la quatrième fille de notre cercle, venait de m'envoyer. Plusieurs matchs battaient leur plein sur les courts intérieurs. Le bruit des balles claquant contre la surface peinte se perdait sur les bords de ma conscience tandis que ma tisane refroidissait sur l'une des tables en marbre rondes du bar.

J'adorais la tisane. C'était une boisson réconfortante et je n'avais aucune intention d'y renoncer. Mais peut-être allais-je devoir faire un choix entre la tisane et les chats pour ne pas sombrer totalement dans le cliché.

J'avais aussi des connaissances au Harbour Club. J'étais membre depuis mon adolescence. J'avais pris des cours et joué des matchs avec la plupart des gens de ma génération.

Sauf que les connaissances ne sont pas des amis proches. Pas des gens que vous pouvez appeler pour passer un samedi après-midi à buller sur le canapé en survêtement en grignotant des cornets de crème glacée et des chips avant d'ouvrir une bouteille de vin dès que l'horloge indique 17 heures. Pas des gens sur lesquels vous pouvez compter lorsque vous vous sentez déprimée.

Je me sentais déprimée.

Je me disais que c'était normal. Et ce l'était. Je n'en voulais pas à Layla et Brooklyn d'avoir trouvé l'âme sœur. J'étais vraiment heureuse pour elles. En ce moment, c'était être heureuse pour moi qui était difficile.

J'ai vérifié de nouveau l'écran de mon téléphone portable. Le SMS de Sophie semblait me fixer.

Son déjeuner s'éternisait – son déjeuner avec un homme qu'elle ne connaissait pas s'éternisait.

Des émojis accompagnant le texto, j'en déduisais que cet homme était tout à fait à son goût.

J'étais aussi heureuse pour elle. Mais toujours pas pour moi.

Elle avait donc annulé notre match du samedi à la dernière minute. Vêtue de mon short de tennis, je me retrouvais assise, seule, devant ma tasse tiède, ma raquette posée à mes pieds et aucun autre plan pour le reste de l'après-midi. Comme pour la soirée, d'ailleurs.

J'en suis venue à me demander à quelle heure le refuge pour animaux fermait le week-end…

Qu'est-ce que je pouvais être pathétique…

Oui, j'aimais les chats. Mais je n'aimais pas ce qu'ils représentaient. Comme s'ils me disaient que j'avais abandonné tout espoir et commençais un long, long voyage à travers une stoïque médiocrité vers… Vers quoi ? La retraite ? La mort ?

Sensationnel.

Il ne me restait plus qu'à rire de moi-même. Ou du moins, essayer. Je venais de passer d'un match de tennis annulé à la mort en moins de trente minutes. Peut-être c'était de tequila que j'avais besoin, pas de tisane.

Je tendis la tête pour mieux voir le court sur lequel donnait la baie vitrée du café. Un match venait de se terminer. Deux hommes se serrèrent la main et quittèrent le court.

Je reconnus James Gillen – le frère aîné de Layla Kendrick, née Gillen. Sans doute la seule personne du club plus nulle au tennis que moi.

Est-ce que cela me faisait me sentir mieux ou pire ? Mieux pour moi, sans doute, car je suis un être humain et non une sainte. Mais pire pour lui – oui, je me sentais vraiment pire pour lui. Justement parce que j'étais un être humain doué d'empathie.

Je ne souhaitais sa vie à personne, pas même à mon meilleur ennemi.

Depuis le lycée, James était amoureux de ma magnifique et très chère amie Brooklyn. Et jusqu'en juillet dernier, ils avaient été fiancés.

Ils avaient passé une année entière à planifier l'un des plus grands mariages de l'histoire des mariages. La cérémonie aurait été magnifique.

En réalité, elle l'avait été – du moins jusqu'au moment où Brooklyn avait laissé James seul devant l'autel, devant cinq cents invités et un reporter du journal local.

Je n'en ai pas voulu à Brooklyn. Du moins, pas complètement. Tous les témoignages concordaient pour dire que son nouveau mari, le beau et riche Colton Kendrick, était une perle rare.

Je n'avais pas du tout été surprise non plus que Brooklyn ait été courtisée par deux hommes à la fois. Elle étincelait. Une étincelle qui attirait les hommes, comme le miel les abeilles.

Un don.

Dont j'aurais tant aimé être dotée…

J'ai bu une gorgée de tisane tiède, regrettant une nouvelle fois ne pas y trouver de la tequila.

Non, les bibliothécaires n'étincelaient pas. Nous ne sommes pas censées étinceler. Nous sommes des personnes pragmatiques et fiables, admirables sans doute. Mais non, aucune abeille ne s'était encore collé les pattes à mon miel.

J'ai retiré mes lunettes de sport et j'ai pris ma paire de tous les jours alors qu'un couple entrait dans le bar. Une fois mes lunettes en place, je les ai reconnus.

Mon cœur a fait un bond dans ma poitrine.

C'était Henry Reginald Paulson, troisième du nom, avec sa jolie et pétillante petite amie pendue à son bras.

Elle était grande, mince et blonde, avec des dents blanches et des cils noirs et épais qui semblaient ne jamais s'arrêter de cligner. Comment s'appelait-elle déjà ? Kaylee ? Candi ?

Je ne l'avais jamais vue jouer au tennis, mais personne ne se souciait de ses compétences sportives. Les aptitudes athlétiques n'étaient à l'évidence pas au sommet de la liste de caractéristiques que Henry cherchait dans une petite amie...

La famille Paulson, et les parents de Henry en particulier, était pratiquement les maîtres et possesseurs du Harbour Club. Ils organisaient des collectes de fonds, siégeaient à son conseil d'administration. Ils étaient membres de ce club privé depuis au moins trois voire quatre générations. Henry en était le prince héritier.

Et il était aussi mon ex.

Qui m'avait larguée sans le moindre ménagement le 25 mai, pour être exacte. Soit le même jour où la bibliothèque de Northridge avait célébré mon cinquième anniversaire d'employée. J'avais été gratifiée d'une semaine supplémentaire de congés payés et d'une place sur le parking B – ce qui m'avançait de deux pâtés de maison du bâtiment municipal abritant mon employeur.

J'avais attendu ces nouveaux avantages avec impatience. Et j'étais encore plus impatiente de retrouver Henry et de finir ma journée avec lui.

Sauf que notre dîner de fête au restaurant Tidal Rush s'était terminé à l'arrière d'un taxi. Celui que j'avais pris pour rentrer à la maison. Seule, le visage baigné de larmes et de coulures de mascara.

À peine passé la porte de mon appartement, j'avais pris le badge bleu et or que la bibliothèque m'avait offert pour le jeter rageusement au fond d'un tiroir de ma commode. Il doit encore y être.

Ce soir-là, Henry m'avait dit qu'il préférait qu'on reste amis. Que j'avais énormément de qualités. Qu'il m'admirait. Que j'allais sans doute un jour rendre un homme très heureux...

Mais pas lui.

Il ne s'était jamais plaint de mes banals cheveux châtain foncé, de mes lunettes, de la discrétion de ma garde-robe ou de la modestie de ma taille. Mais comme il m'avait remplacée par mon exact contraire physique et stylistique, je pouvais tirer mes propres conclusions.

Henry me repéra de l'autre côté du bar.

Il sourit et agita la main comme si nous étions restés amis. En réalité, nous ne nous étions plus parlé depuis la rupture.

J'aurais donné cher pour ne pas être assise seule à ma table.

Pour être sur le court et jouer au tennis avec Sophie.

Pour être n'importe où, faire n'importe quoi, mais pas...

— Salut, Nat, fit une voix masculine tout près de moi.

Je levai les yeux et vis James.

Oh ! merci, James.

Si James discutait avec moi pendant une minute ou deux, j'allais sans doute avoir l'air beaucoup moins pathétique quand Henry et Kaylee passeraient à mes côtés pour rejoindre leur bruyante clique d'amis installés à la grande table centrale.

— Salut, James.

— Tu attends quelqu'un ? demanda-t-il en embrassant la salle du regard.

Je levai mon téléphone comme pour désigner une pièce à conviction.

— Non, Sophie vient de m'annuler. Pas de tennis pour moi aujourd'hui.

— Est-ce qu'elle va bien ?

— Elle va bien oui, elle a eu un empêchement.

Un empêchement masculin qu'elle avait préféré à moi.

— Ça te dérange si je m'assois ?

— Non, je t'en prie.

Honnêtement, j'aurais pu l'embrasser tout de suite.

— Je meurs de soif, a-t-il dit.

Il fit signe au serveur et jeta un coup d'œil à ma petite théière.

— Tu veux autre chose ?

Le serveur arriva rapidement.

— Une bière, lui dit James. La locale que vous avez à la pression aujourd'hui.

Puis James me regarda, ses sourcils levés dans une question silencieuse.

— Super, bonne idée, ai-je dit.

Il n'était pas encore 16 heures, mais la journée avait déjà été bien longue.

— Bon match ? ai-je demandé.

— Caleb est super fort. C'est un partenaire sérieux.

James avait visiblement pris une douche rapide. Ses cheveux étaient légèrement humides et il avait troqué sa tenue de sport contre un pantalon gris foncé et une chemise blanche dont il avait retroussé les manches.

C'était un bel homme, grand et athlétique. Il n'avait pas la flamboyance ni l'entregent de Henry. Il n'était pas un roi du tennis. Mais il avait toujours été respecté pour ses talents de joueur.

Maintenant… eh bien, il devait composer avec les ragots cruels sur Brooklyn fuyant l'église St. Fidelis dans sa robe de mariée. Il y avait consensus sur le fait que James avait boxé hors de sa catégorie et, pour certains, ce n'était pas une grande surprise que Brooklyn l'ait largué pour quelqu'un de plus élevé dans la hiérarchie sociale.

À coup sûr, on devait aussi raconter des choses similaires à mon sujet. Ma relation avec Henry n'avait duré que quelques mois, mais les gens pensaient probablement que je n'avais été qu'une aventure rapide pour lui, une amourette. Un détour du prince vers la bergère...

Je me demandais quand j'allais cesser de me sentir si humiliée.

J'espérais que James n'avait pas entendu le pire des potins sur Brooklyn et lui. Je n'étais vraiment pas une adepte de l'école de pensée « les malheureux se rassemblent ». Non, moins il y avait de gens à se sentir comme moi dans le monde, mieux c'était.

— Je devrai peut-être faire du vélo plus tard pour compenser la partie perdue, ai-je dit pour orienter mes pensées en quelque chose de plus productif.

Je n'étais pas une fan de sport par tous les temps, mais je comptais sur mes matchs de tennis du samedi pour faire mon entraînement hebdomadaire.

— Tu irais où ? a-t-il demandé.

— Le long de la rive du lac Cadman, principalement. Mon appartement n'est qu'à quelques pâtés de maisons de Green Gardens.

— Ah oui, je fais souvent du vélo par là-bas, a-t-il dit. C'est sympa à l'automne.

Le serveur est arrivé avec deux chopes de bière fraîche.

— Pouvez-vous annuler le temps de court de Mlle Remington ? demanda James alors que le serveur mettait des sous-verres sous les chopes.

— Bien sûr, monsieur.

Je les ai remerciés tous les deux avec un sourire. Puis j'ai saisi la poignée de la généreuse chope.

— Ce ne sera peut-être pas une très longue balade à vélo, à la réflexion.

James sourit à ma blague et leva sa propre bière pour porter un toast.

J'ai négocié avec moi-même à voix haute.

— Peut-être que j'irai même demain matin.

Alors que je choquais mon verre au sien, j'aperçus Henry, son bras autour de Kaylee. Il régalait les quatre autres convives à leur table avec une histoire manifestement hilarante.

— Quelque chose ne va pas ? me demanda James.

J'ai réalisé que je fronçais les sourcils.

— Non, rien.

Je reportai mon attention sur James.

Mais il regarda par-dessus son épaule et vit Henry.

— Ah, Paulson. Ça doit être énervant.

Énervant n'était pas exactement le mot que j'aurais utilisé.

— Ça l'est, ai-je cependant renchéri.

Les yeux bleu foncé de James se teintèrent subitement d'empathie.

Je ne voulais pas de sa pitié. Et je ne voulais pas non plus qu'il pense que je me vautrais dans mon propre malheur – même si c'était le cas. En réalité, mon malheur ne se limitait pas à ma rupture avec Henry. Même si j'aimais penser que j'avais fait un peu de progrès depuis, dans l'ensemble, ma vie avait de quoi susciter l'apitoiement.

J'ai essayé de me débarrasser de cette pensée.

— Oh ! ce n'est rien comparé à toi.

Les mots étaient sortis avant que je ne puisse les contrôler. Bravo, j'avais réussi à être impolie et insensible d'un seul coup. J'ai essayé de revenir en arrière.

— Je veux dire… je n'ai pas… je suis désolée.

— Oh ! je préfère que ça sorte comme ça plutôt que de m'imaginer ce que tu penses en silence. Ou que tu chuchotes comme tous les gens ici.

Il parcourut la pièce du regard.

— Et ce n'est *vraiment* rien comparé à moi, insista-t-il. J'ai été largué sur une échelle beaucoup plus grande, une échelle épique, l'échelle de toutes les échelles du Harbour Club.

— Comment tu tiens le coup ? ai-je demandé d'un ton plus calme.

— C'est bizarre, dit-il.

Il prit une autre gorgée de bière et ajouta :

— Je continue de trouver ses affaires dans mon appartement. Je ne sais pas quoi en faire. Dois-je les lui envoyer ? Les stocker ? Les brûler ?

— Brûle !

Une nouvelle fois, les mots étaient sortis de ma bouche sans crier gare.

— Non, attends, pardon, je n'aurais pas dû dire ça.

Mais James s'esclaffa.

— J'aime ton style.

Brooklyn était ma meilleure amie. Mais même des amis intimes pouvaient faire de mauvaises choses. Et James pouvait vraiment d'être en colère contre Brooklyn.

— Bon, tu peux m'expliquer ce qui se passe avec la gent masculine, je te prie ? ai-je demandé à James.

D'une manière ou d'une autre, une bière s'était transformée en deux. Puis en trois.

— J'en doute, dit-il.

— Les hommes sont-ils tout simplement superficiels ?

— La plupart.

— Je veux dire, regarde Candi là-bas.

— Je pense que son nom est Callie.

— Pas Kaylee ?

— Faut-il demander ?

— Non !

La panique dans ma voix fit rire James. Je n'étais pas vraiment paniquée. J'étais juste… eh bien, gênée d'avoir encore quelque chose à cirer de la vie sentimentale de mon ex.

J'ai baissé la voix et je me suis penchée.

— Est-ce vraiment ce que tous les hommes veulent ?

James glissa un regard furtif vers leur table.

— Certains, oui.

— Certains ou la plupart ?

— Bon, d'accord, beaucoup d'hommes, c'est vrai.

J'ai poussé un soupir. Je n'étais pas vraiment déçue, car je connaissais la réponse depuis le début. Mais cela n'avait rien fait pour améliorer mon estime de la gent masculine.

— Les femmes ne valent pas mieux, déclara James.

— Nous ne sommes pas obsédées par l'apparence.

— Peut-être pas par l'apparence, mais vous êtes encore plus obsédées par le pouvoir et le prestige.

Je ne pouvais pas lui donner complètement tort.

— Nous voulons aussi de l'attention et beaucoup de sens de l'humour.

— Le sens de l'humour est assez difficile à quantifier.

— Oui, c'est vrai. Et ce n'est pas un truc qu'on remarque tout de suite.

James tapota sa chope sur la table comme s'il voulait souligner ce qu'il s'apprêtait à dire.

— Tu vois ? Les femmes sont comme les hommes. C'est dans la nature humaine de commencer par l'apparence. La beauté, c'est un truc qui se remarque au premier coup d'œil lors d'une rencontre.

— Oui, c'est ce que j'aurais aimé avoir.

À la seconde où ces mots étaient sortis, j'aurais voulu ne jamais les avoir prononcés.

James n'était pas ma meilleure amie. Ce n'était pas un après-midi à buller en survêtement sur le canapé...

Maintenant, il me fixait et j'aurais souhaité que le sol s'ouvre sous mes pieds et m'avale tout entière.

— Pourquoi dis-tu cela ? demanda-t-il.

La réponse était douloureusement évidente.

— Parce que ce serait bien. Tu sais ce que je veux dire, tu étais avec Brooklyn pendant des années.

Quiconque était tombé amoureux de Brooklyn comprenait l'attrait d'une belle femme.

— Non, je veux dire, pourquoi tu penses que tu n'es pas belle ?

Ce fut mon tour de le fixer.

— Euh, allô ?

J'ai montré mon menton du doigt.

— C'est moi la bibliothécaire ordinaire !

— Oui, d'accord, tu n'es pas vraiment la plus glamour.

— Merci de confirmer ce que je dis.

J'essayais d'oublier ma blessure à l'ego. La franchise était parfois difficile à accepter.

— Mais tu es très jolie.

J'ai secoué la tête.

— Oh non. Tu ne peux pas reculer maintenant. Ta première réaction a été la vraie réaction.

— Ma première réaction a été de dire que tu as un charme brut. Tu as la matière première.

— Oh ! monsieur me fait trop d'honneur.

Il me sourit.

Je plaisantais. Enfin, je plaisantais à moitié. J'avais le choix entre prendre mon apparence à la légère ou déprimer à son sujet. Je n'allais pas déprimer.

— Tu as déjà vu le gars que Brooklyn a épousé, non ? demanda James.

Oui, et même plus que ça. Je n'avais pas assisté au mariage de Brooklyn avec Colton Kendrick, mais j'étais allée à celui de Layla, qui avait épousé le frère jumeau de Colton, Max. Colton et Max étaient riches, beaux et musclés. Ils semblaient également très gentils.

J'ai hoché la tête en direction de James.

— Bon, alors tu vois ce que je veux dire.

— Que toi aussi tu as de la matière première ?

J'ai essayé de ne pas sourire. Je savais mieux que personne que le chagrin n'avait rien de drôle.

Mais James secoua la tête et sembla lui aussi combattre un rictus.

— Bon, on va continuer à se morfondre longtemps ?

— Non, c'est tout le contraire de ce que je veux faire, dis-je.

— Et qu'est-ce que tu veux faire ? a-t-il demandé.

J'ai lancé un regard à ma raquette.

— Je voulais jouer au tennis.

— Pas aujourd'hui, je veux dire en général, dans la vie. Tu veux aller de l'avant ?

— Je pensais à prendre un autre chat.

— Sérieusement ?

— Non, pas vraiment.

— Un chat est un gros engagement.

— Tu n'aimes pas les chats ?

Il semblait réfléchir à la question.

— Je préférerais probablement un chien. Mais il me faut d'abord une maison avec un jardin.

Je savais que Brooklyn et lui avaient prévu de faire le tour des agences immobilières juste après leur mariage. Je n'allais pas aller sur ce terrain-là.

— Oui, un chien a besoin au moins d'un jardin, renchéris-je.

— Je vais peut-être acheter une maison, dit-il sans grand enthousiasme.

J'aurais adoré pouvoir me le permettre. Mais il allait me falloir des années pour économiser suffisamment pour un apport, même pour un appartement. J'allais rester locataire un bon bout de temps.

— L'immobilier est un bon investissement, dis-je machinalement.

James était économiste. Je ne savais pas exactement ce qu'il faisait au quotidien dans son travail, mais je me disais que ce genre de conversations pouvait l'intéresser.

— Oui, c'est définitivement le bon moment pour verrouiller un taux d'intérêt.

— Mais ?

J'avais cru entendre un *mais* dans sa phrase.

— Difficile de savoir quoi rechercher quand tu n'as aucun projet d'avenir.

Une déclaration qui me sembla triste comme les pierres.

Tandis que je réfléchissais au bon commentaire à lui faire, mon téléphone sonna.

— Ne t'embête pas pour moi dit James, avant de lever sa bière vers sa bouche.

— C'est Sophie.

J'étais curieuse de savoir comment s'était passé son déjeuner et plus si affinités, mais je n'allais pas avoir ce genre de conversations devant James. J'ai accepté l'appel.

— Je vais lui dire que je vais la rappeler.

— Tu veux que je te laisse tranquille ?

Il se leva.

— Non, non, ai-je dit en secouant la tête et lui indiquant de se rasseoir.

Je ne voulais pas le chasser.

— Pas de problème, reste assis voyons. Salut, Sophie, dis-je au téléphone.

— Bryce a un ami, dit-elle.

— Euh… c'est bien. Écoute, est-ce que je peux te rappeler quand…

— Un *ami*, insista Sophie.

Elle parlait vite, l'enthousiasme semblait éclairer sa voix.

— Un ami pour toi, un gars qui veut te rencontrer. On pourrait sortir à quatre ce soir. Tu es dispo ?

J'ai croisé le regard de James.

— Nat ? demanda Sophie. Tu es là ?

— Oui, oui, je suis là.

Je ne savais pas pourquoi j'hésitais. Non, je n'avais pas de plan pour ce samedi soir, et bien sûr je voulais rencontrer un nouveau mec. Quelle fille célibataire aurait préféré passer la soirée à lire avec son chat ?

— Quelle heure ? ai-je demandé.

— 19 heures, ça te va ? On passera te prendre chez toi. Enfin, en bas de chez toi.

Je souris. Sophie n'était pas fan du côté utilitaire de mon loft. Elle n'arrêtait pas de me bassiner pour le redécorer. Mais je ne voyais pas l'intérêt de dépenser de l'argent pour de la cosmétique d'intérieur. Déjà que je n'en dépensais pas beaucoup pour ma personne…

— Bien sûr, pas de souci. 19 heures en bas.

— Parfait ! Elle avait l'air vraiment heureuse.

Je mis fin à l'appel.

— Désolée, dis-je.

James balaya mes excuses.

— Soirée entre filles ?

— Pas exactement. Double rencard.

James s'enfonça dans son fauteuil.

— Rencard à l'aveugle ?

— Oui. J'ai bu une gorgée de ma bière. Ça fait longtemps que je n'ai pas tenté le coup.

— Je suppose que ta période de disette est terminée, alors.

Je n'aimais pas particulièrement appeler ça une période de disette. Comme si j'étais en famine d'un homme...

2

Comme je n'avais pas pensé à demander à Sophie où nous allions dîner, j'ai fait un choix intermédiaire en termes de tenue – un pantalon gris et un chemisier monochrome à imprimé animal. Le chemisier était à col en V, avec des manches longues et le tissu en rayonne était ample et confortable. J'aimais la manière asymétrique dont il drapait mes hanches d'avant en arrière.

Je portais un peu plus de maquillage que d'habitude, même si c'était toujours décevant que le mascara soigneusement appliqué ait à se perdre derrière mes lunettes. J'avais mis les boucles d'oreilles en or que Layla m'avait offertes pour mon dernier anniversaire et j'ai conclu l'ensemble d'une paire de bottes anthracite aux talons ni trop hauts ni trop plats.

Quand j'ai aperçu Sophie au coin de la rue, j'ai repensé à mon look. Ce qui ne changeait pas de d'habitude : voir Sophie me faisait toujours penser à ce que je portais. À côté d'elle, j'avais toujours l'air si fadasse...

Elle portait une robe trapèze noire à encolure dégagée avec juste assez de fantaisie pour la rendre rigolote. Par-dessus, elle avait mis une veste en jean délavé ornée de quelques strass sur le col et les épaules. De la verroterie qui faisaient écho à son tour de cou et à ses boucles d'oreilles. Elle avait accessoirisé le tout avec un petit sac à main et des sandales compensées noires à lanières.

— Salut, Nat, dit-elle. Tu es sensationnelle.

Je ne me sentais pas du tout sensationnelle.

— Parle pour toi, rétorquai-je.

Elle passa son bras sous le mien.

— Bryce est un type génial. Il nous a trouvé une berline avec chauffeur au lieu d'un taxi. C'est chic ou pas chic ?

— Super chic, acquiesçai-je. On mange où ?

— Au Russo, en bord de lac.

— Parfait.

Le Russo était un restaurant italien très branché.

— Tu as réservé ?

— Ne te fais pas de bile, Bryce gère comme un prince.

— Donc tu sais s'il a réservé ?

Je n'étais pas obsessionnelle, simplement pragmatique. Mon côté bibliothécaire.

— Bon sang, Nat, c'est samedi soir, on a rencard. Laisse les mecs s'occuper de la logistique !

Elle me désigna deux hommes debout devant une berline noire garée au bord du trottoir.

— Voici Bryce, dit Sophie du plus grand.

Bryce faisait un bon mètre quatre-vingts. Ses cheveux étaient épais et presque noir de jais. Il avait un beau visage classique avec des yeux bruns et un joli sourire. Sa chemise blanche et sa veste de sport mettaient en valeur ses épaules athlétiques.

— Bryce est chef cuisinier au Blue Fern, indiqua Sophie.

— Je ne savais pas que tu travaillais avec lui, dis-je à Sophie.

Elle était responsable du service de restauration et de boissons dans cet établissement haut de gamme. J'avais cru comprendre que Bryce était un client qu'elle avait rencontré en travaillant. Je m'étais à l'évidence trompée.

— Ravi de faire ta connaissance, dis-je à Bryce en lui tendant la main.

Sa poigne était à la fois puissante et douce.

— Sophie m'a beaucoup parlé de toi, mais je crains que l'inverse ne soit pas vrai, n'est-ce pas ?

Je ne pouvais pas dire s'il avait été offensé ou non. Au cas où, j'ai décidé de la jouer subtile.

— Tu sais, on arrive à peine à se croiser avec nos emplois du temps respectifs, donc on se parle rarement de travail.

— Belle parade, déclara Bryce, ce qui me fit comprendre qu'il avait effectivement pris la mouche.

— Et voici Ethan, dit Sophie en désignant l'autre homme.

Ethan était plus petit que Bryce, de la taille de Sophie dans ses chaussures à talons hauts et un peu plus grand que moi.

Ses cheveux étaient d'un blond sable avec une teinte cuivrée. Il avait le visage rond et les yeux d'un bleu pâle.

— Ravi de te rencontrer aussi, Ethan, dis-je en le gratifiant de mon plus beau sourire.

Après tout, il était officiellement là pour moi, pourquoi se gêner ?

— Salut, Nat.

Sa poigne était plus sèche et ferme que celle de Bryce.

— Tu travailles toi aussi au Blue Fern ? ai-je demandé.

— Non, Ethan est ingénieur en informatique, m'informa Sophie. Il a sa propre entreprise.

— Impressionnant, dis-je.

Je n'avais jamais été fortiche en science et en technologie. Layla avait toujours été la geekette du groupe.

— Notre objectif est la robotique, déclara Ethan.

— C'est un génie, fit Sophie en souriant.

— Bryce et Sophie nous ont présenté des concepts très excitants.

Je ne comprenais pas, alors je me suis tournée vers Sophie.

— Nous voulons révolutionner technologiquement le secteur de la restauration, dit-elle avec un large sourire.

Elle avait l'air de plaisanter, sans que je comprenne bien où était l'ironie là-dedans. Une invention technologique de l'industrie alimentaire ? Dans mon esprit, j'ai imaginé une essoreuse à salade robotisée…

— Le monde change, poursuivit Sophie, il faut vivre avec son temps.

Un monde où j'étais clairement déphasée.

Sur ce, Ethan ouvrit la portière pour s'installer sur le siège passager tandis que Sophie montait à l'arrière et se glissait au milieu. Bryce grimpa derrière elle et je me dirigeai vers la portière.

Nous n'étions même pas encore arrivés au restaurant que j'avais déjà envie de m'enfuir…

— Bryce et Ethan sont allés au lycée ensemble, me dit Sophie pendant que je cherchais à boucler ma ceinture de sécurité.

— Vous avez été amis tout ce temps ?

— Non, pas amis, dit sèchement Bryce.

— Ah, d'accord.

Que la soirée s'annonçait longue.

— Ethan était un intello, moi plutôt un bouffon, ajouta Bryce sans me regarder. Il est parti à l'université et je suis allé à l'école culinaire.

— Tu as visiblement bien fait, commentai-je. Je veux dire, si tu es déjà chef cuisinier.

— Oui, c'est vrai, mais c'est une petite région aussi.

Sophie tapa dans ses mains.

— Et nous avons de très gros projets !

— C'est ce que j'ai cru comprendre, dis-je pour lui laisser l'occasion de développer.

— Tu as entendu parler de l'impression 3D ? me demanda-t-elle.

J'ai hoché la tête. Je n'en savais pas grand-chose. À la bibliothèque, les imprimantes étaient en 2D. Certes, avec des cartouches couleur pour certaines, mais niveau *high-tech*, cela s'arrêtait là. Le niveau d'excitation dans la voix de Sophie augmentait au fur et à mesure qu'elle parlait.

— Nous sommes tous les trois partenaires d'une start-up technologique.

— Nos brevets sont en instance, précisa Bryce.

— Des brevets ?

— Nous avons un prototype, dit Ethan depuis le siège avant.

— Il faut que tu voies ça, Nat, pépia Sophie.

— Non, c'est encore trop brouillon, tempéra Bryce.

J'avais environ mille questions, à commencer par : « mais de quoi vous parlez au juste ? » J'ai cependant opté pour :

— Depuis combien de temps vous êtes-vous lancés dans ce projet ?

— Quelques mois, répondit Sophie. Je ne voulais pas nous porter la poisse, alors j'ai préféré garder le secret.

— La poisse ? Même avec moi ?

Je me suis sentie encore plus seule qu'après son lapin du matin. Visiblement, Bryce ne venait pas *du tout* de débarquer dans la vie de Sophie. Subitement, j'ai eu l'impression de participer à une réunion d'affaires, pas du tout un rencard.

— Oui, dit Sophie en se mordant les lèvres. Désolée.

— Bon, juste pour y voir clair, tu sors avec Bryce ?

Bryce passa son bras dans celui de Sophie.

— Nous avons commencé en tant que collègues, puis amis, et maintenant, eh bien... nous avons découvert quelque chose de très spécial en nous.

— Et Ethan a apporté le côté technique, précisa Sophie.

J'ai supposé qu'elle voulait dire qu'Ethan avait apporté le côté technique à leur entreprise, pas à leur relation amoureuse.

— Nous travaillons dans la pâtisserie, expliqua alors Ethan. Nous augmentons le niveau de précision et de sophistication avec lequel les restaurants, même les plus petits établissements, peuvent concevoir, affiner, créer et servir des desserts.

— Vous imprimez des desserts en 3D ?

— C'est tout à fait ça, s'exclama Sophie. Mais jamais on n'aurait pu y penser sans Ethan. Bryce apporte son expertise culinaire et moi mon savoir-faire commercial. Nous sommes une équipe géniale.

Elle tendit la main et serra l'épaule d'Ethan.

Il mit sa main sur la sienne pendant une seconde.

— Des gâteaux et des tartes ? ai-je demandé, toujours perplexe.

— Oh ! bien plus que cela, commenta Ethan.

Sophie se tourna vers moi et me sourit.

— Tu devrais passer voir tout ça à l'atelier. Nos échantillons sont magnifiques.

— Et délicieux, ajouta Bryce, passant son bras autour de ses épaules. Tu peux atteindre un niveau de précision et une texture incroyables.

Visiblement excitée, Sophie hocha la tête. J'étais heureuse pour elle. Elle avait toujours eu une énergie, un enthousiasme sans bornes et un goût démesuré pour l'aventure. Lorsque nous étions petites, c'était toujours elle qui voulait faire les quatre cents coups. Et aujourd'hui, fidèle à son caractère, elle avait su tirer le meilleur d'un travail qui l'avait vite ennuyée. Une nouvelle fois, elle s'était lancée bille en tête dans un projet… et avait même trouvé le moyen d'y dénicher l'amour.

C'est alors que le chauffeur immobilisa la voiture au bord d'un trottoir, et je reportai mon attention sur le patio du Russo. C'était un joli bâtiment, décoré de minuscules loupiotes accrochées dans des arbustes en pot. Quelques marches de pierres rouges menaient à une porte d'entrée en chêne massif aux poignées en laiton brossé.

Bryce ouvrit la portière et sortit de la voiture avant de se tourner pour aider Sophie.

Je suis sortie de mon côté et en voyant les pavés inégaux qui m'attendaient, je n'ai pas regretté mon choix de chaussures. Sophie, par contre, dut s'accrocher au bras de Bryce pour ne pas risquer la chute.

Je me sentais assez bête à marcher en silence à côté d'Ethan. Alors j'ai décidé de briser la glace.

— Tu as grandi à Seattle ?

— J'avais trois ans quand ma famille a quitté Boston.

— Je suis née ici, dis-je, j'ai grandi à Queen Anne.

— Moi, Wallingford. Mes parents sont prof d'université.

— Sa mère est un professeur de chimie renommé, précisa Sophie par-dessus son épaule.

Bryce a poussé la grande porte du restaurant et nous sommes immiscés l'un après l'autre dans l'intérieur sombre du Russo.

— C'est très impressionnant, ai-je dit à Ethan.

— Oui, c'est le Pr Mary Quinn.

Il avait l'air très fier.

— Elle a publié une trentaine d'articles dans des revues scientifiques. Tu en as peut-être lu certains ?

Je ne savais pas quoi répondre. Moi, lire des articles de chimie ?

— Comme tu es bibliothécaire, ajouta-t-il.

— Bibliothécaire municipale, précisai-je. Nous n'avons quasiment aucune revue scientifique dans notre catalogue.

— C'est vrai ?

Il semblait sincèrement surpris.

— Pourtant, les STEM sont très importants pour les jeunes.

Il s'arrêta un moment, me dévisagea et précisa :

— STEM, c'est l'acronyme de science, technologie, ingénierie et mathématiques.

Parfait, voilà qu'il me prenait pour une demeurée. Je savais ce que STEM voulait dire.

— C'est une question de taille, ajoutai-je. Pour les travaux techniques, je réfère mes lecteurs à la bibliothèque universitaire ou même à l'Association américaine de chimie.

Une hôtesse vint à notre rencontre.

— Vous avez une réservation ? demanda-t-elle à Bryce.

— Oui, au nom de Brookside, une table pour quatre, déclara Bryce.

Sophie se tourna vers moi et murmura :

— Comme j'aimerais être aussi intelligente.

J'ai levé les yeux au ciel.

— Mais tu *es* intelligente.

Elle était diplômée d'une école de commerce. Elle n'avait que vingt-six ans et était déjà haut placée dans l'un des meilleurs restaurants de la ville.

— Oui, certes, je voulais dire intelligente sur le plan scientifique.

— Tu es intelligente dans le monde réel et c'est bien plus utile.

Un silence de plomb suivit mes paroles. À l'évidence, je venais de faire une bien belle bourde.

— Il n'y a rien de plus utile que la science, rétorqua Ethan.

— Quand les scientifiques font équipe avec des commerciaux, taquina Bryce. Ou avec des gens qui ont globalement les pieds sur terre.

Mais Ethan avait manifestement été piqué au vif.

— La science est responsable de tout, des progrès de l'agriculture aux techniques d'extraction minière écologiques, en passant par les colorants textiles pour les défilés de mode et tous les objets technologiques du quotidien. Prends ton téléphone portable, par exemple. Il a fallu des générations de scientifiques hautement qualifiés pour développer les concepts qui font que nous ne pouvons plus nous passer d'un smartphone.

— Merci la science, ironisa Bryce.

— Si vous voulez bien me suivre, nous dit l'hôtesse.

Moi, pour continuer à alléger la conversation, je suivis l'exemple de Bryce.

— J'adore mon téléphone portable !

Bryce emboîta le pas derrière l'hôtesse, Sophie le suivit et nous nous sommes tous frayé un chemin à travers les tables. Je fermais la marche.

Notre table nous attendait au deuxième étage avec vue sur le port. Après un peu d'hésitation, je pris place à une extrémité de la banquette à côté d'Ethan. Bryce s'installa à l'autre bout et Sophie s'assit entre les deux hommes.

— On boit ? demanda Bryce, ouvrant la carte des cocktails.

— Oh ! un martini cranberry pour moi, dit Sophie.

— Moi aussi, dit Ethan.

— Whisky canadien pour moi, fit Bryce en me regardant.

— Un verre de cabernet sauvignon.

Un verre tout de suite et un autre avec le repas. De la sorte, j'allais peut-être réussir à me détendre.

En tant que rencard, la soirée ne s'était pas particulièrement bien passée. Mais en tant que réunion professionnelle, on avait sauvé les meubles.

Je n'avais pas tout suivi, mais je savais désormais combien de temps, de réflexion et d'énergie avaient été investis dans Sweet Tech, vu que tel était le nom de leur projet. Si tout ce qu'ils disaient se concrétisait, mon amie Sophie allait vraiment révolutionner technologiquement les desserts.

Ils m'avaient déposée chez moi à 22 heures 30.

Ethan m'avait consciencieusement raccompagnée jusqu'à la porte du hall. Il ne m'avait pas embrassée, juste dit bonne nuit et qu'il avait passé un bon moment. Moi aussi, je lui ai dit que j'avais aussi passé un bon moment. J'ai soupçonné que notre niveau d'enthousiasme l'un envers l'autre était à peu près égal. C'est-à-dire plutôt médiocre.

Heureusement, j'avais passé une bonne nuit et, au matin, je m'étais sentie requinquée, prête pour ma balade à vélo au bord du lac.

C'était fini, je ne ressentais plus de jalousie pour l'aventure de Sophie. Fini aussi de me plaindre pour le lapin qu'elle m'avait posé pour notre match de tennis de la veille. J'étais une femme libre, indépendante, sereine sur ma bicyclette sous le soleil matinal.

— Ah mais qui voilà ! fit une voix à ma gauche.

J'ai regardé de côté et j'ai réalisé que mes lunettes glissaient sur mon nez. En les mettant en place, j'ai vu James se mettre en danseuse pour me rattraper.

— Je ne pensais pas que tu étais sérieuse, dit-il.

— Je suis toujours sérieuse quand il s'agit de vélo, j'adore ça.

— C'est ce que je vois.

J'ai souri. J'étais contente de le voir.

— Moi, je préfère l'aviron, a-t-il dit.

Je savais qu'il avait participé au championnat universitaire.

— Et pourtant, tu es là.

— Exact, tu m'as inspiré.

L'idée d'inspirer James m'a amusée.

— Comme si j'étais ton coach personnel ? Sortez vous les mains du short, Gillen ! Allez hop, vingt séries et que ça saute !

James rit de mon imitation maladroite d'un sergent instructeur caricatural.

— Vingt tours du lac ? Cela semble un peu ambitieux.

— Et ton rencard ?

— Pas mal, répondis-je.

— Pas mal comme dans bien ou bof ?

— Pas mal comme… assez nul, je pense.

Les plans d'affaires de Sophie étaient secrets pour le moment, donc je n'allais pas en parler.

— Désolé d'entendre ça, dit James. Vous êtes allés où ?

— Au Russo.

— J'en ai eu de bons échos. Tu as pris leur côte de bœuf ?

— La sole meunière.

— Il paraît que leur côte de bœuf est à tomber par terre.

— J'essaierai ça la prochaine fois.

— Y aura-t-il une prochaine fois ?

— J'espère.

J'ai réalisé qu'il voulait dire un prochain rendez-vous.

— Euh, non, je pense qu'il n'y aura pas de prochain rencard, mais je reviendrai certainement chez Russo.

— Virez le type, gardez le restaurant. Décidément, j'aime vraiment ton style, Nat.

— Oh ! le type n'était pas si pire.

Je me sentais coupable d'avoir donné l'impression de le débiner.

— Il s'appelle Ethan. C'est un technicien. Il a l'air super intelligent.

— Mais pas de deuxième rencard pour autant ? Est-ce que tu es le genre de femmes à avoir une liste de qualités longue comme le bras à cocher avant d'envisager quoi que ce soit avec un homme ?

— Hein ? Mais non, quelle idée. Je ne suis pas comme ça. Je n'ai pas de liste.

Enfin, pas réellement… Mais je devais admettre que je recherchais certaines caractéristiques – un bon sens de l'humour, de l'humanisme, peut-être un peu plus d'humilité qu'Ethan. J'ai reporté mon attention sur James.

— Toi, avec les femmes, tu as une liste ?

— Tu as soif ?

— Quel rapport ?

— Je me dis que c'est une discussion qu'il serait plus pratique d'avoir sans pédaler, autour d'une boisson fraîche. Qu'en dis-tu ?

— Que c'est une bonne idée. Il y a justement un petit snack un peu plus loin.

— Ma liste est très courte, m'assura-t-il en posant le pied à terre. Installe-toi, je m'occupe des boissons. Je te prends quoi ?

— Un eau gazeuse avec une rondelle de citron, ça sera parfait.

— J'arrive.

J'ai pris place sur une table en bois à l'écart de la terrasse herbeuse et attendit quelques minutes que James revienne avec son plateau.

— En fait, je pense qu'on s'y prend très mal, dit-il après s'être rafraîchi d'une rasade de soda.

— C'est-à-dire ?

Ma première pensée fut pour la balade à vélo. N'aimait-il pas ce sentier au bord du lac ?

— C'est vraiment une question de maths.

— Quoi, le vélo ?

Il s'esclaffa.

— Non, la séduction. Il faut rencontrer beaucoup de gens pour augmenter ses chances.

— C'est clair.

Qui pouvait contester cela ? Pas moi. Je n'étais peut-être pas une génie des STEM, mais au moins, j'avais compris la loi des grands nombres.

— Et c'est ce qu'on va faire, dit-il avec l'air mystérieux de celui qui avait une drôle d'idée derrière la tête.

— Que veux-tu dire ?

— Tu vois Callie ?

Je sentis mon visage blêmir.

— Qu'est-ce qu'elle a ? Et ce n'est pas Kaylee qu'elle s'appelle ?

— On peut l'appeler comme tu veux.

— J'ai toujours pensé qu'elle ressemblait à une Candi.

— Hum, Candi, oui, c'est vrai. Elle a bien l'être d'être une Candi.

— Ne va pas baver non plus !

James me gratifia d'un large sourire.

— Bon, à peu de choses près, je crois que nous sommes d'accord à son sujet.

— Mais encore ?

— Pour dire que la plupart des mecs la pointeraient du doigt en arrivant dans la pièce.

Je ne voyais toujours pas où il voulait en venir, mais je ne pouvais pas lui contester ce point.

— Oui, à ce compte-là, nous sommes d'accord.

Il avait raison. Candi Kaylee Callie était magnifique, glamour, éminemment désirable.

James ajouta :

— Et nous sommes aussi d'accord que c'est pareil pour les jumeaux Kendrick. N'importe quelle femme les pointerait du doigt, n'est-ce pas ?

— À ceci près que les femmes sont plus discrètes que les hommes, mais oui, c'est certain.

— Alors, c'est ce qu'on va faire.

J'étais de plus en plus perplexe.

— Quoi ? Pointer des gens du doigt ?

— Non, ma chère, faire en sorte que les gens *nous* pointent du doigt quand ils nous voient.

3

— Explique-moi encore comment ça fonctionne ? dis-je à James.

Nous avions terminé notre balade, garé nos vélos et décidé de manger un morceau au club Orchid au bord du parc.

— La vue est parfaite, déclara James. Tu es prête à prendre des notes ?

— Pas de problème.

J'avais mon téléphone, avec toutes les applications qu'il fallait.

Il regarda sa montre.

— Il y aura un événement au club ce soir.

— Quel genre d'événements ?

— Peu importe, mais ce sera chic. L'idéal pour sélectionner nos préférés.

— Ne me dis pas qu'il faudra parler à des gens !

J'étais toujours en pantalon de yoga avec un T-shirt trop large. Et encore légèrement trempée de sueur. Le soleil se couchait et je bénissais le ciel – et le serveur – d'avoir installé un chauffage au propane à côté de notre table.

— Non ! fit James, l'air sévère. On ne va pas les approcher, c'est eux qui vont le faire.

— Euh, habillés comme ça ?

Je fis un geste vers ma poitrine.

— Pas ces gens, ce soir ! Les autres gens. De futures personnes. Aujourd'hui, on va choisir les personnes dignes d'intérêt et noter ce qui les rend dignes d'intérêt. Ensuite, on va les imiter.

— Et si c'est génétique ? Moi je me refuse à la chirurgie plastique, je te préviens.

James me lança un regard horrifié.

— Qui a parlé de chirurgie ?

— Ben je ne sais pas, si nous décidons que j'ai besoin d'un nouveau nez ? Ou... j'ai regardé ma poitrine. De seins améliorés ?

— Tes seins sont très bien !

Il jeta un coup d'œil aux autres tables et rapprocha sa chaise, baissant la voix.

— Je te l'ai déjà dit, tu as une bonne matière première.

— Je ne sais pas, mais bon... oh, attends, une limousine arrive.

Sans plus attendre, excitée comme une puce, j'ai sorti mon téléphone et j'ai cliqué sur l'application notes.

— Qui est-ce ?

Un homme sortit de l'arrière du véhicule. Il avait l'air d'avoir la cinquantaine.

— Joli smoking, ai-je dit.

— Le formalisme attire ton attention ? demanda James.

— Je ne suis pas contre un peu de formalisme, acquiesçai-je. Je me demande si c'est un mariage.

— Il pourrait être le père de la mariée, commenta James.

Nous avons vu l'homme tendre la main et aider une femme d'âge moyen à sortir de la limousine.

Elle était suivie par deux jeunes hommes en costume classique.

— Et là, tu préfères lequel ? demanda James. Ne réfléchis pas, laisse parler ton instinct.

— Le gars aux cheveux noirs.

— Pourquoi ?

— Il est grand.

— Je pourrais mettre des semelles dans mes chaussures, fit James.

— Arrête, tu es grand, lui dis-je.

— Il y a des hommes plus grands que moi.

— Tu es assez grand.

James faisait un bon mètre quatre-vingts, voire quatre-vingt cinq. Plus grand, cela frôlait le trop grand. Il y avait une gamme de taille idéale, parfaite. Il était en plein dedans.

— Quoi d'autre ?

— Ses épaules, dis-je. Elles sont larges, mais c'est plus que ça. Il y a quelque chose dans l'ensemble de sa carrure. Il a l'air d'avoir confiance en lui. C'est bien un homme qui a confiance en lui.

— Des épaules confiantes.

James redressa les siennes.

J'ai éclaté de rire.

— Voilà, parfait, des épaules confiantes.

Un autre véhicule s'est arrêté. C'était un gros SUV blanc.

Quatre jeunes femmes en sont sorties. Toutes portaient la même robe turquoise.

— C'est clairement un mariage, observa James.

— Cela ne fait plus aucun doute.

James attrapa un nacho dans la corbeille que le serveur avait posée sur la table un peu plus tôt.

— Alors, laquelle ? ai-je demandé.

— Les cheveux auburn, dit-il.

— Tu aimes cette couleur de cheveux ?

Il secoua la tête.

— Non, ce n'est pas une question de cheveux. C'est... je dirais la forme de sa silhouette et la luminosité de son sourire.

J'ai noté : *un sourire éclatant*.

Et j'ai passé ma langue sur mes dents. J'étais allée les faire blanchir quelques mois auparavant. Mais peut-être était-il temps de reprendre rendez-vous.

— Elle a un port de tête gracieux, ajouta James.

— Ça se pratique, dis-je.

J'ai vu deux autres couples sortir de leur voiture.

Des voituriers s'affairaient et allaient garer les voitures au gré des arrivées.

— Ce type, ai-je dit à James. Celui avec le blazer bleu.

— Il te plaît ? James plissa les yeux. La prochaine fois, nous devrions apporter des jumelles.

— Comme des pervers ?

— Comme des détectives privés. Des enquêteurs. Nous enquêtons sur les belles personnes.

— Je crains qu'on se fasse vite repérer par contre. Voire coffrer par la police.

— Tu as raison, oublions les jumelles. Qu'est-ce qui te plaît dans le blazer bleu ?

— Il a l'air détendu.

J'ai regardé James pour comparer.

— Toi, tu as l'air tendu, par contre.

— C'est vrai ?

J'ai hoché la tête.

— C'est vrai. Pète-sec même. Comme si tu jugeais tout le monde et que personne ne t'arrivait à la cheville. Le blazer bleu, je crois qu'il aime tout le monde et qu'il a envie de faire la fête avec n'importe qui. Ça a l'air d'être un type super marrant.

James regarda la cour.

— Intéressant. Mais je ne sais pas comment on pratique cela.

— Plein de tequila.

L'idée sortit de mon cerveau sans crier gare.

— OK, j'en suis.

Il grignota un autre nacho.

— Pour le coup, je ne sais pas si la tequila est recommandée pour avoir un port de tête gracieux.

J'ai souri et plongé la main dans la corbeille de nachos.

— Alors c'est vrai, on se lance ? On le fait ?

— Qu'est-ce qu'on fait ?

— La mission secrète pour nous rendre irrésistible pour le sexe opposé ?

J'ai mordu le nacho. C'était délicieux et je mourais de faim.

James porta une main à son front comme si je venais de lui donner un ordre.

— On le fait ma belle. On joue la loi des grands nombres jusqu'à ce qu'on tombe amoureux.

— Vendu, ai-je dit.

Mon pouls s'accéléra. C'était de loin le truc le plus bizarre que j'aie pu faire dans ma vie. Mais dans tous les cas, ça s'annonçait plus excitant que l'adoption d'un nouveau chaton.

Le samedi matin, James passa me prendre au volant d'un cabriolet rouge.

La voiture brillait sous le soleil. Elle avait l'air de souffrir au bord du trottoir poussiéreux.

— C'est nouveau ? ai-je demandé en ombrageant mes yeux. Mes lunettes de soleil clipsables étaient dans mon sac à main et j'ai décidé que j'allais en avoir besoin.

Comme d'habitude, j'étais contente d'avoir pensé à tout.

— Oui, toute neuve d'hier, déclara fièrement James. Qu'est-ce que tu penses ?

Je ne savais pas ce que je pensais. Enfin si, en vérité, je pensais… *la vache !*

— C'est très rouge.

— N'est-ce pas ?

— Oui.

— Je suis allé chez le concessionnaire hier à l'heure du déjeuner.

— Hum.

J'ai essayé de penser à quelque chose de positif à dire. Mais en vérité, la voiture était plutôt moche. Trop basse, un peu trop carrée. L'intérieur noir était trop dur. L'ensemble était trop… caricatural. On aurait dit une voiture de film, d'une série B sur des mafieux dans les années 1970. Et quelle idée de s'acheter un cabriolet à Seattle. Certes, nous avions quelques belles journées au printemps et en été. Mais aussi de la pluie, beaucoup de pluie. Et des hivers franchement rigoureux.

— J'ai jeté un coup d'œil à tout ce qu'ils avaient, commenta James.

— Et tu as choisi ça ?

— Ah, tu détestes.

— Non, c'est… enfin, oui. C'est surtout que ça ne te ressemble pas du tout.

— Je sais. C'est le but. J'ai choisi la voiture que je n'aurais jamais choisie. C'est une nouvelle voiture pour le nouveau moi.

À ces mots, il ouvrit la porte passager pour me laisser entrer.

— Dans ce cas, dis-je en prenant place sur le siège passager.

J'ai dû me plier en deux pour y parvenir. L'habitacle était bas, vraiment bas. Si le but était de pouvoir se cacher sous la remorque d'un camion, cette voiture était parfaite.

James a fermé la porte et j'ai eu l'impression d'être assise directement sur le trottoir.

Il a arrondi le dos et s'est installé au volant.

Il posa une paire de lunettes de soleil sur son visage et ajusta le rétroviseur.

— Et sa conduite, elle te plaît ? ai-je demandé.

— À toi de me dire.

James tourna la clé dans le contact et le moteur vrombit. *Rugit,* pour être exacte.

J'avais l'impression de pouvoir entendre chaque piston. Et de les sentir aussi. En vérité, j'avais l'impression d'être dans un avion de chasse à deux doigts de passer le mur du son.

James enclencha la première, puis la seconde et la voiture sembla en effet… décoller. Je fus comme aspirée contre mon siège.

Il dut cependant vite freiner car nous arrivions à un feu rouge.

— Confortable ? appela-t-il au-dessus du bruit et du vent qui s'engouffrait dans l'habitacle.

— Oui, ça va, dis-je.

Il mit son oreille en coupe.

— Quoi ?

— Le siège est sympa ! ai-je crié.

Il acquiesça d'un signe du pouce.

Lorsque le feu passa au vert et que la voiture redémarra, quelque chose me frappa au front. *Aïe*, ça piquait. Je me suis redressée.

— Tu vas bien ? a-t-il demandé.

J'ai tendu la main pour trouver un insecte écrasé sur mon front.

Il éclata de rire. Le fumier… il se moquait de moi ! Bon, je devais avouer que la situation était plutôt drôle, surtout alors que je remarquais une tache noire sur sa joue.

— Ah ah, dis-je en le pointant du doigt. Ne fais pas trop le malin !

James tendit le cou pour se regarder dans le rétroviseur.

— Ça craint, dit-il.

— C'est drôle !

— Elle est complètement nulle cette voiture, il n'aurait pas pu mettre un pare-brise plus haut ?

— Ce n'est pas moi qui vais te contredire, dis-je en me frottant le front.

J'ai voulu lui demander s'il l'avait même testée avant de l'acheter. Tout cela semblait si impulsif...

— Tu la détestes, hein ?

— On ne peut pas dire que je l'aime, non.

— Moi aussi, dit James en souriant. Je la déteste.

— Alors pourquoi l'avoir achetée ?

— C'est ce que je t'ai dit, pour prendre une voiture à l'exact opposé de moi. Je ne voulais pas acheter quelque chose qui me plaisait.

— Comme une berline pratique ?

Il enclencha le clignotant et tourna dans une rue latérale.

— Oui, j'en ai une depuis des années.

— Tu es peut-être allé trop loin dans l'extrême inverse.

— Sans doute.

— Tu sais...

Je réfléchissais en même temps que je parlais.

— Il va falloir aimer les gens que nous devenons.

James arrêta la voiture près d'un petit parc.

— Certes, dit-il en coupant le moteur. Mais le risque, c'est de rester exactement ce que nous sommes. Nous devons monter en grade.

— Oui, mais pas forcément en allant dans n'importe quelle direction !

— Nat, on ne peut pas faire confiance à nos propres instincts. Ce sont eux qui nous ont amenés là où nous en sommes.

Je devais admettre qu'il avait raison.

— Bon, j'ai une idée, proposai-je. Je fais confiance à ton instinct et tu fais confiance au mien. De cette façon, on va changer, mais...

J'ai désigné le tableau de bord.

— Pas d'une manière aussi débile.

James se tourna vers moi.

— Tu me traites de débile ?

— C'est cette voiture qui est débile ! Tu vas geler en hiver, si un chasse-neige ne l'emporte pas à la première tempête de la saison. J'ai l'impression d'être une gamine de maternelle à être aussi ras des pâquerettes. Et la sellerie noire, sérieusement ? On dirait un mauvais film de gangsters. Et c'est moche, James. Atroce. Rouge pompier ? C'est quoi, ton problème, la crise de la quarantaine ?

Il éclata de rire.

— Tu n'as pas tort. Bon, qu'est-ce qu'on fait ? Le concessionnaire n'est qu'à 5 kilomètres.

— Tu crois qu'il va vouloir te la rembourser ?

— Peut-être pas me la rembourser, mais me l'échanger, sans doute. Et c'est toi qui vas choisir la nouvelle.

Je me raidis.

— Qu'est-ce que tu racontes ?

— Oui ! C'est pas l'idée ? Je fais confiance à ton instinct et tu fais confiance au mien ?

— D'accord, mais si le vendeur ne veut pas reprendre cette horreur, tu vas faire quoi ?

— Pour ça, je ne me fais aucun souci. Je n'aurai qu'à plaider la folie temporaire.

4

J'ai choisi un SUV gris acier. La voiture avait des courbes élégantes, une calandre noire d'aspect robuste, des phares en forme de diamant, de grandes roues qui résisteraient à toutes les conditions météorologiques et des sièges confortables qui vous donnaient l'impression d'être assis sur un nuage.

Je n'ai pas analysé mon choix de trop près. Je savais juste que si trois hommes venaient me chercher quelque part, un dans une voiture de sport, un dans une berline et un dans un SUV, je serais plus intéressée par le gars en SUV.

Peut-être que cela projetait de la force, ou peut-être parce qu'il y avait de la place pour mes éventuels enfants. Peut-être que tout cela était anthropologique et que mon cerveau primitif influençait ma décision. Dans tous les cas, c'est ce que j'ai choisi. James l'a échangé contre le cabriolet et nous avons tous les deux laissé un vendeur très heureux derrière nous.

— C'est bien mieux, déclara James alors que nous roulions sur l'autoroute.

— Oui, je peux entendre chaque mot que tu dis, c'est comme un miracle.

— Ça va, j'ai compris. Tu as meilleur goût que moi.

J'ai ressenti un moment de doute.

— Tant que tu l'aimes vraiment.

— Je l'adore.

Son sourire devint chaleureux et sa voix débordait de sincérité. Une voix que je commençais pour ma part à réellement apprécier. J'aimais la sensation de douceur que j'en retirais – comme si j'avais fait quelque chose de bien et qu'il en était content.

— Direction le centre-ville, indiqua-t-il. Il va falloir que je me trouve un smoking.

— Tu penses sérieusement à t'acheter un smoking ? Tu pourrais en louer un, tu sais.

— Sois honnête, Nat. Tu préfères le gars dans un smoking loué standard ou celui qui a un smoking de créateur parfaitement coupé ?

— Mais non, c'est...

— Réponds à la question, partenaire.

— Oui, d'accord, celui qui l'a acheté, ai-je admis. Mais je ne vais pas non plus tomber amoureuse d'un mec ruiné !

James sourit.

— Je ne vais pas finir ruiné.

— À te voir dépenser comme un marin ivre, je ne serais pas aussi confiante à ta place.

— Ne t'inquiète pas, j'ai un bon bas de laine avec mon plan d'épargne retraite.

— Tu as un plan d'épargne retraite ?

— Pourquoi ? C'est sexy ?

J'ai battu des cils.

— Ça dépend de la taille. Les femmes aiment les hommes sur lesquels elles peuvent compter financièrement.

— Tu crois aussi que je devrais me tatouer mon taux d'imposition sur le front ?

— Hum, là ça serait un peu trop voyant, je dirais. Mais rien ne t'empêche de l'amener subtilement dans la conversation.

— Et là ça ne sera pas trop voyant ?

J'ai tapoté le tableau de bord.

— Si tu te présentes dans ce bébé avec ton nouveau smoking, nul besoin de parler de ta feuille d'impôts.

— Et après on dira que seuls les hommes sont superficiels.

— Je n'ai pas dit que vous étiez superficiels. J'ai dit que vous étiez obsédés par l'apparence.

Il prit la bretelle de sortie de l'autoroute pour rejoindre les rues du centre-ville.

— En même temps, c'est pas faux, commenta-t-il. Tous les hommes le sont à peu près. Mais votre sexe semble être obsédé par l'argent.

— Ce n'est pas vraiment l'argent en tant que tel.

— Ah bon ?

— Oui, c'est surtout une question de puissance, de pouvoir. Une bonne taille, des épaules larges, une attitude confiante, de l'intelligence, une bonne carrière et, en fin de compte, un très joli SUV.

— C'est les pneus hauts, ça, ça vous rend folles.

J'ai levé une main pour la poser sur ma poitrine.

— Complètement, je vais défaillir, je pense.

Il me sourit et la plaisanterie ne fut pas loin de devenir réalité.

Nous nous sommes dirigés vers le centre-ville et nous avons trouvé une place dans un parking souterrain. De là, James m'a amenée à Brookswood, un magasin haut de gamme près du front de mer. Je n'y étais jamais allée. Sans lui, je n'aurais sans doute jamais prévu d'y faire le moindre achat.

— Je suppose qu'ils vendent des smoking ici, dis-je, en passant par une grande porte vitrée pour rentrer dans ce qui ressemblait à un écrin de luxe.

Il n'y avait quasiment aucun bruit. L'éclairage était tamisé. Le sol recouvert d'une moquette moelleuse. Les rayons et les stands étaient éloignés les uns des autres. À l'évidence, les gens qui venaient ici le faisaient pour acheter des choses très chères.

Nous étions entrés par la section maroquinerie et chaussures.

Je n'ai vu aucune étiquette de prix. C'était probablement pour le mieux. Les prix risquaient de m'effrayer de toute façon. Heureusement que nous étions là pour James et pas pour moi.

— Je pense qu'ils vendent à peu près tout, ajouta-t-il.

— Comment as-tu choisi cet endroit ? ai-je demandé.

— Grâce aux conseils des blogs mode.

J'ai cru m'étouffer.

— Sérieusement ?

Il était plus que difficile d'imaginer James en train de surfer sur des blogs de mode.

— Ils sont assez obsédés par les chaussures, dit-il. Mais je te promets que je ne vais pas céder à l'appel du pantalon moulant en cuir.

— C'est dommage, je pense que tu aurais fière allure, dis-je sans sourciller.

— Rouge vif, dit-il avec dégoût. En cuir rouge vif et clouté. Comme à Halloween.

— Tu ferais un super vampire disco !

James fit mine de frissonner.

Un homme bien habillé s'est approché de nous.

— Puis-je vous aider, monsieur ? demanda-t-il à James.

À voir l'expression sur le visage de l'homme, il pensait visiblement que nous nous étions trompés de magasin.

— J'espère que oui, dit James. Je voudrais voir vos smokings.

— Audacieux, audacieux, marmonnai-je dans un souffle.

James me donna un petit coup de coude. J'ai compris qu'il fallait que je reste sérieuse.

— Un smoking ? répéta le vendeur.

Il semblait toujours sceptique.

— Oui, un smoking, dit James avec conviction.

— Mais très bien, monsieur. Je m'appelle Charles et je suis à votre service.

À ces mots, l'homme tourna les talons pour nous conduire dans une autre aile du magasin.

— Cela me rend nerveuse, dis-je à James à voix basse.

— Oui, tu ne vas pas en sortir indemne, me répondit-il.

— Quoi ?

J'ai secoué la tête. Il ne pensait quand même pas à...

— Ils ont aussi une section pour femmes, tu sais.

J'ai secoué la tête de plus belle.

— Non, non, non, je ne peux pas me le permettre.

— C'est un investissement.

— Peut-être, rétorquai-je, mais c'est un investissement au-dessus de mes moyens.

— Qui a parlé de tes moyens, ma chère ?

Ma gorge se noua.

— Impossible, c'est non, n'y pense même pas.

— Arrête, laisse-moi t'acheter quelque chose.

— Jamais de la vie ! Et moi aussi j'ai des économies, si tu veux tout savoir. Sauf que je préfère les garder pour un voyage ou une nouvelle voiture.

— C'est une sorte de voyage qu'on fait là, Nat. On part à l'autre bout de nous-mêmes.

Je levais les yeux vers lui.

— C'est vraiment ce qu'on est en train de faire ?

Il me prit la main. Je me suis raidie.

— Pour être honnête avec toi, je ne sais absolument pas ce que nous sommes en train de faire. Et j'espère que toi non plus.

L'absence d'étiquettes me donnait des bouffées de chaleur. Et il fallait que je me calme, au risque de ruiner les tenues que j'étais en train d'essayer. J'en étais à ma cinquième. Non, à ma sixième robe.

Toutes étaient magnifiques et je ne savais pas comment me décider. D'habitude, le prix était l'un de mes premiers critères…

— Bon, on peut voir le résultat ? m'appela James de l'extérieur de la cabine d'essayage.

Nous étions séparés par un lourd rideau de velours bleu accroché en demi-cercle à de gros anneaux en bois. En compagnie de James, une vendeuse du nom de Naomi avait choisi une douzaine de robes pour moi.

Je n'avais pas eu mon mot à dire. Telle était la règle. J'avais choisi son nouveau SUV, c'était maintenant son tour.

Après une profonde inspiration, j'ai écarté le rideau.

— Alors ? ai-je demandé en essayant de jauger son expression.

— C'est mieux que la précédente.

— Que j'aimais beaucoup.

C'était une robe noire avec un joli corsage en dentelle, un col en V et une jupe trapèze drapée tombant au milieu du mollet.

Très polyvalente, parfaite pour les grandes comme pour les petites occasions.

— Tu m'étonnes, elle faisait vachement bibliothécaire.

Je détectai une lueur d'ironie dans les yeux de James.

— Très drôle, dis-je en grimaçant dans sa direction.

— Celle-ci est plus sophistiquée, commenta Naomi.

— Oui, elle irait très bien avec mon smoking que m'a trouvé Charles, dit James.

J'ai froncé les sourcils.

— Pourquoi ? Je vais sortir avec ton smoking ?

Pour tout dire, je n'avais pas encore songé à la suite des événements. Mais une soirée en compagnie de James pour tester nos nouvelles tenues respectives n'était pas absurde...

Je sentis le rouge me monter aux joues. Une fois l'image arrivée dans mon esprit, impossible de l'effacer. Je voyais James. Un grand et beau James aux épaules confiantes dans son smoking sur mesure et son superbe nouveau SUV.

L'image était si... sexy.

Il était si sexy.

Oh oh... je commençais à être franchement attirée par James. Ce n'était pas bon. Pas bon du tout.

— Tourne-toi, me dit-il.

Je ne me suis pas fait prier. Cela me permettait de dérober mon visage à son regard. Je ne voulais pas qu'il comprenne ce que je pensais.

Non, je ne pouvais pas être attirée par James.

James était à Brooklyn. Ou du moins, il avait été à Brooklyn. Depuis notre adolescence, il était sorti avec l'une de mes meilleures amies. Et il avait failli l'épouser.

Je ne pouvais pas être attirée par lui...

Nous n'étions que des amis, des copains, des potes, des coéquipiers. Rien d'autre.

Non, je ne pouvais pas laisser le désir s'immiscer entre nous.

— C'est super, dit-il derrière moi. J'aime le croisement, très sexy.

J'ai senti ma peau chauffer en réaction à ses paroles.

Il pensait que j'étais sexy.

Non, non, non, dit une petite voix dans ma tête.

Il pensait que la *robe* était sexy. C'était la robe, pas moi.

Elle était d'un vert émeraude, avec un décolleté échancré et des bretelles spaghettis qui se fondaient en un motif entrecroisé sur mon dos nu.

— Vous l'auriez en violet ? demanda James.

Je me retournai vers lui.

— Violet ? Vraiment ?

Je ne me voyais pas comme une femme portant du violet. Le vert émeraude était déjà bien assez exotique pour moi. J'avais quitté depuis longtemps ma zone de confort.

— Prune foncé ou peut-être framboise écrasée, dit-il.

Je l'ai fixé en silence pendant un moment. Le désir était déjà rentré dans l'équation. Je n'avais plus qu'à faire avec.

— Oui, nous pourrions la commander chez notre fournisseur, expliqua Naomi. Cela ne prendra que quelques jours supplémentaires.

— Framboise écrasée ? ai-je demandé. Ce n'est pas une couleur que l'on voit tout les jours.

— Sur les blogs, ils disent tous que ça sera le *hit* de la prochaine saison. J'ai tout lu très attentivement. Qui plus est, c'est une couleur qui irait très bien avec celle de tes yeux.

J'ai eu un petit frisson à l'idée que James avait étudié la couleur de mes yeux.

J'ai regardé les siens. Non, je me suis littéralement plongée dans son regard. Ses beaux yeux bleu nuit. Profonds, mystérieux, qui me donnaient chaud partout.

— Et cela ferait ressortir les reflets de ses cheveux aussi, commenta Naomi.

— Je n'ai pas de reflets dans mes cheveux. Tout ce que je fais avec mes cheveux, c'est de les laisser pousser.

— Mais si, dit-elle. Du châtaigne, de l'or et du cuivre. Vous avez de très beaux cheveux.

— Vraiment ?

— Oui, renchérit la vendeuse. Ma sœur est coiffeuse. Elle saurait vous mettre en valeur cette...

— Matière première ? s'esclaffa James.

— Monsieur m'ôte les mots de la bouche. Vos cheveux sont magnifiques et avec cette longueur, vous pouvez faire à peu près tout ce que vous désirez. Vous verrez, si en plus vous pouvez troquer vos lunettes contre des lentilles de contact, ce sera génial.

Je n'avais jamais beaucoup pensé à mes cheveux. Mes banals cheveux relativement bruns. Je n'aurais jamais imaginé que quelqu'un puisse y voir du *magnifique*.

— Peut-être en les éclaircissant un peu, dit James.

Je reportai mon attention sur lui.

— Tu n'aimes pas mes cheveux ?

— Si, beaucoup, dit-il.

Encore un mot qui accéléra les battements de mon cœur.

— Mais je pensais que tu voulais changer.

— C'est vrai, acquiesçai-je.

J'étais déjà en train de changer.

Il ne restait plus qu'à savoir où cette transformation allait me mener.

Nous mener.

Et, surtout, si j'allais en ressortir indemne.

5

Je me suis sentie comme une star de cinéma.

Enfin, durant environ trente secondes. Et ensuite, j'ai eu l'impression d'être un imposteur.

Je n'avais jamais confié mes cheveux à un professionnel auparavant. Je veux dire, bien sûr, j'étais déjà allée chez le coiffeur pour les faire couper à plusieurs reprises dans ma vie. Mais jamais pour un événement spécial – pas même le jour où j'étais censée être la demoiselle d'honneur de Brooklyn.

Madeline, la sœur de Naomi, était adorable. Elle était optimiste et positive, et elle m'avait poussée dans mes retranchements juste assez pour être aventureuse mais pas trop pour ne pas me terrifier.

Je suis retournée vers le miroir de ma salle de bains et j'ai vu qu'elle avait fait un travail incroyable sur mes cheveux. La coiffure était douce autour de mon visage et se rassemblait en une tresse lâche qui tourbillonnait en un chignon désordonné à l'arrière de ma tête. L'effet du balayage est vraiment apparu sous les spots et mes cheveux semblaient avoir gagné en texture.

Madeline m'avait aussi convaincue pour une manucure et pédicure. Une expérience absolument inédite pour moi.

J'avais déjà songé à une pédicure de temps en temps en allant au spa. Mais j'avais toujours préféré un bon vieux massage à presque tout le reste. Je m'étais déjà fait faire quelques soins du visage, mais je n'en raffolais pas pour autant.

Mes ongles de mains et d'orteils étaient donc désormais parfaitement limés, uniformisés et vernis d'un subtil violet irisé que Madeline avait appelé « mauve coquille ». J'avais presque peur de me servir de mes mains.

Je n'avais pas beaucoup de bijoux, mais ma tenue semblait avoir besoin de quelque chose de plus dramatique que mes petites créoles habituelles. J'ai fouillé le fond de ma boîte à bijoux et j'ai trouvé une paire de longues boucles d'oreilles en cristal pendantes avec un collier assorti. C'est exactement ce dont j'avais besoin. L'ensemble allait parfaitement avec ma tenue.

J'étais prête et je n'avais plus que cinq minutes devant moi.

J'ai soigneusement attaché les chaussures excentriques que James m'avait achetées. Jamais je n'avais possédé de talons aussi hauts – dix centimètres ! Les sandales étaient d'un noir vif avec une semelle argentée et des lanières étincelantes parsemées de cristaux blancs et violets.

Des chaussures complètement folles.

Je me suis levée et j'ai pratiqué mon nouveau style de marche en me concentrant sur mon port de tête.

Pendant quelques secondes, je me suis sentie royale.

Pour vite retourner au sentiment d'imposture.

J'ai jeté un dernier coup d'œil à mon miroir en pied en me disant que j'allais réussir. J'allais pouvoir sortir en public et personne ne devinerait que ce n'était pas vraiment moi.

Mon estomac s'est mis à grogner en signe de protestation, mais on a frappé à ma porte et je n'ai pas eu d'autre choix que d'accepter mon destin.

J'ai ouvert la porte à James.

Ses yeux s'écarquillèrent et il prit une profonde inspiration. Difficile de dire ce que cela pouvait bien signifier.

Je me suis d'abord demandé si j'étais à l'origine de sa réaction. Pour ensuite me dire que c'était peut-être l'effet de l'appartement. Il n'avait encore jamais vu où j'habitais. Et Sophie n'arrêtait pas de me répéter que mon style « industriel primitif » n'était pas des plus glamour...

Les appartements de Brooklyn avaient toujours été de bon goût, à la mode et impeccables. À l'évidence, James devait préférer l'élégance à l'utilitaire.

J'ai décidé de rompre le silence qui commençait à devenir gênant.

— Salut.

— Tu...

J'ai regardé par-dessus mon épaule.

— Je sais que c'est un peu spartiate. Mais c'est très fonctionnel.

— Hein ? s'est-il étonné.

— Mon appart, dis-je en faisant un geste de la main. Je sais que c'est moche.

Il me fixa durant quelques secondes qui semblèrent durer une éternité.

— Tu as réussi, dit-il finalement dans un souffle.

— Réussi quoi ?

Il fit un geste de haut en bas.

— Ta transformation ! C'est époustouflant.

Ah d'accord, on ne parlait pas de mon appartement. C'était sans doute pour le mieux.

— Où sont tes lunettes ?

Il s'est rapproché.

— Tu as des lentilles ?

Il me gratifia d'un large sourire.

— Ça, c'est une fille ! Je suis impressionné.

— Oui, elles me faisaient bizarre aux yeux au début, mais je dois avouer que je me suis vite habituée.

— Eh bien, tu es magnifique.

Ma gorge se noua.

— Merci, tu n'es pas mal non plus.

Il était vraiment très séduisant. Et il avait lui aussi visiblement fait quelque chose avec ses cheveux.

Et sur son visage, aussi. Il s'était laissé pousser une barbe de trois jours qui lui donnait un look plus rauque, plus sauvage. Plus dangereux, aussi. J'ai songé à tendre la main et lui caresser le visage pour...

Mais j'ai résisté à l'envie.

— Le barbier m'a coûté bien moins cher que le smoking.

— Faut dire que le smoking est hors catégorie.

Sa chemise était d'un blanc éclatant. Sa cravate était droite, noire avec de subtils motifs anthracite soyeux. Nous étions partis sur mon choix question tissu du costume : onyx plutôt que noir de jais. Un style encore meilleur sur James que sur le modèle de la photo.

James avait un physique parfait, grand avec de larges épaules, une poitrine profonde et ce qui semblait être une bonne demi-douzaine de rangées d'abdominaux en plaquettes de chocolat.

J'ai ressenti une vague de désir et craint que mon visage ne révèle le pot aux roses.

— Alors, ça vaut la dépense ? demanda-t-il en désignant le smoking.

— Je ne sais pas ce que vous avez payé, mais je vois une longue liste de femmes qui vont te pointer du doigt dans un avenir proche.

Une image qui ne me faisait pas plaisir, mais je savais qu'elle était plus que probable.

Il sourit.

— Espérons-le. Tu as besoin d'un manteau ?

J'ai secoué ma tête.

— Je n'ai rien qui ira avec cette robe. Il ne reste plus qu'à espérer que la salle de bal sera chauffée.

— Il y aura cinq cents personnes là-bas. Je pense qu'il ne fera pas froid. Mais je demanderai au chauffeur du taxi d'augmenter le chauffage.

— Tu ne conduis pas ton nouveau bébé ce soir ?

— Le thème de ce soir est Carnaval. Moi, je vois du rhum dans un avenir proche.

— Je ne serais pas contre un mojito, ai-je dit.

J'étais définitivement amatrice de jus de citron vert, de rhum, de menthe et de glace pilée.

J'ai avancé dans le couloir et verrouillé la porte derrière lui.

— J'adore les chaussures, dit James.

— J'espère bien.

J'avais eu mon mot à dire dans le choix des chaussures, mais c'est clairement à lui que je devais les talons hauts et les strass.

— J'ai un très bon goût.

Il baissa les yeux un instant.

— Et tu as des pieds encore plus délicieux.

— J'ai eu l'assistance d'une professionnelle, ai-je dit. Avec les cheveux aussi.

— Tout est parfait, super chic. Je prédis que les hommes feront la queue pour danser avec toi.

Nous avons pris la direction de l'escalier.

— Tout ce que j'espère, c'est de ne pas me tordre la cheville.

Il m'a tendu le bras. Je l'ai pris.

— Oh ! ne t'en fais pas, il y aura toujours un gentleman pour te retenir.

Pendant qu'il parlait, nous sommes arrivés en haut de l'escalier. Son bras était fort, chaleureux et rassurant. J'avais l'impression de me stabiliser contre un chêne centenaire. Je ne craignais rien.

J'ai glissé ma main opposée le long de la balustrade et je me suis sentie complètement en sécurité tout le long de la descente.

Nous nous sommes mis à traverser le hall de mon immeuble, mais il s'est arrêté au milieu.

— Est-ce que tu peux ? a-t-il demandé.

— Est-ce que je peux quoi ?

— Rester là pendant une minute.

Il s'est éloigné de moi et, à ma grande surprise, s'est mis à me tourner autour.

Je ne savais plus où me mettre.

— Et alors ? dis-je alors qu'il finissait son cercle. C'est bien ?

— Je ne sais pas comment le dire.

— Ben dis-le, qu'on en finisse.

En même temps, si la tenue n'allait pas, je ne pouvais rien y faire. Comme Cendrillon, je n'avais qu'une seule robe de bal dans ma penderie...

— Nous pourrions avoir fini.

— Quoi, la soirée ?

Je n'étais peut-être pas parfaite, mais je me sentais plutôt pas mal. Et je n'avais aucune envie de remonter me changer.

Il mit rapidement fin à mes doutes en me disant :

— Ta transformation. Je crois qu'elle est terminée.

Il s'est rapproché. Sa voix était devenue incroyablement sexy.

— Tu es absolument divine.

J'ai ouvert la bouche pour dire que je ne voulais pas que la soirée se termine si tôt, mais j'ai bredouillé à la place :

— Quoi, qu'est-ce que tu dis ?

— Tu es divine, Nat. Parfaite. Ton allure, ta démarche, ta tenue, ton port de tête, tout. La loi des grands nombres va être massivement en ta faveur ce soir. Je parie que tu vas tomber amoureuse.

J'ai éclaté de rire. À moitié pour camoufler mon embarras et à moitié pour faire taire la petite voix dans ma tête qui commençait à me chantonner : « Et si tu tombais amoureuse de James ? »

— Wow, ai-je dit, estomaquée

— Tu es parfaitement assortie aux lieux, commenta James alors que nous nous avancions dans la salle de bal de l'hôtel.

— J'ai peur de disparaître.

La réception était éclairée de douces lumières violettes émanant de lustres verticaux en cristal tombant çà et là du plafond. Sur les tables, les nappes étaient mauves et décorées de foisonnants bouquets de roses blanches. Sur une petite estrade, un quintette saupoudrait les environs de ses suaves mélodies jazzy.

Des centaines de personnes étaient déjà là, à discuter et se mélanger dans un tourbillon de tenues plus impressionnantes les unes que les autres.

— Tu fais ça souvent ? ai-je demandé.

Je m'étais figée, sans doute avec la bouche ouverte, mais James avait continué d'avancer.

Il se retourna.

— Moi ?

— Oui, toi, ton entreprise t'envoie dans ce genre de soirées ?

— Jamais.

Mes pas hésitèrent un instant.

— Euh, tu es en train de dire qu'on s'incruste, là ?

— Mais qu'est-ce que tu vas imaginer ! Non, bien sûr que non, j'ai acheté des billets. Tout ce que je veux dire, c'est que ce genre d'événements n'est pas dans mes habitudes.

— Et moi donc, soupirai-je.

— Allez, Nat, hauts les cœurs ! C'est notre soirée test, je te rappelle.

En silence, je me suis rappelé la raison de notre présence et le but de notre projet secret.

J'avais presque commencé à penser qu'il s'agissait d'un rendez-vous galant… et que James était mon cavalier.

Quelle idiote. Ce n'était pas un rencard. J'étais le complice de James et il était le mien.

Rien de plus, rien de moins.

J'ai regardé autour de nous et j'ai remarqué combien de femmes semblaient subrepticement le dévisager.

— Tu vois ce que je vois ? a-t-il demandé.

— Bien sûr.

— Elles sont impressionnées.

— C'est peu de le dire.

J'avais l'impression que les têtes ne cessaient de se tourner vers lui.

Je me penchai plus près de son oreille.

— C'est le smoking.

— Le smoking ?

— Oui.

En vérité, je savais qu'il n'y avait pas que le smoking. Il y avait aussi l'homme à l'intérieur du costume. Mais je voulais que James sache qu'il en avait eu pour son argent.

— Sauf qu'elle ne me regardent pas, a-t-il dit.

— Tu plaisantes ? Elles te regardent parfaitement !

— Non, tu te trompes, sois plus attentive. C'est toi qu'elles regardent. Et les hommes, c'est pareil.

— Les hommes ?

— Oui, les hommes te regardent. J'en viens même d'en voir un qui vient de te pointer du doigt.

J'ai donné un léger coup de coude à James.

— Ah ah, très drôle.

— Je suis très sérieux.

J'ai déplacé mon attention des femmes vers les hommes de l'assemblée.

James avait vu juste. Certains regardaient dans ma direction.

Je ne croyais pas à l'histoire du doigt pointé, cependant, mais il était agréable de savoir que ma robe fonctionnait.

— Tu en as eu clairement pour ton argent, dis-je.

— Non, je n'en ai pas eu pour mon argent. Ce sont eux qui en ont eu pour mon argent. Et quand j'y pense, je me dis que ce n'est pas super juste.

J'ai pu entendre l'ironie dans sa voix.

— Bon, tu veux que je m'éloigne et que je te montre du doigt ? ai-je demandé sur un ton tout aussi taquin.

— Je pense surtout que je devrais t'abandonner.

Je ne savais pas du tout comment prendre ça.

— Qu'est-ce que tu veux dire ? Tu t'ennuies déjà ?

— Pas le moins du monde, mais pour qu'ils puissent t'approcher, Nat. Aucun d'eux ne t'invitera à danser si tu restes toujours pendue à mon bras.

J'ai levé les yeux au ciel.

— Euh, je ne suis plus pendue à ton bras, je te ferai dire, ai-je protesté.

— Façon de parler.

En vérité, je voyais parfaitement ce qu'il voulait dire, mais je n'étais pas prête. Absolument pas.

— Bon, peut-être dans quelques minutes, dis-je.

— Arrête, Nat, tu vas y arriver.

— Non, je ne peux pas. Je ne pense vraiment pas que...

Sans me laisser finir ma phrase, il s'éloigna.

— James, je...

J'ai trépigné. Je n'allais pas crier et risquer de faire un esclandre. Mais ce n'était pas le plan. Mon coéquipier n'était pas censé m'abandonner au bout de trente secondes !

C'était pourtant ce qu'il venait de faire, emporté par la foule.

Je suis restée immobile pendant quelques minutes, en me demandant si, en me concentrant très fort et en restant très calme, les gens n'allaient pas finir par me confondre avec un élément de la décoration.

Mon cœur battait à tout rompre. Et si j'optais pour une autre stratégie en m'enfuyant vers la sortie ?

Oups, non, pas avec les chaussures que j'avais aux pieds. Tout ce que j'allais y gagner, c'était une belle luxation de la cheville. Voire une jambe cassée.

Des groupes se mirent à m'encercler. De deux, trois, certains allant jusqu'à six personnes. Ils semblaient se connaître. Ils bavardaient et riaient.

Et les toilettes ? Et si j'allais me réfugier dans les toilettes des dames ?

Je secouais la tête. Non. Je n'allais pas me défiler. Il fallait que je me rappelle l'objet de cette soirée : la loi des grands nombres. J'y étais, j'y resterai.

J'ai aperçu le bar et je me suis dit que ce n'était pas un si mauvais pis-aller. Sans me cacher ou m'enfuir, faire la queue pour boire un verre allait me donner une contenance. Une excuse pour ne plus rester au beau milieu d'inconnus comme une plante verte. Enfin, une plante violette à strass montée sur des échasses.

J'ai rejoint la file d'attente la plus fournie, dans l'espoir que cela prendrait du temps.

L'homme devant moi s'est retourné.

Il devait faire dans les un mètre soixante-dix. Ses cheveux étaient blond foncé, son costume était très bien taillé et son visage semblait jovial.

Je lui ai souri.

— Bonsoir.

Il acquiesça.

— Bonsoir, vous êtes de l'hôpital ?

Je me suis demandé si je ressemblais à une infirmière.

— L'hôpital ?

— St. Michaels, précisa-t-il. Le récipiendaire de la collecte de fonds de ce soir.

— Ah, oh, non, bafouillai-je.

Parfait, je ne me sentais *pas du tout* stupide. Il ne m'était pas venu à l'esprit de poser des questions à James sur l'événement. J'étais trop concentrée sur ma robe et mes chaussures.

— Non, mon cavalier est de chez O'Neil Nybecker, ai-je dit.

Je venais donc de dire que j'avais un *cavalier.*

Super, Nat, continue comme ça et tu vas faire un vrai malheur ce soir.

Une femme arriva alors à notre hauteur et noua son bras avec celui de l'homme.

— Tu n'es pas parti bien loin, dit-elle en me regardant de haut en bas.

— Plus rapide que l'éclair, ma chérie.

Il tendit une main vers moi.

— Je te présente...

— Nat Remington, précisai-je. J'étais juste en train de dire que mon cavalier était employé chez O'Neil Nybecker.

Ouf. Puisqu'il n'était pas célibataire, heureusement que je n'avais pas joué les âmes en peine. Je ne voulais absolument pas que la femme se fasse des idées. Piquer les mecs des autres n'était pas du tout dans mes habitudes.

Le visage de la femme se décrispa en un large sourire.

— Ravie de vous rencontrer, dit-elle. Harold fait partie du conseil d'administration de St. Michaels.

L'homme m'a tendu la main.

— Harold Schmidt.

Je lui ai serré la main.

— Enchantée, Harold.

La file d'attente a bougé.

— C'est parti, dis-je.

— Ah oui. C'est mieux, a-t-il dit.

Ils se tournèrent tous les deux pour faire quelques pas.

Un homme juste derrière moi m'adressa la parole.

— Pardonnez mon indiscrétion, mais vous parliez d'O'Neil Nybecker ?

Je me suis tournée pour le regarder.

Il était plus jeune, peut-être au tout début de la vingtaine. Il était rasé de près, grand et athlétique. Ses cheveux étaient rasés sur les côtés, presque à ras, alors qu'ils étaient épais et duveteux sur le dessus de son crâne.

— Oui, tout à fait, ai-je confirmé.

La queue a bougé à nouveau et j'ai bougé avec elle.

— Moi aussi, je travaille à O'Neil Nybecker. En vérité, je viens de commencer il y a quelques semaines. Vous êtes aussi employée ?

— Oh ! moi ? Non. Je travaille à la bibliothèque.

Il me gratifia d'un sourire de loup.

— Ah, vous accompagnez donc quelqu'un de l'entreprise. Puis-je espérer qu'il s'agisse d'un ami et non d'un amant ?

J'étais à deux doigts de lui dire de se mêler de ses affaires. La question était aussi grossière qu'indiscrète.

Mais je me suis contenue. Après tout, il était peut-être simplement maladroit et pas méchant. Et voulait simplement savoir si j'étais accompagnée ou non. Soit à peu près tout ce qu'il y avait à savoir dans un tel contexte.

— C'est un ami, dis-je.

L'homme me tendit la main.

— Aaron Simms. Je suis économiste.

Je la lui serrai.

— Nat Remington.

— Nat est le diminutif de Natalie ?

— Non, Natasha.

Il eut l'air sincèrement impressionné. Ou alors il était bon comédien.

— Oh ! en voilà un beau prénom pour une très belle femme.

— Et vous, vous êtes avec quelqu'un ?

Si c'était le cas, l'hypothèse goujat allait se confirmer.

— Non, je suis venu seul. C'est une soirée d'entreprise. Je veux impressionner les grosses légumes.

— Ah, parce que les grosses légumes se soucient de ce genre de soirées ?

Je n'ai pas pu m'empêcher de me rappeler ce que James avait dit... qu'il n'avait pas l'habitude d'aller dans ce genre de pince-fesses.

Aaron se pencha et baissa la voix.

— Je montre de l'enthousiasme pour l'entreprise. Vous voulez prendre des galons, vous jouez sous tous les angles.

— Et c'est un angle ?

Je devais admettre, j'étais intriguée.

La queue a de nouveau bougé et j'ai suivi le rythme.

— Je suis jeune, ambitieux, j'ai de la conversation et je suis bon danseur. Je sais quelle fourchette utiliser quand il faut et comment faire parler d'O'Neil Nybecker.

Et modeste avec ça.

— Pourquoi pensez-vous qu'ils font un don à l'hôpital ? poursuivit-il.

On aurait dit une question piège.

— Pour aider les malades ?

Aaron gloussa comme s'il me prenait pour une délicieuse idiote.

— Image de marque, chérie.

Chérie, sérieusement ?

J'ai grimacé.

Heureusement, il n'y avait plus que le couple Schmidt devant moi. Je serais bientôt tirée d'affaire.

— Qu'est-ce que tu bois ? demanda Aaron.

Le chérie, le tutoiement intempestif… non, je n'avais vraiment pas envie qu'il me paye un verre.

— Je n'ai pas encore décidé.

— Ils font un super Sazerac.

— Ah.

Je ne savais pas trop quoi répondre. Je n'étais pas sur le point d'accepter sa recommandation. Je voulais un mojito, mais je ne voulais pas pas non plus le lui divulguer. Je me trompais peut-être, mais je devinais que son plan était de commander nos boissons ensemble et de s'en servir comme d'un excuse pour partir avec moi.

Et je ne voulais pas que mes cheveux, ma robe et mes chaussures fonctionnent avec ce type.

Non merci.

— Te voilà !

James arriva et passa son bras autour de ma taille.

Je lui ai lancé un regard aussi surpris que soulagé.

— Simms.

James hocha la tête vers Aaron.

À l'évidence, ils se connaissaient. Cela n'aurait pas dû me surprendre. Certes, O'Neil Nybecker était une très grande entreprise, dans un immeuble de vingt étages, mais il y avait probablement des réunions et une cantine communes. Et des couloirs où les gens se croisaient.

— Salut, James, fit Aaron, l'air visiblement un peu agacé. Vous êtes amis ?

— De très bons amis, précisa James.

L'ambiguïté qu'il laissait planer me convenait parfaitement tant elle eut l'air répulsive pour le jeune loup.

Arrivés au bar, les Schmidt commandèrent et repartirent avec leurs verres.

C'était à notre tour.

James se tourna vers moi.

— Qu'est-ce qui te ferait plaisir ? demanda-t-il.

— Un mojito, merci, dis-je.

— C'est parti pour les Caraïbes, acquiesça James.

— Alors, verdict ? ai-je demandé à James alors que nous nous dirigions vers le hall de l'hôtel à la fin de la soirée.

— Oui, c'était à peu près ce à quoi je m'attendais.

Il n'avait pas l'air pour autant ravi.

— Et toi ?

— C'était amusant.

Après que James m'avait sauvée des griffes d'Aaron, je m'étais un peu mélangée aux convives. J'avais même dansé plusieurs fois, mais je n'avais rencontré personne d'intéressant.

La loi des grands nombres semblait m'avoir laissée tomber ce soir.

James sourit alors que nous approchions de la porte d'entrée de l'hôtel.

— Tu as causé un peu de remous au moment de ton entrée, quand même.

Oui, j'admettais avoir attiré un peu l'attention. Mais James avait aussi fait se dévisser pas mal de cous féminins.

— Ah non, le roi des remous ce soir, c'est toi. Des femmes t'ont-elle approché ?

— Oui, quelques-unes. Elles avaient l'air sympa.

— Sans plus ?

Il m'a ouvert la porte.

— Non, rien de mémorable.

— Tu penses qu'on s'y est mal pris ? Ou peut-être que nos attentes étaient trop élevées. Je veux dire, on était vraiment tirés à quatre épingles et tout.

— C'est clair que nous avons fière allure, a-t-il dit.

— On ne peut pas dire le contraire.

Et je ne pouvais pas m'imaginer une seule femme restant insensible au charme de James. De mon côté, en tout cas, je ne l'étais pas. Et ce n'étaient pas que les deux mojitos qui parlaient. Oh non, il était atrocement sexy.

— On devrait le refaire.

Il regarda à gauche et à droite dans l'allée de l'hôtel et fit signe à un taxi stationné un peu plus loin.

— La même chose ? ai-je demandé.

— Oui, mais avec différentes personnes à un événement différent. Je ne pense pas que nous devrions abandonner cette approche tout de suite. O'Neil Nybecker est aussi commanditaire d'une prochaine soirée de gala pour le centre des arts.

— Exact, je crois qu'Aaron en a parlé.

Le front de James se plissa.

— Oh ? Qu'a-t-il dit d'autre ?

— J'ai l'impression que tu ne le portes pas dans ton cœur, ce Aaron.

— C'est pas faux. Alors, qu'est-ce qu'il t'a raconté d'autre ?

— Je ne sais plus trop. Il m'ennuyait. Une histoire de grosses légumes qu'il voulait impressionner.

James éclata de rire tandis que notre voiture arrivait devant nous.

— Du Aaron tout craché.

— Il m'a semblé inoffensif, cela dit. Trop imbu de lui-même, trop immature. Il a l'air très jeune, en même temps.

— L'ambition n'attend pas le nombre des années, ironisa James en s'installant dans la berline.

— C'est mauvais d'être ambitieux ? dis-je en prenant place à côté de lui.

— Sans doute pas. Mais il y a ambitieux et ambitieux, je suppose.

— Et quel genre d'ambitieux est Aaron ?

— Le genre à tout écraser sur son passage.

Un commentaire qui ne m'a guère étonnée. J'en avais eu comme un bel aperçu en à peine quelques minutes de de conversation.

Je suis restée silencieuse. James a ajouté :

— Et il a une belle longueur d'avance, de toute façon.

— Comment cela ? Il est intelligent ? Travailleur ?

James s'esclaffa.

— Non, il s'appelle Simms. Son oncle est Horatio Simms, associé principal chez O'Neil Nybecker. Qui, selon la rumeur, deviendra bientôt O'Neil Nybecker & Simms.

Tout s'éclairait d'un coup...

James soupira.

— En fait, je crois qu'il nous faut aller encore plus loin.

— Que veux-tu dire ?

— Dans nos personnages. Moi par exemple, même en smoking, je reste un économiste, pas le genre de poney de concours qu'est Aaron.

— Moi aussi. J'ai beau avoir changé de coiffure et m'être fait offrir une superbe robe, je reste Nat Remington, la bibliothécaire. J'ai ses opinions. Ses hobbies. Son attitude et son nom. À ce propos, Aaron a dit que Natasha était un joli nom.

Les mains de James semblèrent se crisper sur ses genoux.

— Aaron n'a pas complètement tort. Je dirais même que Tasha est un meilleur diminutif que Nat. C'est excitant, exotique, c'est le nom de quelqu'un qui mène une vie folle et glamour.

Je l'ai dévisagé.

— Tu aimes Tasha ?

— J'adore.

— OK, je le prends, mais seulement si tu changes aussi de prénom.

— Et ça donnerait quoi ? Comment tu veux changer un James ?

Une idée me vint soudain à l'esprit.

— En Jamie ! Ça serait parfait !

Il me lança un regard sceptique.

Je tendis la main pour la poser sur son avant-bras.

— Tu te rappelles que tu as promis de faire confiance à mon instinct ?

— C'est vrai. Alors va pour Jamie. Je suis impatient de savoir quelle sera la prochaine aventure de Jamie et Tasha.

6

Nous avons jeté notre dévolu sur une boîte de nuit.

James m'avait choisi une nouvelle robe, que j'avais ce coup-là payée de ma poche.

Je l'adorais. Sans manches, avec un col rond, elle avait un imprimé géométrique doré et noir. Serrée à la taille, elle avait aussi une ceinture en métal doré qui donnait sur une jupe plissée. Elle m'arrivait à mi-cuisse et tourbillonnait quand je dansais.

Avant de pouvoir entrer et rejoindre la piste de danse, nous avons fait la queue pendant une demi-heure. Le club était bruyant et bondé, avec beaucoup de musique techno, des lumières laser clignotantes et la fumée d'une machine à brouillard installée derrière le DJ.

Je n'étais pas vraiment dans mon élément, mais j'allais beaucoup danser. Sans pouvoir d'ailleurs parler à aucun de mes partenaires. Impossible de savoir vraiment s'ils me plaisaient ou non.

L'un dans l'autre, je fus soulagée lorsque James vint me toucher le bras pour me désigner la sortie.

J'avais l'impression d'être devenue sourde. Comme si tout mon sang s'était accumulé dans mes oreilles.

Il m'a posé une question que je n'ai pas réussir à entendre.

— Quoi ?

Il s'est penché vers moi.

— Ça va ? Qu'est-ce que tu en penses ?

J'ai haussé les épaules.

— Bof.

Il sourit.

— Moi aussi, pas mon truc. On le raye de la liste ?

— C'est déjà rayé, acquiesçai-je.

Mes pieds me faisaient mal, mais j'avais envie de marcher au grand air le temps que mes tympans cessent de s'affoler.

— Tu as faim ?

— Je suis affamée, tu veux dire.

De l'autre côté de la rue, il désigna une brasserie avec une grande baie vitrée encadrée par un mur de briques.

— On essaye ça ?

— Banco.

Tant pis pour la marche, mes pieds me faisaient trop souffrir. Nous sommes entrés et nous avons été rapidement installés par une serveuse.

— C'est sympa, dis-je en prenant place sur un siège en skaï moelleux.

J'ai ouvert le grand menu en carton qui m'attendait sur la table. James a fait de même.

— Alors, Tasha a rencontré quelqu'un ?

J'ai souri en lisant la sélection de hamburgers et en salivant à l'idée d'un milk-shake au chocolat.

— Oui, Tasha a rencontré tout un tas de gens.

— Et il y en a qu'elle a appréciés ?

Je levai les yeux vers lui.

— Elle n'en sait rien, elle n'a pu parler à personne avec tout ce vacarme. Et Jamie ? Quelqu'un lui a tapé dans l'œil ?

Il secoua la tête.

— Idem. Que des maniaques de la danse.

— Jamie porte-t-il un jugement ?

— Jamie est réaliste. Plus jamais les boîtes de nuit, rayées de notre liste pour toujours.

— Cela dit, j'aime bien ta tenue.

J'ai désigné son jean élimé, son T-shirt à motifs de feuilles blanches et dorées et sa veste en cuir courte.

— Je vais mettre ce T-shirt au feu, ironisa-t-il. Que vas-tu prendre ?

— Arrête, ce serait gâcher. Tu n'as pas de la peinture ou du jardinage à faire ?

— Ton côté pragmatique te perdra, ma chère.

— On n'est jamais trop pragmatique, contestai-je. Mais si tu n'en veux plus, je le prends.

— Tu es en train de me dire que c'est un T-shirt de fille ?

— Je n'ai pas dit ça.

— Il sera trop grand pour toi, de toute façon.

— Parfait pour dormir alors.

Alors que les mots quittaient ma bouche, nos regards se rencontrèrent. L'atmosphère sembla devenir subitement électrique. Avait-il compris que je pensais à la tenue qu'il portait pour dormir ? En espérant qu'elle soit inexistante ?

— Qu'est-ce qui vous ferait plaisir ? demanda la serveuse en s'arrêtant à côté de la table.

Je sentis mes joues s'empourprer. Au sens propre ou au sens figuré ?

James détourna son regard vers la serveuse puis le reporta sur le menu.

— Je vais prendre un burger champignons bacon avec des frites.

— Quelque chose à boire ?

— Coca, dit-il.

J'aurais voulu pouvoir ralentir ma fréquence cardiaque. Et que ma peau cesse de me picoter comme si j'étais la proie de milliers d'abeilles minuscules.

Je ne pouvais plus me leurrer. J'en pinçais pour James… Pour Jamie. C'était Jamie maintenant, Jamie le si sexy.

— Et pour vous ? demanda la serveuse.

— Cheeseburger, ai-je répondu. Avec frites et un milk-shake chocolat.

J'en avais besoin pour me rafraîchir et pour noyer mon excitation dans les calories.

— Ah oui, un milk-shake, bonne idée, ajouta Jamie. Puis-je changer ?

— Sans problème, dit la femme. Je vous apporte ça tout de suite.

— Merci, dit Jamie en lui tendant son menu.

J'ai fait de même

— Bon, nous devons trouver autre chose, dis-je pour ne pas reprendre le cours de mes pensées qui me menaient tout droit à Jamie qui dormait près de moi.

Ou qui faisait autre chose que dormir.

Hum.

— Autre chose ? a-t-il demandé.

— Oui, une autre activité passionnante pour Jamie et Tasha. Et si on testait notre témérité ? Du saut à l'élastique, du parachutisme ?

— C'est ça que tu veux faire ?

Mince, il avait l'air sérieux. Moi pas.

— Non, non, je rigolais. Ce sont des activités trop intenses, trop rapides. On n'aura pas le temps de faire des rencontres.

Jamie resta silencieux et songeur. Son regard perdu derrière la baie vitrée.

Il s'était mis à pleuvoir. Les gouttes épaisses rebondissaient sur les tables et les chaises du patio et tombaient en rideau dans la lueur des lampadaires.

Jamie fronça les sourcils. Avait-il peur de ne pas trouver de taxi ?

— Ne t'inquiète pas, dis-je.

Il me regarda.

— Pourquoi ? Pour le saut en parachute ? Ça ne me fait pas peur, on s'inscrit même pour de la voltige aérienne si tu veux.

— Ah ah, non, pour le taxi, j'ai pensé que...

Il avait l'air confus.

— Qu'est-ce qui devrait m'inquiéter avec le taxi ?

— La pluie.

— On est à Seattle, dit-il d'une voix blanche. Ils ont l'habitude des averses.

— Alors pourquoi tu fronces les sourcils ?

— Je ne fronce pas les sourcils.

— Si. Tu as froncé les sourcils en regardant par la fenêtre tout à l'heure.

— Ah, soupira-t-il. Oui, peut-être.

— J'ai dit quelque chose qu'il ne fallait pas ?

J'ai refait le film des dernières minutes dans ma tête, essayant de comprendre quel impair j'avais pu commettre.

— Non, ce n'est pas toi. J'ai cru voir quelqu'un, c'est tout.

Ouf. J'étais soulagée. Enfin, juste un peu. Voir Jamie s'assombrir n'était pas agréable.

— Qui était-ce ? ai-je demandé, dans l'espoir qu'il se déride.

— Peu importe. Ce n'était pas lui.

Je savais que je ne devais pas insister, mais j'étais curieuse.

— Tu peux me parler. Tu te souviens, on a dit qu'il fallait être honnête l'un avec l'autre. Que c'était la seule manière que notre projet fonctionne.

— Tu as raison, oui.

Je me suis préparée, ne sachant pas trop à quoi m'attendre.

— J'ai cru voir vu Aaron.

Bon, je ne m'attendais pas *du tout* à ça.

— Aaron de ton bureau ?

— Oui, cet Aaron-là.

Après la réception, je l'avais croisé une deuxième fois un soir où nous étions allés faire du shopping avec Jamie. Il était évident qu'ils n'allaient pas partir en vacances ensemble de sitôt, mais je ne comprenais toujours pas ce qui pouvait autant agacer Jamie.

— Nous ne sommes pas loin d'O'Neil Nybecker, dis-je. Peut-être qu'il travaillait tard.

— J'aimerais bien qu'il travaille tard. Sauf qu'il est encore parti en avance aujourd'hui.

Une nouvelle fois, je ne voyais pas en quoi cela concernait Jamie. J'ai essayé d'en faire une blague.

— J'en déduis que vous n'avez pas d'horaires flexibles ?

— Non, pas pour les stagiaires. Et pas après ce qu'il a fait cette semaine.

Ma curiosité fut une nouvelle fois piquée au vif, mais je ne voulais pas me montrer insistante. J'ai attendu que Jamie développe, mais rien n'est venu.

Contrairement à la serveuse avec nos milk-shakes.

Lorsqu'elle s'éloigna après nous avoir servis, j'ai demandé :

— Tu veux en parler ?

— Je ne veux pas t'ennuyer.

— Raconte, je te dirai si je m'ennuie.

J'ai goûté mon milk-shake, Jamie m'a imitée.

— Délicieux, n'est-ce pas ?

— Parfait, a-t-il renchéri.

— Et sinon, pour cette histoire de sourcils…

Il se tordit les mains sur la table.

— C'est sans doute pas grand-chose, mais bon. Lors d'une réunion avec l'un de nos plus gros clients, où, en tant que stagiaire, il est censé rester silencieux pour apprendre, Aaron a fait une suggestion.

Jamie arrêta son exposé. J'ai attendu, remué mon milk-shake avec la paille pour faire semblant de ne pas mourir d'impatience…

— Il voudrait introduire l'entreprise en bourse, poursuivit-il enfin.

L'expression de Jamie était celle d'un profond dégoût. J'en ai déduit que cela ne venait pas de sa boisson.

— Et ? C'est une mauvaise idée ?

— C'est une idée risquée, fit Jamie. Pire encore, c'est une idée instinctive. Une réaction instinctive. Nous sommes économistes, on ne réfléchit pas avec nos tripes, on analyse les choses de façon réfléchie et approfondie. Et même si c'était la meilleure idée au monde, ce n'est pas quelque chose qu'on expose à un client de la sorte sans plan. L'équipe n'avait aucun plan.

— Tu penses que tu devrais être plus instinctif ?

Il leva les yeux vers moi.

— Avec le travail ? Jamais.

Je ne l'ai pas quitté du regard.

— Et pour le reste ? Pour Jamie ?

Sa bouche se pinça. Je ne l'avais encore jamais vu aussi exaspéré. Mon sang ne fit qu'un tour.

— Tu es en train de me dire que Jamie devrait davantage ressembler à Aaron ?

La serveuse est apparue avec deux assiettes chargées.

— Et un cheeseburger, dit-elle, posant une assiette devant moi. Et un champignon bacon.

Elle a déposé l'assiette de Jamie avant de demander :

— Autre chose ?

J'ai secoué la tête pour lui répondre. Je n'avais plus faim.

En réalité, j'avais même la nausée. Entre Jamie et moi, l'atmosphère était désormais plus glaciale qu'une tombe.

— Non, ça ira, lui dit Jamie. Merci.

Elle s'éloigna.

— Non, ce n'est pas ce que je voulais dire, je…

— Jamie n'est pas imprudent, a-t-il tranché.

— Je suis désolée, je ne voulais pas…

Je bégayais. Je n'arrivais à reprendre le contrôle de mes paroles. Ni de mon esprit.

— Pas grave, mangeons, dit Jamie sans me regarder.

J'avais le bout des doigts froids, la tête vide, les muscles des jambes tendus. J'étais pétrie d'angoisse sans véritablement savoir pourquoi.

J'ai pris une bouchée de mon hamburger et je me suis forcée à manger des frites. Mais mon cœur n'y était pas.

Peut-être que Jamie n'était pas imprudent. Mais je commençais à m'inquiéter pour Tasha.

Je n'allais plus avoir de nouvelles de Jamie de toute la semaine.

Sophie m'avait appelée pour me voir vendredi soir, mais comme je craignais qu'elle vienne avec Bryce et veuille encore me caser avec Ethan, j'ai menti. Je lui ai dit que j'avais des projets avec mes collègues de travail.

Le jeudi, je n'ai pas pu me résoudre à regarder mes nouveaux vêtements. En rentrant du boulot, je les ai fourrés à l'arrière de mon placard et j'ai passé une tenue plus ancienne, une bien plus conforme à Nat et j'ai décidé de jardiner jusqu'à la tombée de la nuit.

J'ai tiré mes cheveux en arrière et les ai attachés dans un foulard. Ensuite, j'ai ouvert les portes-fenêtres pour laisser entrer l'air frais et j'ai glissé mes mains dans mes gants de jardin préférés. Ceux à fleurs.

C'est à ce moment-là que quelqu'un a frappé à ma porte.

Au début, je n'ai pas répondu. Ce devait sans doute être Sophie. Elle était adorable, mais il était souvent impossible de lui faire accepter un non. Et je n'avais pas envie de la voir débarquer avec Bryce et Ethan. Qu'importe qu'il y ait des cartons de pizza et des bières fraîches dans la manœuvre. Voire de la margarita.

En même temps, pourquoi ne pas aller ouvrir dans cet accoutrement ? C'était peut-être une bonne idée pour refroidir une bonne fois pour toutes les potentielles ardeurs d'Ethan ?

J'ai pouffé en imaginant la scène et les coups sur la porte ont retenti de plus belle.

Bon.

Si elle voulait me faire une surprise, elle allait en avoir une belle. Pour le meilleur ou pour le pire. Eh oui, c'est moi, Natasha Remington. Je porte de vieux vêtements informes. Je jardine un jeudi soir comme une mémé. Je suis banale, ennuyeuse et je vais bientôt adopter un nouveau chat. À prendre ou à laisser.

Le sourire aux lèvres, je suis allée ouvrir la porte.

J'ai cru que j'allais faire une crise cardiaque.

C'était Jamie.

— Salut Tasha, dit-il en débarquant dans mon appartement le plus naturellement du monde. J'ai une idée !

Je suis restée un long moment debout devant la porte grande ouverte.

Il jeta un œil à mes pots et à mon sac de terreau sans mot dire, puis se tourna vers moi. Il n'était visiblement pas non plus choqué par ma tenue.

— Euh, qu'est-ce que tu fais là, je ne comprends pas ?

— Normal, je ne te l'ai pas encore dit.

— Dit quoi ?

— Mon idée. Je ne t'ai pas dit que j'avais eu une idée ? C'est pour ça que je suis venu ce soir.

— Mais...

Je fus surprise qu'un son à peu près articulé réussisse encore à se frayer un chemin en dehors de ma gorge.

— De l'escalade, dit-il.

J'ai écarquillé les yeux.

— Attends.

Il semblait enfin prendre conscience de ma tenue.

— Tu faisais du bricolage ? dit-il.

— Du jardinage.

— Tu veux que je t'aide ?

J'ai jeté un œil sur son costume.

— Euh, tu n'est pas vraiment équipé pour te salir.

Il baissa les yeux vers son pantalon.

— Oui, tu as raison, bon.

J'ai enfin réussi à fermer la porte derrière moi et à le rejoindre dans le salon.

— C'est quoi cette histoire d'escalade ?

— Toi et moi. Au lieu du saut en parachute, on prend quelques cours et on part grimper. Ce sera passionnant et aventureux. Et ça nous fera sortir pour rencontrer des gens ordinaires, pas des clubbeurs ou du gotha des soirées de gala.

— Euh, tu en as déjà fait auparavant ? ai-je demandé.

— Jamais. Et toi ?

J'ai secoué la tête.

— J'ai vu qu'il y avait des cours pour débutants. Ça commence ce samedi près de Ballard. On pourrait s'inscrire, qu'est-ce que tu en dis ?

J'ai enlevé mes gants et je l'ai dévisagé.

— J'ai loupé quelque chose ?

— Loupé quoi ? s'étonna-t-il.

— Je croyais que tu avais fait un trait sur moi.

Il avait l'air perplexe.

— Pourquoi tu dis ça ?

Je ne voulais vraiment pas remuer le couteau dans la plaie.

— Je ne sais pas, ce qui s'est passé le week-end dernier à la brasserie.

— Je t'ai dit qu'il ne fallait pas t'inquiéter.

— Certes, mais tu n'avais pas vraiment l'air d'y croire toi-même.

— Si. Madame est susceptible ?

Je me suis raidie.

— Pardon ?

— Tu veux que je m'excuse de ne pas avoir été du même avis que toi ?

D'un geste, j'ai jeté mes gants au sol.

— Non, je n'ai pas dit ça. Et je ne suis pas susceptible. C'est toi qui a fait le mort pendant une semaine.

— Parce que tu voulais que je t'appelle ?

J'allais l'étrangler...

Il s'est un peu rapproché de moi. J'étais submergée par une avalanche de sentiments contradictoires.

Je voulais autant l'étrangler que me pendre à son cou.

— Bon, voilà, pardon, je m'excuse, j'aurais dû prendre des nouvelles, dit-il avec un débit de mitraillette. Tu vas bien ?

Il tendit une main vers moi, mais sans me toucher. Il se contenta de me frôler. Je bouillonnais de l'intérieur.

Je me suis plantée devant lui.

— Qu'est-ce qui t'arrive ? Tu as fumé ? Tu as bu ? Tu fais le mort pendant une semaine et tu débarques chez moi sans prévenir remonté comme un coucou ? C'est quoi ce cirque ?

— Ce n'est pas un cirque, dit-il calmement. C'est de l'escalade.

J'ai éclaté de rire.

— Ah voilà, je préfère quand tu es comme ça. Alors, qu'est-ce que tu en dis ?

J'avais une envie irrésistible de me pencher vers lui, d'appuyer ma poitrine contre la sienne et d'enrouler mes bras autour de son torse puissant.

Je voulais le serrer contre moi.

Je voulais l'embrasser.

Je voulais...

Oh non non non.

J'ai pris une profonde inspiration.

— J'en dis que c'est une super idée.

— Fantastique, super, génial, dit-il d'un ton saccadé. Bon, je ne te dérange pas plus longtemps. À samedi, bon jardinage !

À ces mots, il sortit de l'appartement aussi vite qu'il y était entré.

En me laissant littéralement sonnée.

Quelques minutes plus tard – ou heures ? – je sentis mon téléphone vibrer dans ma poche, je sursautai.

C'était un message de Jamie. Qui me donnait les coordonnées du club d'escalade et l'heure de notre rendez-vous de samedi.

Mon cœur s'emballa. J'avais l'impression d'être une collégienne qui venait d'être invitée à sa première boum par le plus beau mec du cours de maths.

J'ai soupiré et me suis effondrée dans mon canapé.

J'étais décidément trop vieille pour ce genre de trucs.

Le lendemain, j'ai appelé la bibliothèque pour dire que je prenais un jour de congé.

Je n'en avais pas vraiment besoin et Nat ne se faisait jamais porter pâle, mais c'était sans doute quelque chose qu'aurait fait Tasha.

Alors c'est ce que j'ai fait. Et j'étais contente.

Toujours nerveuse, mais vraiment très contente.

Je me suis installée dans mon canapé et j'ai regardé mes murs de parpaings gris. Je vivais ici depuis trois ans et rien n'avait changé depuis mon emménagement.

Enfin, presque. J'avais quand même accroché deux cadres vitrés aux endroits où un locataire précédent avait laissé des clous.

Ils protégeaient des portraits à l'aquarelle de quatre jeunes filles – dans l'un, elles souriaient, dans l'autre, elles avaient l'air sérieuses. C'était un cadeau de Sophie pour ma pendaison de crémaillère. Elle avait dit qu'elles lui faisaient penser à nous quatre : Layla, Brooklyn, elle et moi.

Il était évident que Brooklyn était la jolie blonde aux joues roses. Layla, l'effrontée aux cheveux auburn. Moi j'étais la petite brune à lunettes, toujours des lunettes.

Oui c'était bien moi. La plus petite, la plus sage.

Pour ma taille, je ne pouvais pas faire grand-chose, mais pour mon caractère, j'étais bien décidée à lui donner un peu plus de piquant.

J'ai saisi mon téléphone pour envoyé un SMS à Jamie.

Je repeins mes murs. Je prends quelle couleur ? Tasha.

Et sans réfléchir plus longtemps, j'ai appuyé sur *Envoi*.

Jamie m'a répondu dans la seconde.

Ton appartement ?

De quels autres murs aurais-je pu parler ?

Oui.

Mais tu n'es pas au travail ?

Question sensée, murmurai-je en tapotant.

J'ai pris ma journée.

Et tu as décidé de peindre ?

Tasha est impulsive.

Il m'a répondu par un smiley.

Il faudrait que je passe voir ça à l'occasion.

Sa réactivité, ses messages, son smiley m'ont fait plaisir. On avait visiblement dépassé le malaise. Mais pour le reste, j'étais déçue.

J'aurais voulu qu'il me dise tout de suite quelque chose. Mauve, bordeaux ou bleu canard. J'étais prête à acheter de la peinture, des pinceaux et tout le matériel nécessaire. Je ne voulais pas rester ici le reste de la journée à ruminer. Il fallait que je m'active.

Et pourquoi pas commencer par un bon coup de ménage ? La peinture allait mettre un beau bazar dans la pièce, alors autant en profiter.

Je me suis levée du canapé, j'ai porté les restes de mon petit déjeuner à la cuisine et je suis allée passer un vieux jean et un sweat-shirt à capuche.

J'ai commencé par les tapis. C'était facile. Hop, enroulés et posés dans un coin.

Ensuite, j'ai décidé que j'allais avoir besoin d'un bon mètre devant chaque mur. Ce qui voulait dire pousser le canapé contre la table basse.

En d'autres termes, il allait être inutilisable le temps des travaux. Tant mieux, je n'avais pas l'intention de me reposer ou quoi que ce soit d'autre à quoi pouvait servir un canapé.

J'avais eu le nez creux avec cette histoire de ménage. Sous le sofa, il y avait une accumulation de poussière et de cochonneries. Je suis allée chercher l'aspirateur et je l'ai branché.

En aspirant, j'ai étudié le sol. Il était en pire état que les murs, tout rayé et éraflé par une cinquantaine d'années de classe – mon immeuble était un ancien collège. En regardant de près, on pouvait deviner le motif des rangées de tables. Il y avait les traces rondes des pieds des bureaux, le passage plus usé de ceux des élèves.

J'ai souri en pensant à tous les enfants qui avaient grandi dans cette pièce. Cela donnait une belle âme aux lieux. Peut-être que certains d'entre eux étaient devenus médecins ou pilotes ; peut-être des artistes ou des athlètes. Beaucoup avaient maintenant leurs propres enfants et petits-enfants. Ils faisaient des barbecues le dimanche et des matchs de base-ball en famille.

J'ai entendu un bruit et j'ai éteint l'aspirateur.

En silence, j'ai attendu que le bruit revienne – on frappait à la porte.

Spontanément, j'ai pensé au voisin du rez-de-chaussée. C'était une jeune famille avec des jumeaux de trois ans et un bébé de quelques mois. Peut-être que je les avais dérangés durant la sieste.

Je me suis dirigée vers la porte pour l'ouvrir.

Et j'ai été surprise de voir Jamie dans le couloir.

— Mais qu'est-ce que tu fais là ? Tu ne travaillais pas aujourd'hui ?

— Je suis parti déjeuner plus tôt que prévu.

J'ai regardé ma montre.

— Tu m'étonnes, il est dix heures trente.

— D'où le mot *tôt*, répéta-t-il en souriant. Bon, je peux entrer ?

— Oui, pardon, bien sûr.

Je me suis reculée pour le laisser passer.

J'ai résisté à l'envie de lisser mes cheveux ou de vérifier si mon visage n'était pas plein de poussière. Après tout, si Jamie décidait de passer à l'improviste, c'était un risque qu'il prenait. Tasha était peut-être du genre à se pomponner pour sortir en ville, mais quand même pas pour repeindre son appartement.

— En plus, dit-il, je me suis dit que c'était du Jamie tout craché de quitter le bureau s'il avait une bonne excuse.

— Parce que Jamie pense que choisir ma couleur de peinture est une bonne excuse ?

— Aider Tasha est toujours une bonne excuse, dit-il d'une voix aussi douce et sucrée qu'une fondue au chocolat.

J'en avais l'eau à la bouche.

— Dans ce cas, Jamie, quelle couleur ?

Il regarda autour de lui pendant une longue minute. Il fit un pas, changea d'angle, se retourna.

— C'est vraiment... dit-il.

— Utilitaire, dis-je.

Il acquiesça.

— Oui, et je pensais à d'autres adjectifs.

— Tu es venu pour insulter mon appartement ?

Il sembla réprimer un sourire.

— Je vais dire que l'instinct de Tasha a eu raison. Cette histoire de peinture est une bonne idée. Avec...

Il regarda encore un peu plus autour de lui.

— J'ai aussi pensé à rénover les sols, dis-je.

Il baissa les yeux.

— C'est clair qu'avec des murs repeints, tu ne peux pas laisser ton sol en l'état.

— Je suis d'accord. Il est grand temps que je fasse quelque chose de cet endroit.

J'ai pensé à Sophie. C'est typiquement ce qu'elle aurait pu me dire. Elle allait sans doute halluciner en apprenant que j'avais enfin décidé de donner un coup de neuf à mon loft.

Le problème de Sophie, c'est qu'elle avait des opinions très arrêtées et qu'elle était à peu près impossible... à arrêter justement lorsqu'elle avait une idée derrière la tête.

Sans compter que je voulais que ce soit l'appartement de Tasha. Pas de Sophie.

Jamie s'avança vers moi.

— Tu sais, dit-il, j'ai beaucoup réfléchi à ce que tu m'as dit l'autre jour.

Ma curiosité fut piquée au vif et j'ai levé les yeux.

— Qu'est-ce que j'ai dit ?

— L'autre soir, à la brasserie, sur l'impulsivité.

— Je crois que c'est toi qui en as parlé.

— Oui, peut-être, qu'importe. Mais on a parlé de prise de risque en tout cas.

Justement, je ne voulais pas risquer de le braquer, alors je n'ai rien dit. Il a continué :

— Je crois que Jamie est prêt à prendre des risques. À suivre ses tripes. Pas avec un client, bien sûr, mais avec lui-même.

— Qu'est-ce que tu veux dire ?

Il s'est placé en face de moi.

— Du trading à court terme, lança-t-il. À court terme, à haut risque et avec un potentiel de gains financiers très importants.

— Tu vas jouer en Bourse, donc.

Ce n'était pas absurde pour un économiste.

— Nous allons jouer en Bourse, a-t-il corrigé.

Ma gorge s'est nouée.

— Ah non, je n'ai pas d'argent à perdre.

— Je n'ai pas besoin de ton argent, mais on partagera les bénéfices.

J'ai levé la main.

— Non, ce n'est pas juste. Mais...

— Il n'y a pas de mais qui tienne, Tasha.

— C'est toi qui a l'argent et le savoir-faire ! Je serais un poids mort dans cette histoire.

— Nous prendrons les décisions ensemble. Je vais t'expliquer mon raisonnement et on décidera ensemble. Si cela se passe comme je le pense, tu pourras t'offrir un nouveau sol, voire un nouvel appartement.

J'ai baissé les yeux.

— Je ne sais pas, je ne le sens pas, je crois.

Jamie s'avança vers moi.

— Non, Nat ne le sent pas. Tasha, elle se dit que c'est une excellente idée.

Il avait tout à fait raison.

Le temps était plus que venu de laisser Tasha gagner la partie.

7

L’escalade n’était pas aussi difficile que ce que j’aurais pu l’imaginer.

Il fallait apprendre les nœuds, à mettre un harnais et tout un tas de détails techniques avant d’être prêt à sortir seul. Mais l’escalade en elle-même : trouver un point d’appui sur le grand mur vertical et me hisser vers le plafond, c’était plutôt super amusant.

— On dirait que tu as fait ça toute ta vie, me dit Jamie alors que mes pieds tombaient sur le tapis.

— Votre petite amie est impressionnante, commenta l’instructeur, Paul, à l’intention de Jamie.

Je sentis mes joues s’empourprer. Certes, je fantasmais totalement à l’idée d’être la petite amie de Jamie, mais je n’étais pas là pour ça. On avait fait un pacte : on devait se rendre l’un l’autre désirable pour le sexe opposé. Pas uniquement pour nous. Ni a fortiori pour moi.

— Merci, répondit Jamie à Paul.

Je n’ai pas pu m’empêcher de noter que Jamie n’avait pas corrigé l’instructeur. Je ne savais pas quoi en penser.

— Envie de remonter ? m’a demandé Paul.

— On a encore du temps ?

L’horloge avançait vers midi.

— Seulement pour l’un d’entre vous, précisa Paul.

— Tu peux y aller, dit Jamie.

— Tu es sûr ?

Je ne voulais pas abuser. Nous avions chacun fait trois

ascensions ce matin, après avoir assisté à une présentation sur la théorie et pratiqué quelques nœuds de base. Il y avait beaucoup à apprendre sur ce sport.

— Pas de souci, dit Jamie en souriant. Je vais surveiller Paul pour qu'il ne te laisse pas tomber.

Il y avait trois grimpeurs sur le mur avec moi, chacun avec un instructeur différent.

Paul m'avait dit de surveiller mes pieds. Mes pieds étaient bien plus importants que mes mains. C'était finalement logique. Et heureux, parce que j'avais beaucoup plus de force dans les jambes que dans les bras. Merci le vélo et les samedis au tennis – quand Sophie ne me décommandait pas.

— Gardez vos bras tendus, appela Paul d'en bas.

Oui, je me rappelai de ce conseil tout en cherchant une prise plus loin.

J'en ai vu une et je l'ai saisie, puis je me suis concentrée sur mes pieds en trouvant le bon passage pour terminer l'ascension.

Quand je suis redescendue, mes jambes et mes bras tremblaient. J'allais avoir des courbatures, c'était sûr. Mais c'était de la bonne douleur, de la bonne fatigue.

Cette matinée avait été vraiment très distrayante et satisfaisante. Jamie avait eu une super idée.

— Tu as faim ? me demanda Jamie alors que nous sortions du parking dans son SUV.

— Une faim de loup, acquiesçai-je. Ça m'a mise en appétit toute cette grimpette !

— On en profite pour aller nous rencarder sur de jolies personnes pendant le déjeuner ?

— Tu penses à quoi ?

— Au Northland Country Club. Tu y es déjà allée ?

Oui, mais une seule fois. Il s'agissait du luxueux club-house d'un terrain de golf privé. Le restaurant était ouvert au non-membres, mais les prix étaient exorbitants.

— Habillés comme ça ? ai-je demandé.

— Ils ont l'habitude de voir débarquer des sportifs. Et tu es très bien dans cette tenue, je te rassure.

J'ai levé les yeux au ciel.

— Mais bien sûr, j'ai l'air dépenaillée et en sueur.

Il a agité la main en mettant son clignotant pour prendre la rocade.

— Relax, Tasha, ce n'est qu'un déjeuner. On sera incognito comme ça.

— Personne ne soupçonnera jamais que nous sommes des espions ?

— Exactement. Et en plus, c'est sur le chemin vers chez toi.

— Alors banco. Mais j'espère que notre portefeuille d'actions augmente. Je crois que le café coûte seize dollars là-bas.

Jamie m'a lancé son téléphone.

— Tu n'as qu'à vérifier. Mon code PIN est 8596.

Il m'a fallu une seconde pour digérer l'idée que Jamie venait de me donnait son mot de passe.

— Ouvre l'application Tracker.

J'ai entré le mot de passe. J'avais vraiment l'impression d'être sa petite amie. Il fallait que j'arrête de me faire des films.

J'ai ensuite passé l'écran d'accueil et appuyé sur l'icône de l'application. Six lignes sont arrivées avec des codes et des nombres.

— Ça dit quoi ? a-t-il demandé.

J'ai répété sagement :

— CPW 27.32, LNN 2.06, QPP 32.17.

— Attends, quoi, le dernier ça donne quoi ?

— QPP truc ?

— Oui.

— QPP 32.17

— Clique dessus.

Je me suis exécutée.

— Que vois-tu ?

— Il y a un graphique.

— À quoi ressemble la courbe ?

Je ne comprenais pas exactement la question. Jamie a expliqué :

— Démarrage long et lent et pic soudain ?

— C'est ça.

— Appuie sur le bouton de vente.

La demande m'a quelque peu intimidée.

— Tu es sérieux ?

— Complètement. Il faut aller de l'avant. Prendre des risques.

— Je vends des actions ? ai-je demandé.

Il a souri.

— Oui, tu vends des actions, Tasha.

— D'accord.

Bon, s'il était sûr de lui, alors moi aussi. J'ai cliqué sur le bouton de vente.

— Ça me demande de confirmer.

— Confirme, dit-il.

Ce que j'ai fait.

— Ouch, c'était excitant.

Jamie éclata de rire.

— Qu'est-ce que je viens de faire ?

— De payer le déjeuner.

— Vraiment ?

C'était assez incroyable.

— Oui, le déjeuner et bien plus encore, ajouta-t-il.

— Combien avons-nous gagné ?

— 10 %.

— Sur combien d'investis ?

— Dix mille dollars.

Je suis restée bouche bée pendant une seconde.

— Euh, Jamie, bredouillai-je. On vient de gagner mille dollars ?

— Oui, j'avais envie de déjeuner au champagne.

Je baissai les yeux vers le téléphone.

— Mais comment ? Ça ne peut pas être aussi simple.

— Ce n'est pas facile, dit-il d'une voix blanche.

Moi et ma manie de dire tout ce que j'avais sur le cœur… J'avais subitement l'impression de l'avoir insulté, d'avoir déprécié son expertise et son expérience.

— Oui, pardon, je ne voulais pas dire ça, mais…

Le téléphone vibra dans ma main et la notification d'un SMS est apparue. Je l'ai lu automatiquement.

— Oh pardon, je n'ai pas fait exprès. C'est indiscret.

— De qui vient-il ? a demandé Jamie.

— Aaron.

— Qu'est-ce qu'il dit ?

— Tu es sûr que...

— Arrête ton cinéma, tu viens toi-même de dire que tu l'as lu !

Je ne pouvais pas dire s'il était agacé ou non.

— Je ne l'ai pas fait exprès.

— Pas de bile, Tasha, ce n'est pas grave. Alors ça dit quoi ?

— Que Bernard a reporté l'introduction en Bourse.

— Dieu merci, soupira Jamie.

— C'est une bonne nouvelle ?

— Un peu, on aurait perdu dix mille dollars sinon.

Mes tympans se sont mis subitement à bourdonner.

— Tu plaisantes ?

— Pas du tout Tasha. Quand on veut gagner gros, il faut accepter de risquer gros.

— Tu veux que je lise le reste des chiffres ? ai-je demandé, inquiète à l'idée que nous puissions perdre de l'argent sans le savoir.

— C'est bon, je vérifierai au déjeuner. Pour l'instant, profitons simplement de la victoire.

— Alors profitons, dis-je alors que le SUV s'engouffrait dans le parking du country club.

Une fois les bordures terminées, le reste de la peinture est allée vite. Jamie était virtuose avec le rouleau. Il recouvrait les murs d'un manteau de couleur uniforme. Et avec le manche télescopique, il pouvait peindre jusqu'au plafond sans se servir de l'escabeau.

Contrairement à moi.

— Qu'allons-nous faire là-haut ? demanda-t-il en levant la tête.

Je me suis accrochée à l'escabeau et j'ai incliné la mienne. J'arrivais à voir bien plus de détails que j'aurais voulu.

— Les puits de lumière font vraiment cradingues, maintenant, observai-je.

— Ils doivent absolument être changés. Est-ce qu'ils fuient ?

— Oh non, heureusement. Cela dépasse largement mon budget. Et je ne pense pas que mon propriétaire me laisserait faire, de toute façon.

— Si cela augmentait la valeur de son bien, c'est dans son intérêt.

— Oui, tu as sans doute raison.

— Sauf qu'après il pourrait augmenter ton loyer.

— Il peut le faire en cours de bail ?

— Non, m'expliqua Jamie. Mais toi par contre, tu pourras demander une diminution du loyer proportionnelle à la somme dépensée en travaux. Tu as gardé toutes les factures ?

— Oui, bonne idée.

— Mais pour le moment, c'est l'heure de la pause. Et d'une grosse. Je crois qu'on a assez travaillé pour aujourd'hui, déclara Jamie.

— Tu as raison, je suis crevée.

Je suis descendue de l'escabeau et j'ai regardé l'appartement.

— Je ne peux pas croire que tu aies fait tout ça !

La pièce avait déjà l'air plus lumineuse, plus fraîche.

Nous avions acheté le matériel la veille après l'escalade et le déjeuner, et Jamie avait insisté pour revenir m'aider ce matin.

À ce moment-là, je me suis sentie coupable, mais en regardant ma montre, ce fut encore pire. Il était 18 heures passées !

— C'est fou, je n'ai pas vu l'horloge tourner. On bosse littéralement depuis des heures, dis-je.

Il traversa la pièce et tendit la main vers moi.

— Donne-moi le pot de peinture. Il ne faut pas le laisser sur l'escabeau, c'est risqué.

Je me suis penchée pour le lui passer.

— Désolée de t'avoir gardé toute la journée.

Il sourit et ses yeux bleus se réchauffèrent.

Enfin, moi, ils me réchauffèrent. Et même beaucoup.

Est-ce qu'il pouvait le sentir ?

Nos mains se frôlèrent alors que je lui tendais le pot. Le flot d'énergie désormais familier remonta tout le long de mon bras.

Il avait l'air si sexy dans son jean usé, son T-shirt délavé et ses bottes de travail éraflées. Ses épaules étaient larges sous le tissu ajusté, ses biceps étaient tendus et solides.

Dans un smoking, il avait fière allure. En habit de chantier, il était tout bonnement à tomber parterre.

La suite de ses paroles m'incita à sortir de mes pensées.

— La brosse, m'a-t-il dit en me fixant.

Dans mon expression, dans mes yeux, et pendant une terrible seconde, j'ai cru qu'il pouvait lire dans mes pensées.

Si c'était vraiment le cas... j'allais avoir de sacrés problèmes. Car il n'était plus un copain, ni un pote, ni un coéquipier. Plus du tout du tout.

J'étais en train de tomber amoureuse de lui.

Distraite et fébrile, je me suis penchée pour lui donner le gros pinceau.

L'escabeau a tremblé.

La brosse a glissé de mes doigts...

— Merde ! m'écriai-je.

La brosse rebondit sur le sol et éclaboussa le plastique de protection. Jamie saisit l'échelle, la redressa, mais j'en perdis l'équilibre.

Pour me retrouver dans ses bras.

— Ouf, c'était moins une, commenta-t-il. Heureusement que nous avons déplacé le pot de peinture.

J'ai poussé un soupir de soulagement.

— Tu m'as eue.

— Je t'ai attrapée, dit-il.

Il s'est un peu déplacé et nos regards se sont croisés.

Pour ne plus se quitter.

Ses bras se sont serrés autour de moi.

— Tasha, murmura-t-il.

J'avais envie de lui. Tellement.

Je voulais le respirer, le goûter, le sentir me toucher partout.

J'étais sur le point de me ridiculiser.

S'il ne desserrait pas son étreinte, j'allais l'embrasser et les pensées qui m'obsédaient depuis plusieurs jours allaient éclater au grand jour.

Sauf que c'est lui qui m'a embrassée.

Oh ! c'était inattendu. Je ne l'avais pas du tout prévu comme ça.

Mais je n'allais pas me plaindre pour autant.

Ses lèvres se collèrent aux miennes. Elles étaient fermes, tendres, sucrées. À coup sûr, j'étais en train de vivre le meilleur baiser de toute mon existence. Peut-être même le meilleur baiser de tout l'histoire de l'humanité.

Je ne voulais pas que ça s'arrête.

Pas du tout.

Jamais

J'ai pris ses joues en coupe et j'ai frotté mes doigts sur ses quelques millimètres de barbe. J'en rêvais depuis qu'il avait décidé de la faire un peu pousser.

Bonté divine, c'était exactement comme je l'avais fantasmé.

Rugueux et robuste. La surcharge sensorielle était totale.

Mes seins se sont pressés contre son torse, mes cuisses contre les siennes. Mon ventre contre son ventre… et j'ai senti son sexe gorgé de désir.

Bon, visiblement, nous étions sur la même longueur d'onde.

Il a retiré mon T-shirt, révélant mon soutien-gorge en dentelle fine.

Nous nous sommes regardés, haletants. Comme si nous voulions déterminer lequel d'entre nous était le plus choqué.

Était-ce le bon mot ? Non, je n'étais pas choquée. Enfin, si d'accord, un peu. Mais j'étais surtout terriblement excitée. Ma petite culotte était trempée.

Sans un mot, alors que mon cœur s'affolait dans ma poitrine, il a enlevé mes lunettes. J'ai fini de lui ôter son T-shirt. Et même si l'ensemble était un peu flou, je n'ai pu qu'admirer ses magnifiques pectoraux, ses épaules nues, ses puissants abdominaux. Le spectacle était magnifique, encore mieux que ce que j'avais rêvé.

Quand il attrapa l'agrafe de mon soutien-gorge, j'ai su que

nous n'allions plus pouvoir faire machine arrière. Nous étions hors de contrôle, rien ne pouvait nous arrêter…

Mais la poignée de porte tressaillit.

Nous avons simultanément tourné la tête dans cette direction.

— Nat ?

C'était Sophie.

Elle frappa quatre coups secs.

— Nat ? Je peux entendre la radio. Tout va bien ?

— Elle a une clé, chuchotai-je à Jamie.

J'ai attrapé mon T-shirt qui pendait sur l'escabeau et j'ai plongé ma tête dedans.

— J'arrive !

Jamie a fait de même avec son propre T-shirt avant de passer une main dans ses cheveux.

Nous nous sommes regardés une seconde.

Je ne savais pas quoi dire, quoi faire ou même penser.

Nous avions été sur le point de coucher ensemble.

En secouant la tête, je suis allée vers la porte.

— Pourquoi tu as pris autant de temps ? dit Sophie en entrant comme un ouragan.

— J'étais sur l'échelle, j'ai failli tomber.

Elle vit d'abord Jamie. Puis l'escabeau et les murs peints.

J'ai presque pu entendre son cerveau faire toutes les connexions. Ce fut bref et intense.

— Salut, Sophie, dit Jamie.

— Hein ? Qu'est-ce qui se passe ici ?

Sophie semblait à court de mots en regardant autour d'elle.

— James m'aidait à peindre.

Sophie avait l'air complètement déboussolée.

— Mais pourquoi ? Pourquoi lui ? Comment ?

Je comprenais sa stupéfaction. Aux dernières nouvelles, Jamie était l'ex-fiancé de notre meilleure amie. Nous n'avions donc plus aucune raison de nous fréquenter depuis le fiasco de leur mariage avorté.

— Oui, je ne t'avais pas dit, mais depuis l'autre jour, on…

— Nous nous sommes croisés au club de tennis, ajouta Jamie.

Depuis on fait du sport ensemble et Nat m'a demandé de lui donner un coup de main pour la peinture.

— Oui, voilà, c'est ça, bredouillai-je. Le club de tennis, quand tu m'as posé un lapin. Et aussi, tu sais, on a parlé de ce truc que tu fais avec Bryce et Ethan. Parce que James est économiste, tu vois, et euh, je ne voulais rien dire avant d'être sûre, mais...

Sophie et Jamie me regardaient tous les deux comme si j'avais perdu la tête.

Ce qui n'était peut-être pas très loin de la vérité. Après un baiser pareil, mon cerveau frisait la surchauffe.

— Ethan disait que vous alliez avoir besoin d'investisseurs, ai-je poursuivi. James investit parfois dans des trucs. Alors, je lui ai demandé et...

J'ai regardé Jamie, essayant de m'excuser des yeux.

— Je lui ai posé des questions sur votre histoire de desserts imprimés en 3D, si c'était peut-être quelque chose dans lequel il pourrait vouloir investir.

— C'est vrai ?

Sophie avait aussi l'air stupéfaite que reconnaissante et pleine d'espoir en même temps.

— Oui, mais je ne pense pas que ça va marcher, ai-je rapidement dit. Ce n'est pas le genre de choses qui...

— Je vais surtout avoir besoin de plus d'informations, a déclaré Jamie.

Je lui ai lancé un regard d'avertissement. Comme pour lui faire comprendre que mon histoire n'était qu'un moyen de dissiper un moment gênant. Il ne fallait pas qu'il la prenne au pied de la lettre.

Sophie se rapprocha de l'endroit où se tenait Jamie.

— Aucun problème, nous pourrons te donner toutes les informations nécessaires. Nous venons juste de boucler notre dossier investisseurs.

— Oui, mais James fait généralement des investissements à court terme, dis-je derrière elle pour essayer de clore la conversation. Votre projet en est encore à un stade très précoce. Et ça va prendre beaucoup de temps avant que...

— Nous allons révolutionner l'industrie de la restauration, a déclaré Sophie.

Je n'allais plus pouvoir l'arrêter.

Mon Dieu, dans quoi m'étais-je embarquée ?

8

Jamie avait accepté une autre virée shopping.

Mais il y avait quelque chose de bizarre dans ses textos.. Ils étaient plus laconiques, expéditifs. Il semblait aussi plus formel que d'habitude. Et j'ai pensé que je me me faisais des idées. Que j'étais toujours obsédée par le baiser – impossible à nier – et que je lisais des choses dans ses SMS de sept mots qui n'étaient tout simplement pas là.

Mercredi, après le travail, un de mes collègues m'avait déposée au centre-ville. Jamie et moi avions convenu de nous retrouver chez Brookswood. Nous avions à peine gratté la surface de ses dix étages lorsque nous avions acheté son smoking et ma robe.

Et là, j'avais décidé de faire exploser le budget vêtements.

Les bénéfices de notre compte d'investissement étaient toujours en hausse. J'avais souvent répété à Jamie que je me sentais mal de partager les bénéfices, car il avait fourni le capital de départ et que c'était son expertise qui faisait toute la différence. Mais il n'avait rien voulu entendre. Il avait dit qu'il avait déjà récupéré son apport et qu'un deal était un deal. La moitié des bénéfices me revenait.

Alors j'avais abdiqué.

Je me suis imaginé faire mon shopping de Noël avec un budget somptueux et un choix du même acabit. Ma famille et mes amis n'allaient pas en croire leurs yeux...

Et peut-être que j'achèterais quelques tenues de luxe. Ou pas si luxueuses. Quid de ces vêtements faussement décontractés qui étaient de très bonne qualité et parfaitement conçus et taillés ?

Je commençais à comprendre que Brooklyn et Sophie n'avaient pas tort dans leurs choix vestimentaires. Il y avait une différence de qualité et de style lorsque vous montiez dans la fourchette de prix. Parfois, c'était subtil, mais toujours réel.

Jamie était arrivé avant moi et m'attendait devant la porte principale de chez Brookswood .

— Salut, dis-je, me sentant soudain essoufflée.

Il avait l'air sexy, beau... et distant.

— Salut, répondit-il en se tournant immédiatement vers la porte.

Il me l'a ouverte et je me suis engouffrée dans l'écrin luxueux du grand magasin.

Après quelques pas en silence, j'ai décidé de le briser :

— Tu as passé une bonne journée ?

— Pas mal.

Il marchait vite et je devais me dépêcher pour rester à sa hauteur.

— Moi aussi.

— Super. Tu veux commencer avec des vêtements de bureau, des vêtements décontractés, une veste ? Le temps va bientôt tourner tu sais.

Le temps ? Nous en étions déjà à devoir parler de la météo ?

— Jamie ?

— Hmm ?

— Que se passe-t-il ?

Il me regarda. Mais il ne semblait pas vraiment me voir.

— Oui ? a-t-il demandé.

— Quelque chose ne va pas. Qu'est-ce qui ne va pas ?

— Rien, souffla-t-il. Nous faisons du shopping, c'était ton idée et tu avais raison. Nous avons tous les deux besoin d'une nouvelle garde-robe plus complète. J'espère que tu n'as pas envie d'y aller à l'économie.

— Ce n'est pas mon intention. Tu m'as convaincue de dépenser les bénéfices de l'investissement. Au moins, tu as convaincu

Tasha de dépenser les bénéfices de l'investissement. Il s'avère qu'elle n'est pas aussi scrupuleuse que moi.

Je m'attendais à ce que ma blague l'amuse, mais il est resté aussi stoïque que les pierres.

— Tu es Tasha, dit-il.

— Tu sais ce que je veux dire.

— Et ce n'est pas inconscient de dépenser l'argent qui t'appartient. Et les robes-chemises ? J'ai lu que c'est à la mode. Regarde par là-bas, ils en ont mis en évidence.

— Jamie, arrête.

Il serra la mâchoire sans rien dire.

— Regarde-moi.

Il se tourna, son expression distante toujours vissée sur son visage.

— C'est le baiser ? demandai-je, fatiguée de ma nervosité et d'avoir à tourner autour du pot pour essayer de deviner ce qu'il pensait.

D'après son attitude, je pouvais en déduire qu'il le regrettait.

Je me suis avancée.

— Tu es comme ça parce qu'on s'est embrassés ?

Il n'a pas répondu. Et il n'avait pas l'air aux anges que j'aborde le sujet.

Je voulais le rassurer, lui faire comprendre que ce n'était pas grave et que je n'avais pas été obsédée depuis notre étreinte – un mensonge aussi complet que nécessaire.

— C'était un baiser, dis-je. Un simple baiser. Ça arrive à plein de gens. On était en train de travailler ensemble. On était heureux. Qui plus est, ça veut dire que la transformation a marché. Que nous attirons le sexe opposé !

Jamie prit une inspiration.

Moi aussi. J'avais besoin d'oxygène pour continuer à parler.

— Le soir, avec Sophie, on est sorties et je peux te dire que j'ai remarqué un changement dans le regard des hommes sur mon passage. En ce qui nous concerne, c'est normal que nous soyons un peu attirés l'un par l'autre. Le cas contraire serait étonnant, non ? On passe beaucoup de temps ensemble depuis le club de tennis, mais ça ne veut rien dire. C'était un petit baiser de rien du tout, je t'assure.

J'agitais les bras et les mains en parlant. J'ai pensé que je devais avoir l'air complètement possédée. Tant pis. Il fallait tirer les choses au clair.

— Cela ne veut rien dire, répétai-je. Pas besoin de jouer James-le-tendu avec moi.

Il arqua un sourcil.

— Je ne suis pas du tout tendu, siffla-t-il entre ses dents.

— Un peu quand même tu ne trouves pas ? Mais j'insiste, ce petit baiser n'a rien changé entre nous. Je ne veux pas que ça change quoi que ce soit. Vraiment pas.

Mon cœur tambourinait dans ma poitrine. Non, je ne voulais vraiment, vraiment rien changer entre nous, mais j'avais peur d'avoir déjà atteint un point de non-retour. Ces dernières semaines avaient constitué la période la agréable, la plus passionnante et la plus excitante de toute ma vie. Je ne voulais pas y renoncer. Je ne voulais pas perdre Jamie...

Il resta silencieux un moment.

— Cela n'a rien changé, admit-il enfin.

J'ai ressenti un léger soupçon de soulagement.

— Si tu pouvais sourire, ça ne serait pas de trop.

Il a grimacé.

J'ai choisi de rester sur un ton léger et d'espérer la tactique fructueuse.

— Il était miteux ce sourire. Le Jamie que je connais passerait outre ce petit baiser en un battement de cils.

— Ce n'était rien qu'un petit baiser pour toi ? a-t-il demandé.

Ma gorge s'est serrée à l'idée de mentir une nouvelle fois, mais il le fallait.

— Parfaitement, acquiesçai-je.

Nous nous sommes regardés un instant.

Il y avait comme une lueur de défi dans ses yeux. Voulait-il me faire dire, me faire faire quelque chose ? Je n'en avais pas la moindre idée...

Une nouvelle fois, j'ai décidé de briser le silence.

— Je veux qu'on reste amis, Jamie. Je ne veux vraiment pas perdre ce que nous avons.

Son visage sembla un peu se décrisper.

— Moi non plus.

— Bien.

J'étais soulagée et heureuse de l'être. Tellement que je n'ai pas osé en dire davantage sur ce qui s'était à l'évidence passé entre nous.

J'ai jeté un coup d'œil derrière lui et désigné les têtes de gondole.

— Bof pour les robes-chemises, dis-je. Je crois que ce n'est pas vraiment mon style ni celui de Tasha.

Il me sourit.

— Parfait, pas de robe-chemise alors. Une veste ? Des chaussures ? Des bijoux ?

Je feignis l'indifférence et haussai exagérément les épaules.

— Bon, mais vraiment si tu insistes alors !

Il me prit le bras et nous avançâmes vers les rayons. La fin de journée ne fut pas aussi divine que si nous l'avions passée à nous rouler entre les draps, mais j'avais au moins été débarrassée d'un sacré poids sur la conscience.

Et du nuage qui pesait sur notre relation, qui n'était définitivement plus qu'une simple amitié.

Lorsque nous étions à la caisse, Jamie a reçu un texto et m'a demandé si cela me dérangeait de passer à son bureau avant de rentrer.

La perspective ne me faisait pas sauter de joie, mais j'ai accepté. Nous n'étions pas encore totalement revenus en terrain normal et j'avais peur de le brusquer.

Nous avons roulé et nous sommes garés dans le parking de l'entreprise à une place réservée pour Jamie.

Grâce à son badge accroché à son porte-clés, il a ouvert les portes et un ascenseur nous a emmenés au trente-deuxième étage.

Aaron était assis à un bureau dans l'open space autrement quasi désert.

Jamie se dirigea vers lui d'un pas décidé.

— Répète-moi exactement ce que Bernard a dit.

Aaron se leva.

— Tu n'avais pas à revenir, déclara-t-il. Cela ne servait à rien.

— Je suppose que c'est toi qui l'as fait changer d'avis.

— Moi et beaucoup d'autres éléments, rétorqua l'arrogant stagiaire. Il y a réfléchi et décidé qu'il était prêt à saisir cette opportunité.

— Il n'aurait jamais dû être mis dans cette situation difficile en premier lieu ! Tu es stagiaire, Aaron. Tu es là pour observer et apprendre. C'est si difficile de comprendre le concept, quand on est né une cuillère en argent dans la bouche ?

Manifestement, Jamie était en colère.

Moi, je ne savais pas quoi faire, quoi dire ni où me mettre. Pouvais-je seulement retourner au parking sans badge d'accès ? Je n'allais pas non plus m'installer dans un bureau au hasard pour attendre que l'orage passe...

— Je ne sais pas si cet état d'esprit est très productif, fit Aaron d'une voix blanche.

Jamie serra la mâchoire.

— Quel est ton avis ? Tout cela vient de ta brillante idée, après tout. Quelle serait ta solution ?

Aaron se frotta nerveusement les mains.

— C'est fait, on ne peut pas faire marche arrière. Alors on assume et on y va.

Jamie éclata de rire.

D'un rire sec et sarcastique.

— On entre en Bourse lundi à l'aveugle ? C'est ça ta solution ? Tu n'es pas inconscient, tu es malade !

— Ça va marcher, James.

Le ton d'Aaron était à l'apaisement.

— Je sens que ça va marcher. Fais confiance à mon instinct.

Une veine saillit sur le front de Jamie.

— On ne fait pas confiance à ton instinct ! Ton instinct est né de la dernière pluie et tu n'es dans l'entreprise que depuis deux mois, c'est ridicule !

— OK, alors ton instinct à toi, qu'est-ce qu'il te dit ? Que te souffle ton expérience ? demanda Aaron.

La question jeta un froid.

— Que te dit ton instinct ? insista Aaron.

Je pouvais voir que Jamie ne voulait pas répondre.

Parce qu'il n'était pas d'accord avec Aaron... ou parce qu'il ne voulait pas admettre qu'Aaron avait raison ?

Pour une raison quelconque, il m'a regardée.

J'ai essayé de lui donner un sourire encourageant, même si je n'avais aucune idée de ce qu'il pensait. La dernière chose qu'il pourrait vouloir, c'est que je sois contente quand il était si manifestement à cran.

Et non, je n'étais pas heureuse de sa frustration.

Mais j'étais aussi curieuse d'assister à la lutte qui était visiblement en train de se jouer dans sa tête.

— Tu peux dire ce que tu penses, fit Aaron. Fouille-moi si tu veux, je ne suis pas en train de t'enregistrer. Ce n'est pas un guet-apens.

Jamie lui lança un regard noir, mais toujours sans desserrer les lèvres

— Qu'est-ce que te disent tes tripes, James ? C'est si difficile que cela ? Tu as peur que les mots te mordent s'ils sortent de ta bouche ou bien ?

Jamie soupira.

— Je pense que ça va marcher, admit-il.

Aaron sourit.

— Et voilà !

— Non, se renfrogna Jamie. Voilà rien du tout. Ce n'est pas comme ça que...

Le stagiaire s'esclaffa.

— Il me semble que tu as des problèmes avec les réactions instinctives. Tu veux que je t'explique comme ça marche ?

— Non et non, pesta Jamie. Je ne veux pas que tu m'expliques comment marchent les réactions instinctives. L'économie, c'est de la cervelle, pas des tripes !

— Ces réactions sont constituées de signaux subtils,

d'informations réelles mais dont tu ne connais pas l'existence. Cela se passe profondément dans ton subconscient.

Jamie serra les poings.

— Tu es si jeune et tu as déjà des problèmes auditifs ? Quelle partie de *non* tu as du mal à comprendre ?

Aaron leva les mains en signe d'apaisement.

— Ce que je veux dire, c'est que ce n'est pas ton instinct et encore moins tes tripes qui te parlent, James. C'est ton cerveau, tout ton cerveau, tous les recoins profonds de l'ensemble de ton intelligence ! Sois honnête avec toi-même, tu connais sûrement la réponse. Le problème, c'est que tu n'aimes pas foncer sans données papier ni conduire sans ceinture de sécurité.

— Oui, ne n'aime pas non plus sauter sans parachute, ajouta Jamie. Et arrête un peu ton cinéma, je ne suis pas aussi borné sur la question des données papier. Je sais moi aussi prendre des risques.

J'ai pris une profonde inspiration et osé :

— Avec tes investissements à très court-terme, il n'y a pas de données papier non plus, il me semble.

Je pensais être utile, mais Jamie m'a lancé le même regard dont il avait gratifié Aaron.

Non, je n'étais pas utile…

— C'est complètement différent, a-t-il dit. Tu le sais. Je t'ai expliqué.

Il l'avait fait. Sauf que je ne saisissais pas vraiment la différence. Mais bon, après tout, j'étais bibliothécaire, pas économiste.

— Désolée, ai-je dit.

Je l'étais sincèrement.

— Bernard voudra notre recommandation demain dans la matinée, a déclaré Aaron.

Les secondes s'écoulèrent.

— Qu'est-ce qu'on dira ? demanda Aaron.

Encore plus de secondes s'écoulèrent. J'ai pensé que Jamie n'allait pas répondre. Mais il le fit :

— On recommande l'introduction en Bourse.

Les mots semblèrent lui brûler l'ensemble du visage.

— Génial ! s'exclama Aaron en lui tendant la main.

Jamie la refusa.

— Arrête avec ton arrogance, ce n'est vraiment pas le moment de fanfaronner. Et si ça tourne mal…

— Tout sera ma faute !

Aaron hocha la tête.

— Non, mon cher, la mienne. Toi tu n'es qu'un stagiaire, je te rappelle. Moi je suis l'analyste senior. Les responsabilités, je les assumerai, ne t'inquiète pas.

L'angoisse m'a liquéfiée.

Avais-je poussé Jamie à prendre une décision avec laquelle il n'était pas à l'aise ?

Je devais en avoir le cœur net.

— Jamie, si tu n'es pas…

— Détends-toi, Tasha. Tu n'as rien dit ni rien fait. Tu n'y es pour rien.

J'ai été séchée sur place.

Aaron s'interposa.

— C'est que le puissant James Gillen n'est pas du genre à suivre les conseils de sa petite amie.

Le ton de Jamie devint aussi tranchant qu'un sabre japonais.

— Toi, tu la fermes à partir de maintenant. Tu ne sais pas quels conseils je vais suivre.

Il se tourna vers moi.

Il était livide.

— Bon, Tasha, tu as assez perdu de temps avec ces histoires qui ne te concernent pas. Je te raccompagne chez toi.

Samedi, contre toute attente, le cours d'escalade se passa le plus sereinement du monde. Comme si la prise de bec avec Aaron n'avait pas eu lieu. Comme si Jamie ne m'avait pas ramenée chez moi sans un mot, pour me laisser en bas de mon immeuble avec à peine un baiser sur le front.

Que devais-je en penser ? J'ai décidé de m'en satisfaire.

Mieux encore, d'en être heureuse.

Je n'avais aucun plan pour samedi soir. J'étais un peu déçue de ne pas étrenner les nouveaux vêtements que je m'étais offerts. Surtout cette blouse bleu poudreux à effet péplum que je rêvais de porter avec cette minijupe léopard. Elle était ornée d'une large ceinture en satin noir et j'avais acheté un ensemble collier et boucles d'oreilles en perles pour aller avec.

L'ensemble était à moitié romantique, à moitié sexy et sauvage. Un peu moi, un peu Tasha. Le vendeur de Brookswood et Jamie n'avaient pas tari de compliments sur cette tenue.

Que je n'allais pas encore sortir ce week-end...

Je me suis dit que c'était un mal pour un bien. Il y avait encore beaucoup de travail à faire dans mon appartement. La peinture que j'avais choisie était en rupture de stock – le problème lorsqu'on suit les conseils des blogs déco – et il y avait encore un pan de mur à terminer. Ensuite, j'allais pouvoir enfin remettre mes meubles en place et me sentir à nouveau chez moi.

Enfin, dans un nouveau chez-moi de la nouvelle moi, bien sûr.

J'ai pris une profonde inspiration.

Après tout, pourquoi attendre que la quincaillerie me livre les pots de peinture qui me manquaient ? Et si je prenais une décision audacieuse, radicale, une décision Tasha.

Et si je peignais ce pan de mur d'une autre couleur ?

Avec Jamie, on s'était décidés sur du citrouille glacée. La teinte chaude et vitaminée qui faisait tourner la tête de tous les blogs maison en association avec du bouton d'or pour les plinthes. Couleur que, pour le coup, j'avais en trop.

La solution était peut-être là, sous mes yeux. Si j'acceptais de sortir de ma zone de confort. Pour de vrai.

Je suis allée chercher un pot de peinture jaune. Je l'ai secoué, ouvert et touillé. Puis j'ai retenu mon souffle.

Je ne risquais peut-être pas aussi gros qu'en boursicotant, mais tout un mur bouton d'or, quand même, ce n'était pas anodin...

On a frappé à ma porte.

En une fraction de seconde, je me suis demandé si ça pouvait être un signe. Les dieux jugeaient-ils sévèrement mon choix de décoration intérieure ?

J'ai pouffé et les coups sont revenus.

Je suis allée ouvrir.

C'était Jamie, avec dans les mains deux gobelets de soupe fumante et un sac de petits pains aux lardons et fromage de brebis. La spécialité du café en bas de chez moi.

Que faisait-il là ? Après l'escalade, nous n'avions pas prévu de nous revoir avant le début de semaine.

— Room service, annonça-t-il avec un large sourire.

— Euh, qu'est-ce que tu fais là ?

Je ne voulais pas paraître grossière, mais je ne m'attendais pas du tout à sa venue.

Il leva les sourcils et secoua le sac.

— Je sais que tu les adores. Ils sortent à peine du four !

Mon ventre grogna. Je me souvins que je n'avais pas déjeuné. Sans doute encore un signe du destin…

Je me suis écartée pour laisser passer Jamie.

— Je ne savais pas que tu venais, dis-je en fermant la porte.

— Impulsion du moment. J'étais dans le quartier, le bistrot en bas m'a fait de l'œil, et voilà, j'ai pensé à toi.

— Tu penses à moi quand tu vois de la soupe et des petits pains au fromage ?

— Ne joue pas sur les mots, Tasha. Bon, tu as faim ou pas ? me dit-il en me tendant un gobelet de soupe.

— Je suis affamée, comme d'habitude, ai-je répondu en lui faisant un clin d'œil.

Il posa les siens sur le pot ouvert de peinture jaune.

— Qu'est-ce que tu mijotes par ici ?

— J'ai décidé d'être impulsive moi aussi et de ne pas attendre que le citrouille glacée soit de nouveau disponible pour le pan de mur qu'il reste à repeindre. Je me suis dit que j'allais jouer sur les contrastes, qu'est-ce que tu en penses ?

— Que c'est…

Il porta une main à son menton.

— Intéressant, poursuivit-il. Très inspirant. J'adore. Est-ce que je t'aurais passé mon virus de la décoration d'intérieur ?

— Non, l'idée ne me vient pas d'un blog, mais de moi. Enfin, du nouveau moi Tasha.

— C'est génial, souffla-t-il. Il faut savoir jouer gros dans la vie.

— Comme en Bourse ?

— Comme en Bourse, confirma-t-il. À ce propos, je suis aussi passé pour te donner des nouvelles de notre portefeuille.

— Il s'envole ?

— Mieux que ça, Tasha, il explose. Je crois qu'il va falloir que tu m'aides à choisir une nouvelle maison.

De stupeur, j'ai failli laisser tomber le gobelet de soupe.

— Tu n'es pas sérieux ?

— Si, le plus sérieux du monde, et le plus tôt sera le mieux.

9

— Si tu peux faire cette ascension sans trembler, me dit Jamie en regardant la paroi rocheuse de dix mètres de haut qui s'élevait devant nous, alors tu pourras certainement me choisir une maison.

Jamie ne plaisantait pas lorsqu'il avait dit « le plus tôt sera le mieux ». Du lundi au jeudi, nous avions déjà visité trois maisons différentes.

Comme avec les bénéfices du boursicotage, essayer de le faire changer d'avis était peine perdue. Il avait décidé que j'allais lui choisir sa nouvelle maison, j'allais lui choisir sa nouvelle maison. Sauf que si je tremblais, c'était à l'idée que si je disais quoi que ce soit de positif lors des visites, il en vienne à sortir son carnet de chèques sur-le-champ...

— Je ne tremble pas, acquiesçai-je.

L'escalade m'excitait, elle ne me faisait pas du tout peur.

Mais dépenser des centaines de milliers de dollars de quelqu'un d'autre ? Pas du tout la même limonade...

Nous étions en excursion avec Paul, les autres instructeurs et le reste de notre classe. C'était une sorte de cérémonie de remise des diplômes pour les élèves les plus avancés. Pas nous, il allait nous falloir encore plusieurs mois de leçons pour changer d'échelon et cesser d'être officiellement des débutants.

Notre relation allait-elle suivre ce même rythme ?

— Génial, a dit Jamie.

— Mais il va vraiment falloir qu'on reparle de cette histoire de maison, par contre.

Nous avions vu deux autres maisons la veille au soir. J'avais beaucoup aimé la dernière.

— Avant de partir, contrôle de sécurité ! cria le chef instructeur.

Je me suis donc assurée que ma montre était zippée dans ma poche. J'ai vérifié mes nœuds de harnais, mes tours de cuisse, l'orientation de ma corde et mon mousqueton.

Jamie et moi avons chacun revérifié les nœuds de l'autre, puis nous avons attendu que Paul nous donne son feu vert.

Avec un grand sourire, il a levé son pouce en l'air.

J'étais prête.

J'étais excitée.

— On est bons ? ai-je demandé à Jamie.

Il m'a donné confirmation.

— On est bons, a-t-il répété.

— Alors on grimpe !

— On grimpe.

J'ai trouvé mon premier appui, fléchissant mon orteil. J'avais appris la plupart des techniques sur le mur d'escalade, et c'était excitant d'essayer quelque chose de complètement nouveau.

J'étais reliée à Jamie par une corde qui faisait une boucle vers le haut et était solidement accrochée à un arbre un peu plus loin sur le bord de la falaise. Il n'y avait rien à craindre.

Je faisais confiance à Jamie, Paul supervisait le tout, alors je me suis concentrée sur mes pieds et mes mains. En me rappelant que les premiers étaient les plus importants...

À la fin de la matinée, nous avons rejoint une clairière et enlevé nos coupe-vent sous un soleil radieux. Paul et les autres instructeurs avaient apporté un pique-nique et du mousseux pour fêter la certification de leurs élèves.

Jamie s'est assis à côté de moi et a passé un bras sur mes épaules. Je ne m'attendais pas à cette étreinte. Et surtout pas en public. Mais j'étais bien.

Sereine, heureuse. Le cœur et la tête libres.

— Ça, c'est de l'aventure, me chuchota-t-il à l'oreille.

— Nous sommes les plus fous et les plus excitants, murmurai-je en retour.

— Qui ne voudrait pas nous pointer du doigt dans une pièce ? a-t-il demandé.

— Ou tomber follement amoureux de nous ?

Son étreinte se resserra une seconde alors que nos regards ne se quittaient plus.

— Que ceux qui veulent rentrer me suivent, dit l'instructeur en chef d'une voix forte en se levant et en se frottant les mains. Pour moi, c'est l'heure de ramener le matériel en ville, mais si vous voulez rester dans le coin, je vous le conseille. Il y a le lac des Cailloux qui vaut le détour à un kilomètre environ et à partir de là, vous trouverez un sentier fléché qui vous mènera jusqu'au parking.

— C'est à vous de voir, déclara Paul. Qui veut compléter la grimpette par un peu de marche ?

Tous les élèves secouèrent la tête. Ils étaient manifestement épuisés.

Moi, je ne m'étais jamais sentie aussi dynamique. Je me suis tournée vers Jamie.

— On y va ?

Jamie se recula pour me regarder.

— C'est parti !

Nous avons salué nos camarades et troqué nos chaussons d'escalade pour nos chaussures de marche.

Une bonne demi-heure plus tard, il fallait admettre que l'instructeur en chef s'était trompé dans ses estimations de distance d'un bon kilomètre, mais qu'il ne nous avait pas menti sur le lac. L'endroit valait sacrément le détour.

La vue était même tout bonnement sublime. Tel un joyau de la nature, le plan d'eau semblait nous attendre au creux d'une vallée verdoyante, donnant plus loin sur un massif de conifères et des sommets enneigés à l'horizon.

On se serait crus dans une carte postale.

Dans le ciel, au-dessus d'une rangée de cèdres, des corbeaux bataillaient avec des rapaces.

— La nature sauvage, commentai-je.

— Je mise sur les rapaces, s'amusa Jamie.

— Il doit sans doute y avoir des nids. Tu penses que les petits sont déjà nés ?

— C'est trop tard dans la saison, me répondit Jamie. Mais il y a clairement un truc qui les passionne dans les parages.

Les aigles plongèrent en tandem et les corbeaux se dispersèrent.

Le monde redevint silencieux. Une légère brise agitait les feuilles et les branches des arbres autour de nous.

— Je ne sais pas toi, mais moi je meurs de chaud, dit Jamie.

Le soleil se réverbérait sur les parois rocheuses environnantes. Ce qui produisait une très agréable poche de chaleur.

Jamie s'est débarrassé de son coupe-vent et de son T-shirt.

Ma bouche s'est asséchée. Peut-être parce que je mourais de soif ? Ou peut-être était-ce la vue des épaules et des pectoraux puissants de Jamie...

Et ses mains... je savais qu'il avait des mains fortes. Je l'avais regardé travailler. Mais au beau milieu de la nature, elles avaient l'air encore plus puissantes.

D'un geste, il attrapa les boutons de son pantalon en toile.

J'en eus le souffle coupé.

— Qu'est-ce que tu fais, tu es fou ! bégayai-je.

— Je vais me baigner, s'exclama-t-il. Tu viens ?

J'avais chaud. Très chaud.

— Allez, Tasha ! Vis un peu ! dit-il en me tendant la main.

Je n'avais jamais eu l'impression d'être aussi vivante.

J'ai tiré mon T-shirt sur ma tête. Puis je me suis débarrassée de mes chaussures, de mes chaussettes moites et de mon pantalon.

Une petite plage de sable grossier et de galets avait sans doute donné son nom au lac. Les cailloux étaient doux et chauds sous mes pieds. Ils crissaient sous mes pas alors que je me dirigeais vers le rivage.

Jamie piqua un sprint et plongea. En refaisant surface, son cri résonna sur les parois de la montagne et envoya des ondulations sur toute la surface du lac.

— Elle est froide ? ai-je demandé.

— Fraîche et vivifiante, répondit-il.

Il passa sa main sur ses cheveux mouillés en se tournant pour me regarder. Il s'immobilisa et me balaya des yeux de la tête aux pieds.

Aujourd'hui, James était définitivement Jamie. Et sous sa tenue d'escalade, Nat était définitivement Tasha et ne regrettait pas son choix d'un ensemble soutien-gorge et culotte bordeaux en satin et dentelle.

Je suis rentrée résolument dans l'eau, ignorant le froid mais terriblement consciente du regard de Jamie sur mon corps.

— Fraîche et vivifiante, c'est tout à fait les mots qui me viennent, dis-je alors que l'eau touchait mes épaules.

J'ai senti la chair de poule courir sur ma peau.

Il s'éclaircit la gorge.

— Tu vas voir, on s'habitue vite.

— Je pense surtout que tu as un peu enjolivé l'expérience, ai-je dit.

Il a souri.

— Mauviette.

— Hé, je viens de gravir une paroi rocheuse.

— Envie d'en grimper une autre ?

Il désigna les montagnes autour de nous.

— Habillés comme ça ? Sans équipement ? C'est de la folie furieuse, on va se tuer.

— Allez, laisse parler Tasha !

— Je crois qu'elle a surtout une bien meilleure idée.

— Laquelle ? s'étonna Jamie.

— Tu vas voir.

La façon qu'il avait de me regarder me faisait me sentir belle, confiante, invulnérable. Et incapable de résister au désir qui me rongeait.

J'ai battu des jambes pour nager vers lui et m'accrocher à ton torse.

— Tasha, dit-il dans un souffle.

— Jamie.

Il inclina la tête et se pencha lentement.

Ses lèvres ont touché les miennes, fraîches à cause de l'eau. Elles se sont bien vite réchauffées.

Son baiser a envoyé des vagues de désir dans mes bras, mes jambes, mon ventre et mes seins.

Mon corps s'est tendu et mon pouls s'est accéléré.

La passion s'intensifiait alors que notre baiser s'approfondissait.

J'ai enroulé mes bras autour de lui, les faisant glisser de ses épaules fermes sur son dos, jusqu'à son cou. Mes doigts s'emmêlèrent à la base de sa nuque alors que je pressais sa tête contre moi.

Mes lèvres se sont écartées davantage, ma langue s'est emmêlée avec la sienne.

Des feux d'artifice ont éclaté derrière mes yeux. Sous l'eau, mes jambes s'arrimaient autour de lui.

Quelque part au fond de mon tronc cérébral, j'ai compris ce que je faisais, l'intimité du mouvement, ce que j'étais en train de lui dire.

Mais ma conscience n'en avait cure.

Je voulais me rapprocher de Jamie.

J'avais besoin de me rapprocher de Jamie. Chaque centimètre d'espace entre nous me semblait être un kilomètre.

J'avais besoin de les effacer, de les éradiquer. De les faire disparaître. Je voulais me fondre dans, en, sur Jamie.

Sans plus attendre.

J'avais déjà bien trop attendu…

Ses mains se refermèrent sur mes seins. Avec le tissu mouillé, c'était comme si ma peau était nue sous sa paume. C'était délicieux. J'ai gémi avec le plaisir de son contact.

J'ai incliné la tête en arrière pour lui donner davantage d'accès.

Il embrassa le chemin menant jusqu'à ma gorge.

Je savais où ce chemin allait nous mener.

Je le voulais. Je le désirais. J'en mourais d'envie. J'étais affamée de Jamie.

Il agrippa alors mes fesses et se pressa tout contre moi. Dans la fraîcheur de l'eau, je ne pus que sentir l'îlot brûlant de son bassin contre le mien.

Jamais je ne m'étais sentie aussi vivante. Aussi énergique.

J'avais l'impression non pas de pouvoir gravir des montagnes, mais d'être capable de les déplacer. Plus rien ne pouvait m'arrêter.

Sauf que subitement, Jamie desserra son étreinte.

— Non, Tasha, on ne peut pas, pas comme ça, pas ici.

J'écarquillai les yeux.

— Qu'est-ce que tu me racontes ? Il n'y a personne à des kilomètres à la ronde.

— Oui, mais... bredouilla-t-il.

— Mais quoi, Jamie ? Tu n'as pas envie de moi ?

Il secoua la tête.

— Je n'ai jamais eu autant envie de personne, Tasha.

Il prit quelques respirations profondes.

— C'est que...

Une boule se serra dans ma poitrine. Il n'avait pas besoin d'en dire davantage. J'avais compris. Il ne voulait pas me faire l'amour.

Je n'avais jamais été aussi humiliée de ma vie.

— C'est bon, murmurai-je. Ce n'est rien, ce n'est pas grave.

Je me suis éloignée et j'ai nagé vers la rive.

— Tasha attends !

Je n'ai pas attendu. J'avais fait une erreur colossale. Nous avions tous les deux fait une erreur colossale. Il était encore temps de la corriger.

Nous avions déjà surmonté le baiser. On allait s'en remettre.

J'ai senti sa main sur mon bras. Je me suis retournée.

— Quoi ? Tu veux bien me laisser tranquille ? ai-je exigé. Tasha n'en a peut-être rien à faire, mais moi il me reste encore un peu de dignité.

— Arrête, cria Jamie. Tu te trompes ! J'ai terriblement envie de toi ! C'est juste que je n'ai pas de préservatif sur moi !

— Oh ! soufflai-je.

Jamais je n'avais eu autant de mal à mettre de l'ordre dans les émotions qui se précipitaient dans mon esprit.

— On devrait rentrer, dit-il.

Il m'a tendu la main. Dans ses yeux, la lueur de désir était claire et distincte. Indéniable.

— Chez toi, pressa-t-il. Aussi vite que possible.

À bout de souffle et sentant celui de Jamie contre ma nuque, j'ai tourné la clé dans la serrure de mon loft, ouvert la porte...

Et j'ai découvert Sophie à l'intérieur.

Nous nous regardâmes toutes les deux d'un air stupéfait. Moi parce que je la trouvai mon appartement – ce qui n'était pas inédit, mais assez inhabituel – et elle parce qu'elle se demandait probablement pourquoi mes cheveux étaient mouillés et pourquoi Jamie était là, si proche de moi.

Qu'est-ce que j'allais pouvoir inventer à ce sujet ?

— Oh ! bien, dit-elle avant que je puisse former n'importe quelle sorte de phrase cohérente. Jamie est avec toi, super. Je suppose que vous êtes au courant ?

Ses yeux brillaient de joie.

— Euh...

— Aaron a appelé. Bryce et Ethan sont en route. Je ne peux pas le croire !

Elle s'est levée du canapé et est venue à ma rencontre.

— C'est fou, je ne peux pas y croire ! répéta-t-elle. Depuis combien de temps vous connaissez-vous ?

J'ai regardé Jamie.

Nous devions avoir une même expression de poisson sorti de l'eau.

— J'aurais préféré que tu me le dises toi-même !

À ces mots, elle combla l'espace qui nous séparait encore et m'a serrée dans ses bras.

C'est là qu'elle a visiblement remarqué que j'étais glacée et que mes cheveux étaient mouillés.

Elle regarda Jamie, puis me tourna autour. Je pouvais la voir réfléchir.

— Vous étiez-vous au club de tennis ? nous a-t-elle demandé.

— Oui, mentit Jamie.

Sophie recula d'un pas et posa sa main sur son front. Elle sourit et se détourna.

— Nous avons besoin de champagne !

J'ai jeté un regard paniqué à Jamie et j'ai articulé en silence le mot *quoi ?*

Il haussa les épaules.

— Quand Aaron m'a dit que c'était cinq cent mille, je lui ai fait répéter. Je ne pouvais pas le croire.

Cinq cent mille ? Des dollars ?

Elle se retourna et frappa dans ses mains.

— Mes amis, nous avons besoin de champagne !

Jamie s'avança vers elle.

— Aaron t'a parlé de cinq cent mille dollars ? demanda Jamie.

Son ton était tendu, son expression inquiète.

— Ai-je mal compris le chiffre ? Oh ! j'espère que je ne me suis pas trompée parce que je l'ai dit à Bryce et Ethan. Tu as parlé à Horatio Simms ?

Sa question s'adressait à Jamie. Elle poursuivit :

— Il t'a dit que c'était son investissement ? Oh ! j'espère que je ne me suis pas trompée !

Je ne comprenais absolument rien à ce que Sophie racontait. Mais cela semblait la mettre en joie. Et même plus que cela. On aurait dit qu'elle était branchée sur secteur. Une vraie pile électrique.

— Horatio Simms investit cinq cent mille dollars dans Sweet Tech ? demanda Jamie.

— Je sais que je dois te remercier pour cela. Je ne sais pas ce que tu as fait, mais...

Les yeux de Jamie s'écarquillèrent.

— Je ne connais pas bien Horatio, précisa Jamie. Je ne lui ai pas parlé !

Sophie avait l'air confuse.

— Mais Aaron m'a dit...

— Moi j'ai parlé à Aaron, a déclaré Jamie.

Je pouvais entendre l'agacement dans sa voix.

— C'est Aaron qui a dû parler à son oncle.

Sophie poussa un soupir de soulagement.

— Oh ! d'accord, alors tout va bien.

Jamie attrapa son téléphone dans sa poche.

Je ne savais pas ce qui se passait, mais sa mine déconfite n'augurait rien de bon.

On frappa à la porte.

— C'est sûrement Bryce et Ethan.

Sophie me frôla en allant leur ouvrir.

— Simms ? dit Jamie dans son appareil. Je suis chez Tasha avec Sophie et son équipe. Nous avons un gros problème. Un très gros problème.

J'ai jeté un coup d'œil à Sophie pour voir si elle avait remarqué que Jamie m'appelait Tasha.

Mais cela semblait ne lui faire ni chaud ni froid. Elle était tout entière concentrée sur l'appel de Jamie.

— Quand tu as ce message, rappelle-moi. Ou mieux encore, raboule tes fesses par ici pour m'expliquer ce que tu as encore manigancé.

Le visage fermé, Jamie a raccroché.

— Qu'est-ce qui se passe ? lui chuchotai-je.

Jamie s'est approché de mon oreille.

— J'ai spécifiquement dit à Aaron que Sweet Tech n'était pas prêt pour l'investissement. C'est un risque bien trop élevé et nous n'avons pas de prospectus approprié. S'il n'a rien écouté et qu'il a contacté son oncle, ça va très mal aller pour lui.

Je ne savais pas quoi dire. J'étais submergée de culpabilité et d'inquiétude. Je détestais l'idée d'avoir causé des problèmes professionnels à Jamie. Même indirectement.

— Bryce a apporté du champagne ! pépia Sophie. Va chercher les flûtes, Nat.

J'ai forcé un sourire sur mon visage.

— Bien sûr.

Je ne savais pas quoi faire de mes dix doigts, alors me réfugier dans la cuisine n'était finalement pas une mauvaise idée. Jamie me suivit.

— Tu peux m'expliquer ?

Jamie secoua la tête.

— Tasha, pas maintenant.

J'ai trouvé mes flûtes à champagne en haut d'un placard et je les ai déposées sur un plateau avant de revenir dans la pièce principale.

À l'évidence, il n'y avait aucun problème pour Sophie et ses amis. Pour eux, Jamie était le héros qui avait fait décoller leur jeune entreprise. Tout ce qu'elle pouvait voir, c'était un avenir brillant, magnifique et prospère se dessiner à l'horizon.

— Au succès ! dit Sophie en levant son verre. Et à James pour toute son aide !

Pendant une seconde, j'ai pensé que Jamie allait craquer et tout révéler du pot aux roses, mais il s'est heureusement contenu et s'est contenté de boire son champagne sans mot dire.

Sophie, Bryce et Ethan, par contre, n'arrivaient pas à s'arrêter de parler. Vite, fort, et avec beaucoup d'émotion et d'excitation dans la voix. Je les ai entendus psalmodier des histories de développement, de distribution, de marchés.

Je n'y comprenais goutte.

Mais avant que je ne puisse prendre Jamie de nouveau à part, quelqu'un d'autre frappa à la porte.

Je suis allée ouvrir. C'était Aaron.

Il me souriait comme un bienheureux.

— Salut Natasha.

Je pouvais sentir la présence de Jamie juste derrière moi.

— Crache le morceau, Simms.

— Tu es au courant ?

— Bien sûr que je suis au courant. Pourquoi as-tu parlé de Sweet Tech à Horatio ?

— Parce que je savais que tu nous tenais à l'écart pour tout garder pour toi.

Jamie secoua la tête.

— Tu es dingue ! Ce n'est pas du tout ce que je t'ai dit ! Tu savais très bien que...

— Non, riposta Aaron. Tout ce que tu m'as dit, c'est que le projet n'était pas prêt pour l'investissement.

— Mais non, enfin si, bredouilla Jamie. Et Horatio devrait le savoir. Il n'investit jamais sur ce genre de contrats. Comment tu as fait pour le convaincre d'investir autant d'argent ?

Aaron est resté silencieux.

— Comment ? répéta Jamie.

On aurait dit que de la fumée allait lui sortir des narines.

Aaron baissa les yeux comme un enfant pris la main dans le pot de confiture.

— Je lui ai dit que c'était ta recommandation.

Jamie devint livide.

— Tu *quoi* ? beugla-t-il.

— Je suis jeune, mais je ne suis pas débile, Gillen. Je sais que tu allais investir. Il te fallait juste tout bien vérifier et ensuite, tu allais investir.

Jamie posa ses deux mains sur son front.

— Mais non, pas du tout ! Je n'allais pas investir !

— Alors pourquoi y consacrer tout ce temps, ces efforts et cette énergie ?

— Je rendais service à un ami.

Aaron m'a regardée.

— *Un* ami ?

Son sous-entendu n'aurait pas pu être plus clair.

— Je rêve, c'est un cauchemar, pesta Jamie. Ton oncle va perdre tout cet argent et il va me faire porter le chapeau ! Par ta faute ! Évidemment que tu es débile et pas qu'un peu ! Tu n'es qu'un moucheron qui se croit plus fort que tout le monde.

— Nat ?

La voix de Sophie se brisa derrière nous.

Mon cœur se serra.

— Que se passe-t-il ? demanda Sophie.

Un lourd silence s'installa. Il pesait des tonnes.

— Aaron a fait une erreur, expliqua Jamie à Sophie.

— Il n'y a pas d'erreur, a déclaré Ethan. Nous avons un accord à l'amiable pour cinq cent mille dollars.

Jamie lança un bref regard à Aaron.

— J'ai besoin de parler à Horatio. Il n'avait pas toutes les données en main lorsqu'il vous a donné son accord.

— Comment, tu n'as pas confiance en nous ? demanda Sophie à Jamie d'une voix blanche.

Jamie n'a pas répondu.

— Ce n'est pas ça, dis-je.

Je ne savais pas quoi faire pour aider.

— Tasha, non, dit Jamie. Ne t'en mêle pas.

Sophie lui jeta un regard noir. Et pas seulement à cause du surnom qu'il venait de me donner.

— Tu as raison, ajouta Jamie d'une voix froide et sèche. Je n'ai pas confiance en vous. Et tu sais pourquoi ? Parce que je suis réaliste. Vous êtes à un stade très précoce de votre développement, bien trop précoce. Vous avez besoin d'un capital patient. Horatio, lui, recherche un retour sur investissement plus rapide. Ce que vous n'allez pas pouvoir lui donner.

Ethan a fait un pas en avant.

— Et comment le savez-vous ?

— Je le sais, renchérit Jamie. Vous êtes Ethan, c'est ça ?

— Ethan Tumble. Je suis le cerveau technique de ce projet et je sais reconnaître une bonne idée quand j'en vois une. Notre entreprise va décoller.

— Je n'ai pas dit que votre idée était mauvaise.

J'ai passé la tête dans le couloir.

— Euh, avant d'aller plus loin, nous devrions fermer la porte, dis-je.

Je n'avais pas beaucoup de voisins, mais ce c'était pas une conversation que je voulais partager avec eux.

Avec personne d'ailleurs.

En réalité, il s'agissait d'une conversation que je n'aurais jamais voulu avoir.

Mon seul projet avait été de rentrer de la randonnée, de passer le reste de la journée au lit avec Jamie et toute une boîte de préservatifs et de laisser libre cours à notre passion refoulée depuis largement trop longtemps.

10

J'aurais aimé trouver les mots pour mieux consoler Sophie, mais je jouais à l'aveugle. Je n'avais aucune idée de ce qui allait se passer ensuite.

Nous avons spéculé sur le potentiel de l'investissement d'Horatio, parlé d'autres investissements susceptibles de le remplacer. Je lui ai rappelé qu'elle avait toujours un bon job. Qu'elle était jeune, qu'elle commençait juste. Qu'il y aurait des hauts et bas. Et j'étais sincère.

Le problème, c'est qu'elle avait été démesurément optimiste. Pas facile de passer des grandes hauteurs aux abîmes de la déception.

Secrètement, je me demandais ce que Jamie et Aaron allaient dire à Horatio – Aaron étant pour l'investissement, et Jamie contre. Et je ne voyais vraiment pas comment il pourrait avoir envie d'investir dans Sweet Tech à la fin de la conversation.

Un accord oral était bien sympathique, mais ça avait peu de chances de tenir la route devant un tribunal. De toute manière, je n'imaginais pas Sophie attaquer quiconque en justice.

Elle était partie vers dix heures et demie, après deux verres de vin. Nous n'avions pas eu le cœur de finir le champagne. Je me suis douchée et j'ai lavé les résidus de l'eau de l'étang, en mettant une dose supplémentaire d'après-shampoing pour que mes cheveux redeviennent soyeux. Puis j'ai enfilé le short et le top en coton qui me servent de pyjama.

Mais je n'étais pas fatiguée. Je n'avais pas faim. Je n'avais pas envie de regarder un film ou de lire un livre. Je n'avais même pas soif. J'ai erré dans mon appartement quelques minutes avant de me décider à me connecter.

J'ai repensé à ce que Jamie avait dit sur le fait que j'achète un appartement. J'avais l'impression qu'il fallait que je mette les choses en ordre dans ma vie. Cette aubaine venue de nos investissements n'allait peut-être pas durer. Autant en tirer profit pendant que c'était encore possible.

Dans deux ans, j'allais avoir trente ans. Il était temps de devenir propriétaire. C'est ce qui se fait, quand on devient un vrai adulte. On investit. On s'installe. On commence à construire sa vie.

J'ai regardé mon appartement. Ce qu'on en avait fait, les couleurs, le style, tout ça me plaisait. Mais ce n'était pas moi. Ce n'était qu'une halte temporaire. J'ai imaginé transposer tout ça dans un appart qui m'appartiendrait vraiment.

Je pourrais acheter un rez-de-chaussée. Ce serait bien de ne pas avoir à me traîner les courses dans les escaliers chaque semaine. D'un autre côté, c'est de l'exercice. Mais si je trouvais un logement près d'un parc, je pourrais prendre mon vélo et faire du sport. Ce serait plus sympa de pédaler dans la verdure que de me traîner des sacs de courses sur plusieurs étages.

À ce moment-là, on a frappé à la porte.

En me levant, je me suis dit que c'était Sophie qui revenait. Elle était sûrement trop tristounette pour dormir, comme moi. J'ai espéré qu'elle n'avait pas pris le volant après le vin que nous avions bu.

Puis j'ai hésité.

Il était vraiment tard, 23 heures bien passées. Pourquoi ne m'avait-elle pas envoyé de texto pour me prévenir qu'elle revenait ?

J'ai vérifié que le verrou était bien mis, et j'ai lancé :

— Oui ?

— C'est Jamie.

En entendant sa voix, j'ai senti ma poitrine se serrer. J'étais contente qu'il soit revenu, bien trop contente. Je me suis dépêchée de déverrouiller la porte.

— Qu'est-ce qui s'est passé ? lui ai-je demandé en savourant la vue de son beau visage, tout en me forçant à penser à Sophie. Bonne nouvelle ? Mauvaise nouvelle ? Tu as parlé à Sophie ?

Il est entré.

— Je n'ai pas encore parlé à Sophie. C'est trop tard pour l'appeler.

Il avait raison. Les mauvaises nouvelles pouvaient bien attendre le matin. Si Sophie dormait déjà, ce serait cruel de la réveiller pour la rendre encore plus malheureuse.

— Qu'est-ce qui s'est passé ? ai-je demandé, hésitante, mais consciente que rester dans l'ignorance ne changerait rien à la situation.

— Aaron et moi avons parlé à Horatio.

— Et ?

J'ai reculé d'un pas et ai tenté de me blinder. L'issue était inévitable. Il n'y avait plus d'espoir pour Sophie. Je me suis sentie très mal d'avoir contribué à alimenter, puis à anéantir ses espoirs.

— Ça n'a pas très bien tourné pour moi, dit Jamie, l'air sombre.

Ce n'était pas la réponse à laquelle je m'attendais.

— Je ne comprends pas.

Je n'arrivais pas à donner un sens à ses mots :

— Oh ! Jamie, qu'a fait Horatio ? Tu es renvoyé ?

— Non, ce n'est pas ça.

Ouf.

— Il refuse de se retirer de l'investissement.

Il m'a fallu une bonne seconde pour comprendre ce que ça impliquait. L'expression de Jamie ne collait pas avec ses paroles.

— Mais c'est bien, ai-je répondu. Ça veut dire que Sophie aura l'argent.

— Non, ce n'est pas bien du tout. Oui, ils auront l'argent. Et s'ils le perdent, Aaron et moi on sera vraiment dans la merde.

Je n'y comprenais plus rien.

— Tu as tout raconté à Horatio n'est-ce pas ? Il sait que tu trouves qu'il y a un risque. S'il a décidé de rester quand même…

— Bien sûr que je lui ai tout dit. Le problème c'est qu'il ne m'a pas cru.

Je me suis installée dans un fauteuil.

— Et pourquoi ?

— Il croit que je veux garder l'investissement pour moi.

— Il te pense capable de lui mentir ?

— Horatio n'est pas du genre confiant. Aaron l'a convaincu qu'il m'avait coiffé au poteau. Il pense que dès qu'il se retirera, je me précipiterai.

— Et c'est le cas ?

En posant la question, je me suis rendu compte à quel point elle était idiote. Jamie n'avait pas cinq cent mille dollars à risquer. Et pourquoi bloquerait-il son argent pendant longtemps, en courant en plus le risque de le perdre ? Qui ferait une chose pareille ?

— Ça reste un investissement risqué. Et si ça tourne mal pour lui, Horatio sauvera sa réputation en nous mettant tout sur le dos.

— Je suis vraiment désolée.

Je me suis relevée. Je me sentais de plus en plus mal.

— J'espère que je pourrai les aider. Il faut qu'ils sortent de R&D, qu'ils le portent sur le marché et qu'ils s'agrandissent.

— Je suis sûre que tu le peux.

Tout ce que j'avais vu Jamie toucher avait réussi.

— Même si j'arrive à trouver une solution, Ethan n'a pas l'air d'être le genre de types qui écoute.

— Tu es bien plus malin qu'Ethan. Et Sophie t'écoutera.

Jamie a souri.

— Cette confiance me fait chaud au cœur.

Je ne pensais pas que Jamie avait besoin que je lui dise ce qu'il savait déjà. Il était incroyable, pour tant de raisons. C'était sûrement clair pour la Terre entière.

Nous nous sommes regardés en silence. Des souvenirs de notre baignade me sont revenus en mémoire. Je me suis demandé s'il pensait à la même chose. Je ne savais pas comment lui dire que je mourais d'envie de me jeter dans ses bras et de reprendre où nous nous étions arrêtés.

Je n'avais aucune expérience de ce genre de situations. Comment dit-on à un ami qu'on a envie de coucher avec lui ? J'étais assez certaine que c'était un truc assez courant. Les plans cul avec des potes. Hyper-commun, même.

Ça me paraissait le genre de concepts qui plairait à Tasha : tous les bénéfices, et l'amitié en plus. Pourquoi ne voudrait-elle pas ça ?

Elle le demanderait, elle. Franchement. *Hey, Jamie, et si on couchait ensemble ce soir ?*

Je me suis mise à ricaner de ma propre bêtise.

— Qu'est-ce qui te fait rire ? m'a demandé Jamie.

— Moi, ai-je répondu. Moi en Tasha.

Son regard s'est adouci.

— Tu es Tasha.

— Parfois.

J'avais été très Tasha cet après-midi, lorsque j'avais sauté de ce rocher, puis presque sauté sur Jamie. Ça, ça avait été du pur Tasha.

— Et qu'est-ce qui fait sourire Tasha ? demanda-t-il. J'imagine que ce ne sont pas mes problèmes qui l'amusent.

— Pas du tout. Je suis vraiment désolée pour ça.

Il fit un geste de la main, comme pour évacuer le sujet.

— Revenons à ce sourire.

J'ai fait un pas en avant, plus près de lui. Il me semblait plus simple de dire ces mots s'il y avait une sorte d'intimité entre nous.

— Tu te souviens, cet après-midi ?

Il s'est avancé vers moi, réduisant d'autant la distance entre nous.

— Tu veux rire ?

— C'est pour introduire le sujet.

— Oui, je me rappelle cet après-midi.

J'ai rassemblé tout mon courage et je me suis lancée.

— Tu veux coucher avec moi ?

— Je n'ai pas été assez clair ?

— Parce que j'ai envie de coucher avec toi. Voilà, c'est dit.

J'ai fait une pause, puis :

— OK, tu le savais sûrement déjà.

J'ai remis les choses au point dans ma tête, et j'ai ajouté :

— Je pense que Tasha le dirait tout haut. Et Jamie aussi. Tu sais que Jamie le dirait. Si Tasha et Jamie voulaient être amis et un plan cul, ils se le diraient. Ils assumeraient. Ils le feraient. Et ils en profiteraient à fond. Et il n'y aurait pas de quoi en faire un plat. Ils ne se tortureraient pas en se demandant si c'est une bonne idée. Ils prennent des risques. Ils se jettent dans la vie et profitent de chaque instant. Et il n'y aucune raison que nous ne faisions pas exactement ça. J'ai des préservatifs, au fait.

Jamie sourit.

— Ça y est, tu as fini ?

J'ai repris ma respiration. Une part de moi n'arrivait pas à croire que je venais de sortir tout ça. Une autre était sacrément fière de l'avoir fait.

— Je crois, oui. Je crois que c'est tout.

Oui.

J'ai attendu la suite. Il n'a rien dit d'autre.

— C'est tout ?

— C'est tout. C'est oui, définitivement, avec joie et anticipation. Et prise de risque assumée.

J'ai saisi son T-shirt. Il a saisi le mien. Nous nous sommes arraché nos vêtements. Puis nous nous sommes arrêtés. Regardés. Presque nus, haletants.

— J'ai envie, maintenant, vite, dit Jamie.

Ça m'allait très bien. Il y avait deux canapés parfaitement accueillants à quelques centimètres. Et des fauteuils. J'étais prête à faire l'amour dans un fauteuil. Ou par terre. J'aurais été ravie de faire l'amour par terre avec Jamie.

— Mais je veux prendre mon temps.

Il a tendu le bras et effleuré mon épaule nue. Il a enrobé mon épaule de sa paume et m'a attirée vers lui pour m'embrasser. C'était long, doux, sexy. Je me suis collée à lui, mes tétons contre sa poitrine. Des volutes de passion me parcouraient le corps et m'échauffaient jusqu'à la moelle. Les bras derrière son cou, je me suis appuyée sur lui. Il a pris mes fesses dans ses mains et m'a pressée contre lui.

— Mais je ne peux pas prendre mon temps, a-t-il grogné tout contre mes lèvres.

— D'accord, ai-je répondu.

— On prendra notre temps plus tard, a-t-il dit en me prenant dans ses bras.

Je ne savais pas où nous allions, et je m'en fichais complètement.

En moins de cinq secondes, il avait contourné la cloison, m'avait déposée sur le lit et s'était étendu à son tour, en couvrant mon corps de sa chaleur.

Il a continué à m'embrasser, et j'ai moulé mes lèvres sur les siennes. Elles avaient si bon goût. Je ne savais pas que des lèvres d'hommes pouvaient être si délicieuses.

Sa paume a remonté le long de mon flanc, passant sur mes côtes, mes seins, où elle s'est arrêtée. J'ai arqué le dos et un gémissement a franchi mes lèvres. Ses doigts ont entouré mon mamelon et le pincement m'a signalé qu'il s'érigeait en réaction.

— Tasha, a-t-il chuchoté, avant de caresser ma langue avec la sienne.

J'aimais entendre mon nom tomber de ses lèvres, mon nom spécial, secret, qui signifiait que tout ce que je faisais était bien. Mieux que bien. Fantastique, amusant, et il n'y avait pas la moindre raison au monde pour que je ne fasse pas délicieusement l'amour avec Jamie.

Nous avions passé un accord. Un bon accord. Merveilleux, même, et tout ce que j'avais à faire c'était me détendre et en profiter. J'ai ouvert mes jambes pour l'accueillir et passé les mains sur toute la longueur de son dos, sentant le satin de sa peau, le relief de ses muscles, émerveillée de sentir la texture et les contours si masculins de son corps.

Je me suis détachée de sa bouche pour embrasser son épaule. Je voulais savoir si sa peau avait aussi bon goût que ses lèvres. C'était le cas. Je lui ai embrassé la poitrine. Il a basculé la tête en arrière et poussé un grognement. Ses doigts se sont resserrés sur mon mamelon, envoyant des ondes de désirs dans tout mon corps. Je me suis arc-boutée contre lui, les jambes accrochées à sa taille. Il a murmuré :

— Préservatif.

Bien vu. L'espace d'un instant, ça m'était sorti de la tête. Je m'en serais souvenue, me suis-je dit en tendant le bras pour ouvrir le tiroir de la table de nuit. Il n'a pas mis longtemps à l'enfiler, et je ne l'ai pas lâché du regard jusqu'à ce qu'il croise le mien. Ses yeux étaient sombres, intenses, profonds. J'ai laissé échapper :

— Tu es superbe.

Il a souri.

— C'est toi qui es superbe.

Il a passé ses bras autour de moi et m'a serrée avec tant de tendresse que j'ai senti une larme couler. Non, je ne pleurais pas. Je n'étais pas triste. J'étais très, très loin d'être triste. J'avais même envie de hurler de joie.

— Prête ?

Ça faisait un bon moment que j'étais prête.

— Oui.

Il est entré en moi.

J'ai fermé les yeux, savourant chaque mouvement, chaque seconde, jusqu'à ce que nous nous rejoignions et que le désir me vrille tout le corps. Il s'est retiré et j'ai poussé une exclamation. Sa voix était rauque, près de mon oreille :

— Je ne vais pas du tout pouvoir prendre mon temps.

— Parfait.

Son corps a rencontré le mien et je me suis mise à imposer mon rythme. Ses mains étaient partout sur moi, attisant ma flamme et créant des sensations dont j'avais jusque-là entièrement ignoré l'existence.

Un brouillard coloré a alors pris possession de mon cerveau : vert, puis bleu, puis jaune, puis orange. Nous nous sommes envolés si haut, si vite. J'ai crié. J'ai plongé dans le soleil. Soulevée par des vagues de pure extase.

Jamie a grogné, et nos corps ont pulsé, ensemble, pendant de longues minutes. Puis j'ai senti la tension lentement retomber. Je fondais à chaque contact, à chaque sensation. Ma peau glissait contre la sienne.

— Wow, a dit Jamie.

— Wow.

— C'était fantastique.

— Je suis d'accord.

— Il faudra qu'on remette ça.

Tant de conviction m'a fait sourire.

— Là, tout de suite ?

— Ce soir. Définitivement ce soir.

Ses mots m'ont fait penser au lendemain. Mais non, ce n'était pas le moment. J'étais Tasha, j'avais de l'audace et confiance en moi, et j'allais vivre ce moment, cette nuit, comme elle s'offrait à moi. Un super moment avec un homme en passe de devenir un super bon ami. Aucun intérêt à se casser la tête plus que ça.

C'était dimanche, et j'ai ouvert la porte de mon appartement à Sophie. Jamie devait arriver dans une heure, et en entendant frapper j'avais espéré qu'il arrivait en avance. Qu'il avait autant envie de me voir que moi. J'ai prié pour que Sophie ne voie pas la déception sur mon visage.

Elle n'a rien vu. Elle avait l'air fatiguée et agacée.

C'est dur d'essayer de devenir riche, a-t-elle jeté en entrant.

Elle était habillée en jean et talons plats. Ses cheveux châtain clair étaient relevés en une queue-de-cheval manifestement attachée à la hâte. Et son T-shirt à paillettes tombait sur son pantalon – pas à moitié rentré, pas noué, rien du tout. Ça ne ressemblait à pas Sophie, ça.

— Pas encore de commande ?

Je savais qu'ils avaient contacté des clients potentiels. Je me suis convaincue que je compatissais. Et me suis rappelé à quel point le succès de BRT Innovations importait pour Sophie et tous les autres, y compris Jamie. Je me suis rappelé que le sexe avec Jamie passait après sa carrière et l'avenir de Sophie.

Mais je ne pouvais tout de même pas m'empêcher de penser à son arrivée et d'espérer que Sophie serait partie. Mais surtout, je n'arrivais pas à m'ôter de l'esprit l'image de Jamie, nu.

— Ça fait des mois qu'on est dessus, a-t-elle répondu. On travaille tous deux fois plus dur maintenant, et Jamie nous aide, mais le marché ne semble pas intéressé. Rien. Ça commence à me terrifier.

J'ai refermé la porte.

— Ces choses-là prennent du temps.

Elle a fait deux pas et s'est retournée pour me faire face.

— Ce serait différent si on avait quelques touches, si les gens étaient au moins séduits par l'idée mais qu'ils n'avaient peut-être pas les moyens de se payer Sweet Tech. S'ils pensaient que ce serait peut-être possible à l'avenir. Mais personne ne se projette. Personne n'envisage ne serait-ce que la possibilité.

Je n'ai aucun talent de vendeuse. Je ne pouvais même pas imaginer à quel point il serait démoralisant de se retrouver face à un tel rejet.

— On va super vite, on dépense, sans arrêt, a-t-elle repris, l'air encore plus inquiète. Ethan a assemblé dix autres prototypes.

— C'est une bonne nouvelle, ça, ai-je répondu en essayant d'avoir l'air optimiste mais tout en étant aussi angoissée que Sophie en avait l'air.

Elle a émis un rire nerveux.

— Donc il faut dépenser de l'argent pour gagner de l'argent ?

— C'est ce qu'il paraît.

— On dépense l'argent d'Horatio, maintenant. Et ce qu'Aaron a dit sur son oncle me donne l'impression que nous somme les débiteurs d'un criminel, comme s'il allait nous casser une jambe si on ne le rembourse pas.

— Personne ne va casser les jambes de personne.

J'ai pensé à ma part de l'argent que Jamie et moi avions amassé. Est-ce que ça pouvait être d'une quelconque utilité ?

Je pouvais attendre un peu, pour l'appartement. Je serais encore très bien ici quelques années. Il était vraiment agréable. Il n'était plus moche du tout. J'avais au moins ça.

On a frappé de nouveau à la porte.

— Aaron doit me retrouver ici, a dit Sophie.

Nouvelle déception.

En allant ouvrir, je me suis dit d'arrêter de me préoccuper à ce point de mon nombril. La veille avec Jamie avait été plus que fantastique, et j'avais hâte de me retrouver de nouveau seule avec lui, pour l'embrasser, lui faire l'amour, parler, rire, n'importe quoi. J'avais hâte de déguster chaque nouvelle seconde avec lui.

Et il fallait que ça cesse. Sophie avait besoin de moi. J'ai ouvert la porte. C'était Jamie. Mon cœur s'est gonflé de joie.

— Salut, Tasha, a-t-il dit avec un regard doux, un chaud sourire aux lèvres.

— Pourquoi tu l'appelles comme ça ? demanda Sophie qui était apparue derrière moi.

De toute évidence, Jamie était surpris de la voir.

— C'est le diminutif de Natasha, a-t-il justifié.

— Nat aussi.

Son regard est passé de Jamie à moi, puis est revenu sur lui.

— Qu'est-ce que tu fais là ?

Jamie n'a pas répondu.

J'ai ouvert la bouche en espérant que quelque chose de logique en sortirait. Aucune explication raisonnable ne se formait dans mon esprit. C'est là qu'Aaron est apparu dans le couloir.

— C'est Aaron qui t'a appelé ? a demandé Sophie à Jamie.

— Il n'en a pas eu besoin, a répondu Jamie, en passant outre le malaise. On travaille dans le même bureau. Qu'est-ce qui se passe ?

En passant devant moi, sa main a frôlé la mienne. Exprès. Ma peau a crépité et ma tête s'est mise à pulser.

La semaine avait été intense, et j'étais impatiente de retrouver les bénéfices de notre amitié particulière. Très impatiente. Clairement, je n'étais pas une très bonne amie pour Sophie.

— Il faut qu'on maîtrise cette situation, a dit Aaron en entrant. On ne peut pas continuer à dépenser tout notre argent sans résultat. Il nous faut un plan pour obtenir des commandes.

Bryce et Ethan ont fait leur apparition derrière lui, et mon appartement est devenu un point de réunion pour toute l'équipe.

— Il faut qu'on ouvre des portes, a repris Aaron. Personne ne nous prend au sérieux.

— C'est parce que Sweet Tech n'a pas d'historique, a expliqué Jamie avec une pointe d'impatience dans la voix. BRT Innovations n'a pas d'historique. C'est ce que je dis depuis le début.

— Et ça sert à rien de le ressasser, a rétorqué Aaron.

— Même si ça te fait sentir supérieur de le dire, a surenchéri Ethan.

— Ethan ! ai-je crié.

Aaron avait raison. Mais Jamie aussi. Et qu'Ethan se mette à être grossier n'allait pas faire avancer les choses. Jamie avait l'air ennuyé mais sa voix était calme.

— Qui avez-vous ciblé, et jusqu'où êtes-vous allés jusqu'à présent ?

Son self-control m'impressionnait. Mais bon, je n'étais pas particulièrement objective. Je savais qu'il avait des défauts, mais je ne voyais pas trop où... c'était un homme assez incroyable.

Je me suis rendu compte que nous en avions fait exactement ce qu'il voulait : le type que toutes les femmes repéraient dans la pièce, celui que toutes voulaient rencontrer. Et maintenant qu'on y était parvenus, ça ne me convenait plus du tout.

Pourquoi est-ce que je n'avais pas parlé à l'époque, quand aucune autre femme ne le regardait ? Pourquoi est-ce que je n'avais pas tout simplement dit : « Hey, James, sortons ensemble, on verra bien ce que ça donne » ?

Nat n'aurait jamais fait ça. Mais elle aurait dû. J'aurais dû. Maintenant, j'avais l'impression que notre temps ensemble était compté.

— Les fournisseurs, dit Sophie. On a écumé les salons, de Los Angeles à New York. Bryce et moi avons posé quinze jours pour nous concentrer dessus.

Voilà qui était une surprise. Sophie ne m'avait rien dit de ses congés.

— J'ai sollicité un carnet d'adresses entier de fournisseurs, a ajouté Bryce.

— Tu as essayé des restaurants individuellement ? a demandé Jamie. Qui sont ceux qui lancent les modes ? Les influenceurs ?

— Ils ne peuvent pas avoir un retour en se lançant dans le détail, a expliqué Aaron.

— Ils peuvent afficher le concept, a repris Jamie. Et les influenceurs font bouger les lignes sur les réseau sociaux.

— J'ai essayé cette approche, a repris Bryce. J'ai pris des rendez-vous pendant mon séjour à New York. Je n'ai trouvé personne qui en voulait. J'essaierais bien dans le coin, mais personne à Seattle n'est assez connu d'un point de vue national.

Jamie a marché jusqu'au coin-cuisine et s'est retourné :

— Redis-moi ton argumentaire pour voir ?

— Perfection, a répondu Bryce. Pas de travail, pas de déchet, de la constance et de la perfection.

— Qui aime la perfection ? a demandé Jamie.

Tout le monde s'est regardé, mais personne n'a répondu.

— Les établissements haut de gamme ? a tenté Ethan.

— C'est là que j'ai essayé, a répondu Bryce.

— Ça mène à rien.

Aaron s'est affalé sur un canapé en fronçant les sourcils.

— Dans le pays, a ajouté Jamie.

Je voyais à son sourire en coin qu'il avait une idée derrière la tête. Il a continué :

— Notre cible est trop étriquée. Pourquoi ne pas viser l'international ? Qui aime la perfection ? Les Français. Paris est la ville de la nourriture.

— Ce que veulent les Français, c'est le goût, a répondu Bryce. Ce sont des palais délicats. Le visuel n'est pas si important.

— L'Italie ? a avancé Jamie. L'Asie ?

— Je vois à quoi tu penses, a dit Bryce en poussant un petit rire. Le Japon.

— Ça, c'est bon, a répondu Jamie.

— Le Japon ? a repris Aaron sur un ton moqueur. Votre solution, c'est faire des affaires au Japon ?

— Ce sont des leaders en technologies eux-mêmes, a ajouté Ethan, qui n'en avait pas moins l'air sceptique.

— Est-ce qu'une entreprise japonaise propose ce genre de produits ? a demandé Jamie.

Ethan a eu l'air mal à l'aise.

— Je ne sais pas.

— Eh bien, trouve, a répondu Jamie. Si New York ne veut pas être à l'avant-garde, peut-être que Tokyo se laissera tenter.

— Je n'ai pas le moindre contact au Japon.

Sophie avait l'air au bord des larmes.

— J'en ai quelques-uns, a répondu Jamie avant de sortir son téléphone. Ethan, il faut que tu aies un prototype tout prêt à partir avec nous. Bryce, continue à travailler sur les restaurants individuels. Ils peuvent être notre dernier espoir. Essaie L.A. Il y a forcément des influenceurs à L.A. Sophie ?

— Oui ?

— Tu veux venir à New York avec moi ?

— Moi ? a-t-elle demandé, surprise. Belle, et surprise.

J'étais tout aussi étonnée. Non que je doute des capacités commerciales de Sophie. Mais Bryce était le chef, et Ethan le spécialiste technique.

— Rina Nanami est à New York en ce moment. La famille Nanami est un client, et ils possèdent une chaîne de restaurants haut de gamme au Japon. Le mieux est encore qu'elle rencontre un des propriétaires en personne. Il faut que ce soit Sophie, parce qu'une femme entrepreneur, ça plaira à Rina. C'est comme ça qu'on mettra le pied dans la porte.

J'ai senti une boule se former dans ma gorge. J'étais contente que Jamie ait eu une idée. J'étais ravie pour Sophie et pour les autres. Et je ne serais pas jalouse à l'idée que Sophie parte à New York avec Jamie. J'avais bien compris que c'était elle la chef d'entreprise, pas moi. En outre, Jamie ne l'intéressait pas. Elle était avec Bryce.

Et Jamie et moi, nous étions juste amis. Je n'avais aucun droit d'être jalouse.

Pourtant, j'avais envie que ce soit moi qui aille à New York avec lui, dans un avion, à ses côtés.

C'est à ce moment-là qu'il m'a regardée.

Je savais ce qu'il pensait. Enfin, je l'ai espéré. Je voulais qu'il pense que j'allais lui manquer. Mieux, je voulais qu'il pense qu'il allait rester là ce soir, qu'il attendrait que tout le monde parte et qu'on puisse encore profiter des bénéfices de notre amitié particulière. J'avais envie qu'il dorme ici, cette fois. Je voulais regarder l'aube apparaître entre ses bras, partager un café dans mon petit jardin sur le toit, rire avec lui devant une assiette de toast, d'œufs brouillés ou de bagels à la myrtille.

Je voulais Jamie pour moi seule. Pas qu'il parte avec Sophie. Le compte à rebours de notre relation me semblait s'égrener plus bruyamment que jamais.

— Ça va être un voyage en coup de vent, m'a-t-il dit. Je...

Il a fermé brusquement la bouche, prenant subitement conscience que tous les regards étaient braqués sur lui.

— Bonne chance, lui ai-je dit de la voix la plus enjouée possible.

— Je veux y être dès demain matin. Ça nous donnera plus de chance d'attraper Rina.

Il s'adressait à tout le monde, mais son regard était toujours fixé sur moi. Je me suis dit qu'il était en train de s'excuser. Je l'espérais. J'avais envie qu'il soit aussi déçu que moi par cette soirée. Mais je ne pouvais pas être sûre que c'était le cas. Impossible de le savoir.

C'était déjà assez horrible d'être jalouse de Sophie. Depuis deux jours. Mais en entrant dans les bureaux d'O'Neil Nybecker, j'ai eu une toute nouvelle raison d'être jalouse. J'étais contente de partir de chez moi pour aller là-bas. Jamie était rentré, il m'avait demandé de le retrouver au bureau. Je me suis dit que nous sortirions pour dîner, que peut-être nous irions faire un peu de shopping en ville ou que nous irions visiter d'autres appartements. Peu importait ; j'étais contente que les choses reprennent.

Tant que la journée finissait chez moi, ou peut-être chez lui, cette fois.

J'avais mis une robe en crêpe et un pull ample gris moucheté par-dessus. Les deux s'arrêtaient à mi-cuisse, ce qui laissait voir un peu de jambe pour mettre en valeur mes bottines bleu poudré brillantes. Elles n'étaient pas idéales pour la marche, mais c'était toujours mieux que des ballerines ou des sandales à talon pointu. J'avais agrémenté la robe d'un joli collier bleu vif à grosses perles.

Je me sentais chic et rigolote, plutôt jolie même. Enfin, jusqu'à ce que je repère Sophie en train de rire à côté de Jamie, dans une robe de cocktail bleu roi, moulante et élégante, avec un décolleté carré et des bretelles larges. Elle avait l'air prête à passer la soirée en ville.

Pire encore, de l'autre côté de Jamie se trouvait une adorable petite Japonaise. Elle portait une veste courte ornée de bijoux sur une jupe blanche plissée. Ses cheveux noirs étaient relevés et ses bijoux avaient l'air d'être de vrais diamants. Sa main était posée sur le bras de Jamie qui lui murmurait quelque chose à l'oreille.

Ils étaient magnifiques côte à côte, prêts à conquérir le monde.

J'ai tenté de retrouver les sensations éprouvées quand je m'étais regardée dans le miroir avant de partir. Pas moyen. Mon pull qui m'avait paru avant-gardiste me semblait soudain juste démodé.

— Natasha.

Aaron m'avait vue en premier :

— Tu es au courant de la bonne nouvelle ?

Je n'étais au courant de rien du tout. Même si le ton de Jamie m'avait sans conteste paru très joyeux quand il m'avait appelée pour me dire de le rejoindre au bureau.

— Qu'est-ce qui se passe ?

— On est sur le point de sabrer le champagne.

J'ai demandé à Aaron :

— En quel honneur ?

— Le contrat bien sûr.

— Bien sûr.

— Et tout le reste, a-t-il ajouté avec un grand sourire.

Sophie m'a vue et s'est précipitée :

— Nat. Tu es là !

Son accueil enthousiaste me faisait du bien, mais je ne pouvais m'empêcher d'avoir envie que Jamie me remarque, lui aussi. Pour l'instant, il était totalement absorbé dans sa conversation avec la jolie Japonaise dont la main reposait toujours sur son bras.

— C'est pas fantastique ? a demandé Sophie.

— Je ne sais pas ce qui se passe.

— On a un contrat. Rina Nanami, enfin, sa famille, la Nanami Corporation, a passé une commande à Sweet Tech. Une grosse commande pour leur entreprise de distribution d'équipement hôtelier à Tokyo. Ils ont des clients dans toute l'Asie et leurs propres restaurants. James est ravi. Il dit qu'Horatio aussi.

Aaron est réapparu et nous a donné une flûte de champagne à chacune.

J'étais un peu surprise qu'O'Neil Nybecker se mette en quatre à ce point pour fêter ça. D'accord, c'était fantastique pour Sophie et BRT Innovations. Mais ça ne pouvait pas être un si gros truc pour O'Neil Nybecker.

À ce moment-là, un homme d'un certain âge est apparu. On lui a rapidement donné une flûte de champagne, et toute l'attention s'est détournée vers lui.

— C'est Horatio, m'a chuchoté Sophie.

En effet, il y avait un air de famille avec Aaron.

Tout le monde s'est tu.

— Merci pour votre participation à notre succès d'aujourd'hui, a-t-il dit aux cadres de tous âges en costumes, tailleurs stricts et robes élégantes. Il a repris :

— À la nouvelle relation entre O'Neil Nybecker et Nanami Corporation. Merci à James Gillen et à Rina Nanami d'avoir amorcé la machine. L'avenir commun de nos entreprises, dans le domaine technologique et au-delà, s'annonce brillant. Mademoiselle Nanami, je vous charge de transmettre mes remerciements sincères à votre grand-père. Nous avons hâte de nous rendre bientôt à Tokyo.

Horatio a levé son verre.

Tout le monde l'a imité et s'est mis à boire. Il m'a fallu une seconde pour me rappeler de porter le verre à mes lèvres. Clairement, il y avait davantage qu'un contrat pour Sweet Tech en jeu.

— Ça a été, le voyage ? ai-je demandé à Sophie, sur un ton plus sombre que je ne l'aurais voulu.

Elle m'a regardée bizarrement.

— Fantastique, bien sûr.

Jamie ne m'avait toujours pas adressé un regard. Rina Nanami monopolisait son attention. J'aurais voulu être restée chez moi.

— J'imagine que James ne s'est pas limité au contrat pour Sweet Tech ?

— Quelque chose ne va pas ? a demandé Sophie.

— Non. Qu'est-ce qui n'irait pas ?

— C'est à toi de me le dire. Tu es jalouse ?

J'ai failli renverser mon champagne. Sophie m'avait percée à jour à une vitesse fulgurante. Qu'avais-je dit ? Comment m'étais-je trahie ? J'étais mortifiée.

— Je ne suis pas millionnaire ni rien, a repris Sophie, sur un ton un peu moqueur. C'était une bonne vente, mais toi et moi on reste amies.

Elle m'a donné un petit coup de coude :

— Et de toute façon je te fréquenterai toujours, même quand je serai riche à millions.

J'ai réussi à sourire. De soulagement. Mon secret était intact.

— Je ne suis pas jalouse. Et je ne tiens pas à être riche à millions.

— Je nous paierai une croisière, a-t-elle répondu. Toi et moi, dans le pacifique Sud, avec des serveurs pieds nus qui nous apporteront des cocktails sur la plage.

— Tu viens juste de poser toutes tes vacances.

Je m'obligeais à ne pas regarder Jamie.

— Quand on aura gagné le premier million, je démissionne.

J'ai réussi à pouffer de rire.

— Et Bryce ? Il ne va pas vouloir partir avec toi ?

Elle a agité la main dans le vide.

— Oh ! ça, ce n'est pas sérieux.

— Quoi ? je pensais que ça l'était. Il a l'air adorable.

Pas moyen de m'en empêcher, j'étais encore en train de penser à Jamie. Est-ce que c'était Sophie qui représentait un danger, plutôt que Rina Nanami ? Je me détestais de penser une chose pareille.

— On a décidé de ne pas mélanger les sentiments et les affaires.

— Tu as rencontré quelqu'un d'autre ?

Ça me hérissait de le demander, mais je ne voulais plus être dans le doute. Le doute, c'était le pire. L'alternative, c'était demander à Jamie. Et je ne pensais pas pouvoir m'y résoudre.

— Quand est-ce que j'aurais pu rencontrer quelqu'un d'autre ? a-t-elle demandé.

— Oh. OK.

Je me suis sentie encore plus mal. Non, je me suis sentie mieux. Non, je me suis sentie bêtement égoïste et soupçonneuse.

— Mais toi, ça te va comme ça ?

En tant que meilleure amie, je me devais quand même de m'enquérir si elle avait le cœur brisé.

— Ça va. C'est une décision mutuelle.

— Mutuelle comment ?

Comme moi, Sophie s'était plainte d'être célibataire après les mariages de Layla et de Brooklyn.

— Très mutuel. Je serais plus que ravie de partir en croisière entre filles. Je ne chouinerai pas.

J'ai regardé Jamie. Moi j'avais bien peur de chouiner sans lui. À ce moment-là nos regards se sont croisés, et il a souri. Un grand sourire désinvolte, comme s'il n'était pas en train de flirter avec Rina Nanami et de m'ignorer depuis un quart d'heure.

Il lui a dit quelque chose. Au revoir ? Qu'il revenait tout de suite ? Qu'il voulait la revoir plus tard ? Chez lui ? Dans son lit king-size pour des galipettes sauvages ?

Je savais que mon imagination était hors de contrôle. Et je savais que j'étais sotte, vraiment sotte, avec cette histoire. Mon boulot, c'était d'aider mon ami à être séduisant. Bon, apparemment, mission accomplie.

Mais je n'arrivais pas à m'empêcher de me demander ce qui s'était passé à New York. Ils avaient été ensemble deux jours entiers et apparemment, ils avaient signé le contrat du siècle. Il y avait clairement du respect entre eux. Peut-être de l'admiration. De toute évidence, ils s'appréciaient. Beaucoup.

On ne pouvait pas conclure le contrat du siècle avec quelqu'un que l'on n'appréciait pas. Et Rina Nanami semblait parfaite pour le nouveau Jamie. Elle avait les pieds sur terre, elle réussissait, elle était sophistiquée, excitante. Les hommes la remarquaient. Ils seraient jaloux de Jamie si elle était avec lui.

Je pouvais demander à Sophie s'il s'était passé quelque chose entre Jamie et Rina, mais ce serait me trahir à tous les coups.

— Salut, Tasha.

Il ne m'a pas étreinte. Il ne m'a pas embrassée. Même pas serré la main.

Ce n'était pas bon.

— Sophie t'a dit qu'on sortait tous dîner ?

— Tous ? ai-je demandé.

Jamie a hésité un seconde, puis :

— Oui, tous. On va fêter ça.

— Super, me suis-je forcée à dire sur un ton joyeux. C'est génial.

Sophie s'est dirigée vers Bryce et Ethan. Quoi ? m'a demandé Jamie silencieusement, juste en bougeant les lèvres.

— C'était bien New York ?

Je n'ai pas pu m'empêcher de porter les yeux sur Rina Nanami. Jamie a suivi mon regard.

— Sophie t'a dit ?

J'ai pris un coup de poing dans le ventre. Je suis restée K.-O. un moment. J'ai voulu lui demander pourquoi il s'était embêté à m'inviter ici. Il voulait me montrer Rina Nanami ? La preuve que notre petite expérience avait marché, que notre petit jeu ensemble était terminé ?

— Je ne pensais pas qu'elle ferait ça, a-t-il ajouté.

— Pourquoi en douter, ai-je rétorqué.

Sophie ne savait pas que j'étais en train de tomber amoureuse de Jamie. Mince, même Jamie n'était pas au courant. J'étais complètement seule avec mon cœur brisé.

— J'aurais voulu te le dire moi-même.

— J'imagine.

J'ai attendu qu'il m'assène le coup. Je me suis dit que je le prendrais bien. Je le féliciterais et je trouverais une excuse pour rentrer. Une migraine, par exemple. D'ailleurs, je commençais vraiment à avoir mal à la tête. Ou ça n'allait pas tarder.

— Bosser au siège, c'est une sacrée étape, a-t-il dit. Il y en a qui attendent des dizaines d'années pour une offre comme ça.

Je l'ai regardé. J'ai cligné des yeux. J'ai dû pencher la tête, confuse. J'ai ouvert la bouche pour parler.

Rien n'est sorti.

11

Au dîner, je me suis assise à côté de Sophie. La table ronde était si grande que l'espace entre les convives semblait démesuré.

Sophie s'est penchée et m'a dit tout bas :

— Rappelle-moi pourquoi Brooklyn n'a pas épousé James ?

J'ai regardé Jamie. J'avais envie de lui.

Après avoir appris que la grande nouvelle c'était qu'il était promu à L.A., j'étais moins jalouse de Rina. Mais il n'en restait pas moins clair qu'il lui plaisait. Comme aux deux serveuses et à l'hôtesse d'accueil apparemment à deux doigts de lui laisser son numéro.

— Elle a rencontré Colton, ai-je répondu. Elle est tombée amoureuse.

— D'accord. Mais pourquoi elle est allée voir par-là, franchement je ne comprends pas.

Je ne voulais pas être jalouse de Sophie. Je détestais ce sentiment.

Admirer Jamie, ce n'était pas vouloir le séduire. Sophie ne ferait pas ça, vu son passif avec Brooklyn.

Moi non plus, je ne devrais pas. Je ne le faisais pas, d'ailleurs. Pas tellement. Je ne faisais que fantasmer, vouloir coucher de nouveau avec lui et tenter de contrôler mes sentiments. Pas essayer de le séduire.

— Je ne comprends pas non plus, ai-je dit à Sophie.

Ce n'était pas la première fois que je me posais des questions sur la décision de Brooklyn.

Si j'avais été avec Jamie comme elle l'avait été, je n'aurais jamais regardé un autre homme.

— Tu crois qu'il sort avec des filles ? a demandé Sophie.

J'étais assez sûre que non. En tout cas, il n'avait jamais rien évoqué depuis sa rupture. Certes, il en avait envie. C'était le but de tout ce que nous avions fait.

J'ai eu envie de tout raconter à Sophie : ma confusion, ma peur et le ravissement de coucher avec lui. C'était le genre de choses que partageaient des meilleures amies.

— Je crois qu'il veut aller de l'avant, ai-je répondu à la place.

— Moi, je sortirais bien avec lui, a-t-elle dit.

Ma fourchette m'est tombée des mains.

— Enfin, s'il me le demandait, a-t-elle poursuivi, et s'il y avait une étincelle, si je pouvais arrêter de penser à lui comme à un frère.

Elle a soupiré :

— J'aimerais bien pouvoir arrêter de penser à lui comme à un frangin.

Le soulagement m'a envahie. J'ai repris ma fourchette.

— Comment expliques-tu ça ?

J'étais vraiment curieuse.

— Je le connais depuis que j'ai quatre ans. Il a toujours été là, pour construire nos cabanes, nous conduire au cinéma, nous aider à nous installer à la fac. Des trucs de grand frère.

Des trucs de type bien, surtout. Mais ce n'était pas le moment de partir dans une envolée lyrique.

J'ai croisé le regard de Jamie, de l'autre côté de la table. Ça n'a duré qu'un quart de seconde. Rina parlait et il s'est retourné vers elle.

— Tu crois que c'est son genre ? ai-je demandé à Sophie.

— Elle est jolie.

— Brooklyn aussi est jolie.

Rina et Brooklyn étaient toutes deux ultra-féminines. Je n'ai pu m'empêcher de me demander ce qu'il pensait de ma pratique de l'escalade et de mes projets de rénovation d'appartement. Est-ce qu'il me trouvait féminine, ou juste... robuste et sans intérêt ? Après tout, Tasha n'était peut-être pas si éloignée de Nat.

— C'est un superbe mec. Et les mecs superbes sortent avec de belles femmes.

J'ai eu envie de changer de sujet.

— Bryce est pas mal...

— Bryce t'intéresse ?

La réponse de Sophie m'a prise de court. Je n'y avais jamais songé. Bryce avait l'air sympa. Comme... comme un frère. Il ne m'intéressait absolument pas autrement.

— Ce n'est pas ce que je voulais dire.

— En tout cas, Ethan n'a pas l'air de te plaire beaucoup.

— Tu me trouves difficile ?

Sophie a affiché un large sourire.

— Très. Mais c'est bien. Il faut être difficile. Tu es géniale.

Je ne me sentais pas trop géniale ce soir.

Rina a dit quelque chose qui a fait rire Jamie. Et Ethan.

— Je vais aux toilettes, ai-je dit à Sophie.

J'avais besoin de me dégourdir les jambes.

— Tu veux un dessert ? Je te commande quelque chose ?

— Oui ! Quelque chose de décadent.

C'était l'occasion de me réfugier dans le sucre pour me consoler.

J'ai quitté la table et me suis réfugiée dans le calme des toilettes. Je me suis lavé les mains, brossé les cheveux et j'ai enlevé mon pull pour voir si je me préférais juste avec ma robe. C'était différent, pas forcément mieux. J'aurais dû mettre une robe plus moulante, peut-être des boucles d'oreille plus voyantes. Et des sandales à lanière fine.

En m'habillant, je m'étais dit qu'on irait peut-être visiter des apparts avec Jamie. Qu'on marcherait. Je ne voulais pas faire ça en talons aiguille... mais au restaurant, ça aurait été sans le moindre problème.

J'ai fini par me décider à sortir.

Jamie est apparu.

Il m'a attrapé la main et m'a attirée contre lui, dans une petite alcôve. Là, il m'a embrassée. Un long baiser plein de tendresse qui a fait soupirer de joie tout mon corps.

Ses bras m'ont étreinte. Je me suis moulée contre sa poitrine et ses cuisses solides. Il a posé une main dans mes cheveux et placé mon visage au creux de son épaule.

— Ce n'est pas ça que je voulais, a-t-il dit.

J'ai vraiment espéré qu'il ne parlait pas du baiser. Il a poursuivi :

— Nanami est un gros, un très gros compte.

— J'ai bien compris.

C'était vrai. Jamie n'avait aucun moyen d'éviter ce dîner. Ça n'aurait pas été dans son intérêt. Il avait fait énormément avancer Sweet Tech et O'Neil Nybecker. Il avait fait tout ce qu'il fallait.

Je me suis sentie un peu coupable d'avoir boudé. Il m'a de nouveau embrassée.

Des voix. Des bruits de pas. Nous nous sommes écartés l'un de l'autre. Nous n'étions plus seuls. Je suis retournée à la table, tandis que Jamie partait aux toilettes.

— Ça va ? m'a demandé Sophie quand je me suis rassise.

— Très bien.

La longueur de mon absence avait dû l'inquiéter.

— Tu es un peu rouge.

Je me sentais cramoisie.

— Il fait un peu chaud. Et le vin, tu sais...

Elle m'a regardée avec attention.

— Tu as commandé le dessert ? ai-je demandé pour changer de sujet.

— Mousse chocolat-framboises.

— Parfait.

J'ai regardé Jamie se rasseoir. La serveuse a déposé une assiette magnifique devant moi. Mais je savais que la mousse ne serait jamais aussi délicieuse que le baiser de Jamie.

J'aurais voulu quitter le restaurant avec Jamie.

Mais j'avais ma voiture, et lui la sienne. Le plus logique était que je dépose Sophie et Ethan. Jamie s'occupait de Rina.

Je me suis intimé l'ordre de ne pas être jalouse. Le fantastique baiser dans le couloir m'avait aidée à me sentir désirable. Il m'avait fait comprendre à quel point il m'avait manqué.

Si je voulais m'inquiéter de quelque chose, il fallait plutôt regarder par là.

J'allais devoir être très vigilante. Ce n'était peut-être pas Rina, mais un jour, bientôt, Jamie allait rencontrer la remplaçante de Brooklyn et moi, je ne serais qu'un dommage collatéral.

C'était mieux que je sois rentrée seule.

Parfait, me suis-je dit en arrivant en haut de mon escalier.

Quelque chose a bougé dans l'ombre du couloir. Je me suis immobilisée.

— J'espère que je n'abuse pas, a dit Jamie en sortant de l'ombre.

Mon cœur a failli sortir de ma poitrine.

— Je viens de frôler l'arrêt cardiaque.

— Désolé.

Ma peur se changeait en joie mais mes pieds restaient collés au sol. Il s'est avancé.

— J'avais besoin de te voir. Ça me rendait fou, que tu sois assise là et qu'on ne puisse parler de rien.

— C'était vraiment un énorme secret posé là entre nous, ai-je répondu.

Un éclair d'inquiétude a traversé son visage.

— Ça ne regarde personne.

— Je sais.

J'étais d'accord. Sur le principe. Mais Sophie était une amie vraiment très proche.

Il a pris mon visage entre ses mains.

— Nous ne devons d'explication à personne.

Son sourire était tendre.

— Tasha ne s'explique jamais.

J'ai cherché la Tasha en moi.

— Tasha fait ce qu'elle veut, a-t-il repris.

Il m'a offert un long baiser qui m'a fait frissonner. Puis :

— Que veut Tasha ?

— Toi, ai-je répondu avec une franche audace.

J'ai passé les bras autour de son cou et lui ai rendu son baiser avec passion.

— Oh oui, a-t-il murmuré en nous poussant vers la porte.

J'ai sorti ma clé de mon sac et lutté pour l'introduire dans la serrure jusqu'à ce que sa main vienne la stabiliser.

— Ça va ? a-t-il demandé.

J'ai hoché la tête.

— Très bien.

— Tu es nerveuse ?

Nerveuse, non. Excitée, passionnée, oui.

— Pas du tout.

— Bien.

La clé a glissé dans la serrure et le son du verrou a paru résonner.

— Moi non plus, je ne suis pas nerveux, a-t-il ajouté en fermant la porte derrière nous.

Je n'ai pu m'empêcher de sourire.

— Tu es quoi alors ?

— Ravi. Tu m'as manqué.

— Toi aussi.

Il a caressé mes cheveux, planté ses yeux dans les miens et m'a embrassée tendrement.

J'ai soupiré de plaisir. Il m'a enlevé mon pull qu'il a jeté sur une chaise. J'ai fait pareil avec sa veste. Il a repris :

— Je ne veux pas que tu penses...

— Que ce n'est qu'une histoire de sexe entre nous ?

— Ce n'est pas ça.

— Je sais. On n'a couché ensemble qu'une seule fois.

— Deux fois. Tu as oublié ?

— Je veux dire un seul soir.

Nous avions incontestablement fait l'amour deux fois ce soir-là. La seconde avait été longue et merveilleuse.

J'ai déboutonné sa chemise petit à petit, découvrant lentement son torse. Immobile, il me laissait faire. J'ai embrassé sa poitrine, savourant le goût salé de sa peau sur ma langue. Sa respiration s'est accélérée.

— J'ai vraiment envie de prendre mon temps cette fois, a-t-il chuchoté.

— Moi aussi.

J'ai laissé tomber sa chemise à terre.

— Je le pense vraiment.
— Moi aussi.
J'ai ôté ma robe. J'étais devant lui, en culotte et soutien-gorge de dentelle blanche transparente avec des broderies argentées.
— Ne bouge pas, a-t-il ordonné.
Il a reculé d'un pas et m'a scrutée des pieds à la tête :
— Ma mission est définitivement accomplie.
J'ai souri. Il s'est rapproché et m'a caressé les cheveux.
— Tu es de loin la femme sur qui tous les hommes vont se retourner.
— Habillée comme ça, ça n'aurait rien de surprenant.
— Quelle que soit la manière dont tu serais habillée.
— Je crois que tu n'es pas particulièrement objectif.
J'étais ravie que Jamie soit à ce point attiré par moi sexuellement. C'était tellement réciproque. Je lui ai lancé :
— Enlève ton pantalon.
— C'est un ordre ?
— Oui.
— À vos ordres.
Il s'est débarrassé de ses chaussures d'un coup de pied, puis a enlevé son pantalon et ses chaussettes. Il ne portait plus qu'un caleçon noir. J'ai fait mine de l'observer pendant un moment.
— Alors ? a-t-il demandé.
— Pas mal.
— Bon.
— Je pense que les femmes tourneraient aussi la tête en te voyant passer.
— Il me faudrait une grosse voiture et une bonne carte de crédit pour ça.
— Oh non.
J'ai fait glisser mes doigts sur son torse.
— Tu as des pectoraux et des tablettes de chocolat.
— Plein de gars ont ça.
Je me suis rapprochée encore, et j'ai posé les mains sur ses épaules :
— Et tu as des épaules vraiment larges. Et une allure confiante.

— Je me suis beaucoup entraîné.

J'ai touché son menton, que j'ai fait tourner à droite puis à gauche.

— Pourquoi est-ce que j'ai l'impression d'être un taureau sur un marché ?

— Menton carré, solide, ai-je répondu. Ça ne s'achète pas.

— Avec le bon chirurgien, ça reste possible.

— Pas un menton ça, non. Et tes yeux…

Je me sentais plonger tout au fond.

— Quoi, mes yeux ?

— Ils sont du plus joli bleu du monde. On y lit toute ton intelligence, et ils brillent quand tu souris ou que tu fais une blague. Les femmes aiment les hommes drôles.

J'étais absolument sincère, et la puissance de mes émotions m'effrayait.

— Et mes lèvres ? chuchota-t-il.

J'ai balayé ma peur.

— Très embrassables.

— C'est exactement ce que j'allais faire justement.

Il m'a attirée à lui et m'a embrassée. Nos corps ont fusionné, se sont encastrés dans un accord parfait. Ses mains ont parcouru mon corps, éveillant chaque terminaison nerveuse. Il m'a enlevé mon soutien-gorge et a pris mes seins dans ses mains, envoyant de petites ondes de choc jusqu'au plus profond de moi.

Il m'a enlevé ma culotte. A ôté son caleçon.

Il m'a soulevée pour me poser sur le dossier du canapé et s'est placé entre mes cuisses. J'ai murmuré :

— Préservatif.

— J'ai.

Je l'ai serré contre moi, absorbant ses baisers, recevant ses caresses que je lui rendais passionnément. Nos corps luisants bougeaient en harmonie.

J'avais chaud. Il brûlait. Son odeur me pénétrait, ses baisers m'enveloppaient. Ses caresses me faisaient haleter de désir refoulé.

— Maintenant, ai-je enfin grogné, perdant la tête.

— Doucement, a-t-il répondu, en appuyant plus fort la main dans le bas de mon dos.

— Pas trop doucement.

— D'accord.

Il a accéléré, m'a soulevée, s'est laissé aller. J'ai senti le monde s'arrêter. Chacune de mes molécules était centrée sur lui. Il s'est immiscé davantage et je suis partie en vrille, vers le ciel. Encore et encore, jusqu'à perdre toute notion de temps et d'espace.

Je l'ai embrassé furieusement. Accrochée à ses épaules, je l'ai serré contre moi, en moi, pour repartir encore dans des explosions d'extase. J'ai crié son nom.

— Tasha, a-t-il grogné. Tasha, Tasha, Tasha.

Je suis devenue toute molle et il m'a portée jusqu'à mon lit dont il a défait les draps avant de me rejoindre. Nous avons de nouveau fait l'amour. Plus doucement, plus tendrement.

Un peu plus tard, en le sentant bouger, je me suis aperçue que je m'étais endormie dans ses bras. J'ai ouvert les yeux. L'aube pointait. Contre mon dos, son corps chaud enveloppait le mien. Il a posé un baiser dans ma nuque.

— Encore ? ai-je murmuré.

Ça ferait trois fois.

— J'aimerais bien, a-t-il répondu dans un petit rire.

— Quel optimiste.

Il n'a rien dit pendant un moment. Son souffle caressait mon cou.

J'ai savouré le moment. J'avais envie d'arrêter le temps, de ne jamais vivre autre chose.

— Tu devrais venir avec moi, a-t-il dit d'une voix très basse.

Ma première réaction a été de penser non. Je ne voulais aller nulle part, je ne voulais qu'aucun de nous deux ne bouge.

— Où ? lui ai-je demandé au bout d'une minute.

Il s'est soulevé sur son coude et m'a fait rouler face à lui.

— À Los Angeles. Tu te souviens ?

Je me souvenais.

On lui avait proposé un poste au siège d'O'Neil Nybecker. À Los Angeles. Je l'avais juste légèrement occulté.

Il ne parlait pas d'aller prendre le petit déjeuner. Il quittait Seattle.

— Viens, m'a-t-il dit, une lueur d'espoir dans les yeux.

Ce simple mot a tourbillonné dans mon cerveau, déchaînant mes synapses.

J'avais peur d'espérer. Mais mon cœur en pleine expansion déteignait sur mon esprit.

Est-ce qu'il était en train de dire… ? De suggérer… ? Pouvais-je oser espérer qu'il demandait plus qu'une amitié, quelque chose… d'amoureux ? Était-il possible que parmi toutes les femmes qui l'adoraient sur cette terre, Jamie m'ait choisie, moi ?

Je disais déjà oui de la tête avant d'être arrivée au bout de ma réflexion.

Il a souri jusqu'aux oreilles.

— Génial. On peut reprendre nos visites d'appartement.

J'ai hésité. Attends. Quoi ?

— Je veux une maison folle, dans l'esprit Tasha et Jamie.

Il voulait que je l'aide à trouver une maison ? Comme le ferait une super copine ? J'aurais ri si ça ne m'avait pas fait aussi mal.

— Tu es partante ?

— Bien sûr, ai-je répondu en essayant désespérément de sourire avec enthousiasme.

Je me suis un peu écartée, il a rapidement passé son bras autour de ma taille.

— Où tu vas ?

— C'est presque le matin.

— À quelle heure tu dois te lever ?

— Il me faut du temps pour prendre ma douche.

Il m'a de nouveau embrassée. C'était bon, mais aussi un peu amer. Cette nuit, nous avions été tout en haut et maintenant nous étions condamnés à redescendre. Je ne voulais pas abandonner notre amitié, mais rien ne serait plus pareil.

Et c'était ma faute.

Jamie avait établi les règles du jeu. C'est moi qui les avais brisées.

Dans l'avion pour Los Angeles, Jamie m'a montré les derniers chiffres de notre portefeuille d'actions.

J'ai été surprise de voir que nous étions en première classe. Ça me semblait une dépense inutile.

Il a sorti son téléphone.

J'ai regardé les chiffres ; il devait y avoir une erreur. Il a ri devant mon air ahuri, puis il s'est moqué de moi, de mon manque de confiance dans son instinct de trader.

Ensuite il m'a serrée dans ses bras et m'a dit qu'il avait réservé un hôtel cinq étoiles. Nous sommes allés au Chatham-Brix Downtown, dans une suite avec vue panoramique sur la ville.

J'étais mitigée à l'idée de coucher de nouveau avec Jamie.

Oh ! j'en avais envie. Je n'avais pas eu tant d'occasions d'avoir des expériences sexuelles de ce genre dans ma vie. Voire pas du tout. En tout cas, rien qui ne s'en approchait.

Mais rester amis, ça c'était dur. Mes sentiments pour lui avaient de loin dépassé le stade de l'amitié. Et quand il n'y aurait plus de sexe, quand il n'y aurait plus rien, quand il s'installerait à L.A., j'allais avoir si mal. J'avais déjà eu le cœur brisé une fois, et aucune envie de revivre ça.

Je me suis dit que Tasha pouvait mieux gérer ça que Nat... sans vraiment y croire. Ça allait être pire cette fois, parce que mes sentiments pour Henri n'étaient rien à côté de ce que j'éprouvais pour Jamie.

— Marnie a organisé les trois visites pour cet après-midi, a dit Jamie en revenant du balcon. Il y a de la circulation, on ferait bien d'y aller.

Je savais quelles maisons nous allions visiter. Je l'avais aidé à les sélectionner sur le site de l'agence avant de quitter Seattle. Elles étaient toutes à Santa Monica. Il y en avait même une sur la plage.

Nous avons d'ailleurs commencé par celle-là. C'était un appartement en rez-de-chaussée, chic et moderne, pourvu d'un patio donnant sur une pelouse face à la plage. Beaucoup de murs blancs, de verre et de marbre, tant dans la cuisine que dans les salles de bains.

La chambre avait une cheminée à gaz adorable, et le patio un canapé d'angle et un brasero d'intérieur. Ce serait douillet quand les soirées seraient fraîches. Mais les voisins étaient très proches et on entendait bien les voitures.

Lorsque nous avons vu le deuxième bien, j'ai compris que plus loin de la plage, on en avait bien plus pour son argent.

Cette maison, plus grande, avait un grand jardin entouré de haies, un patio et une piscine à l'arrière et un joli jardin paysager devant. Le tout dans une rue calme.

À l'intérieur encore beaucoup de blanc et d'arches et un peu de fer forgé. Le magnifique parquet était orné de tapis. Des portes-fenêtres donnant sur le jardin laissaient entrer la lumière à flot, et la cuisine paradisiaque accueillait une foule de placards vitrés et de plans de travail. Une alcôve octogonale saillait sur le jardin. Je pouvais m'y voir prenant le petit déjeuner avec Jamie.

Je n'ai pas eu le cœur de m'attarder dans la grande chambre, pourtant somptueuse. Impossible de ne pas l'imaginer avec d'autres femmes sans visages qui n'étaient pas moi.

J'ai fait semblant de m'intéresser à la chambre d'amis.

Marnie pensait que nous étions un couple et Jamie ne l'a pas détrompée. Elle m'évoquait en train de cuisiner ou de nager dans la piscine, c'était horrible. J'ai enfoui mes émotions et donné le change. Que faire d'autre ?

Le soleil se couchait quand nous sommes arrivés à la dernière maison, toute en ouvertures. J'ai d'abord vu la lumière chaude sur les palmiers du jardin. Une verrière encadrait la porte d'entrée ; le plafond ambré renvoyait une lumière douce dans l'entrée. Les murs blancs étaient réchauffés par les parquets et les moulures couleur bois. La cuisine, aux équipements en inox et plans de travail gris mouchetés, s'ouvrait sur une grande terrasse pourvue d'une cheminée, d'un barbecue et une kitchenette. Au loin, on distinguait l'océan. J'ai imaginé les amis, la famille de Jamie sortir sur la terrasse lors des chauds soirs d'été.

La chambre principale avait un plafond lambrissé en pointe et une petite terrasse. Je ne voulais pas m'y attarder mais je n'ai pas réussi à m'arracher à l'épaisse moquette et je suis tombée amoureuse de l'immense baignoire et de la douche-hammam.

— Qu'est-ce que tu en penses ? m'a demandé Jamie.

— Il y a plein de bonnes choses.

— La valeur des biens du quartier ne fait qu'augmenter depuis trois ans, est intervenue Marnie.

— Qu'est-ce qui te plaît ? a insisté Jamie.

— Qu'est-ce qui te plaît à toi ?

Il a regardé autour de lui :

— C'est une nouvelle vie.

Jamie méritait tout ça. Ce n'était plus le James abandonné à l'autel. Il était confiant, déterminé, beau et excitant. Il avait un nouveau boulot, bientôt une nouvelle maison, un nouveau look, de nouvelles passions. On pouvait sûrement faire de l'escalade, en Californie.

Le monde lui appartenait. Je devais me réjouir pour lui.

— Je crois que tu aimeras recevoir sur la terrasse.

— Mais toi, elle te plaît la terrasse ?

— Beaucoup. Et le jardin aussi. Et franchement, la salle de bains est extra.

— Alors, c'est oui ?

— C'est cher, quand même, ai-je ajouté.

C'était aussi plutôt grand pour un homme seul.

— C'est la beauté du trading à court terme. Ce qui était trop cher il y a deux mois est aujourd'hui parfaitement abordable.

— Oui, tu as assuré.

Je me suis dit que j'allais me remettre à visiter des appartements à Seattle. Ça m'occuperait l'esprit pendant les prochains mois.

J'allais m'en sortir.

— On la prend, dit Jamie à Marnie.

Elle a eu l'air surprise, mais s'est vite ressaisie.

— Je peux vous aider à rédiger une offre. Vous avez un prix en tête ?

Jamie m'a regardée :

— On fait une offre basse ?

— Tu as envie de marchander ?

Ce genre de négociations, ce n'était pas mon truc. Peut-être que Tasha aimerait ça, elle. Je ne savais pas. Je commençais à avoir du mal à savoir.

— Pas vraiment, a répondu Jamie.

— Si vous faites une offre de vingt-cinq mille de moins que le prix affiché, je vous garantis que ça passera.

Jamie m'a regardée.

J'ai haussé les épaules. Le jeu était fini. C'était sa décision, son argent, sa vie.

— Marché conclu, a-t-il dit à Marnie. Rédigez l'offre.

— Crédit ?

Il a souri et secoué la tête :

— Pas besoin. Je paie comptant.

Marnie a affiché un sourire rayonnant.

— Toutes mes félicitations. J'imagine que vous êtes pressés.

Jamie a pris ma main et l'a serrée.

— Le plus tôt sera le mieux. Je dois être au bureau à L.A. lundi matin.

Je me suis forcée à sourire.

J'avais envie de m'accrocher à Jamie et de ne plus jamais le lâcher. Mais aussi de quitter L.A. pour toujours. J'ai su que je ne pourrais pas rester cette nuit-là. Impossible de faire l'amour avec Jamie dans cette suite d'hôtel. Ça me tuerait.

— Je m'y mets tout de suite.

Marnie s'est mise à téléphoner à peine sortie de la pièce.

— C'est génial, m'a dit Jamie.

J'ai fait mine de répondre au téléphone.

— Excuse-moi, lui ai-je dit.

— C'est Sophie ?

J'ai acquiescé. Je ne sais pourquoi je me suis dit que mentir silencieusement, c'était moins grave. Je me suis éloignée.

— Salut, ai-je dit au téléphone.

J'ai attendu une minute, envahie par un sentiment de honte absolue.Vraiment ? ai-je dit à mon téléphone éteint. Ah, OK.

Jamie me regardait.

— Oui, je peux. Si tu penses que c'est mieux.

Jamie me regardait d'un air interrogateur. J'ai levé le doigt en l'air, le temps de consolider mon plan. C'était sûrement impardonnable, mais je n'avais pas de meilleure idée et le temps pressait.

— Dès que je peux. Salut.

— Qu'est-ce qui se passe ? m'a demandé Jamie.

— C'est Brooklyn. Je ne sais pas ce qui se passe, mais Sophie me demande de revenir à Seattle.

Jamie a serré les dents.

Je savais qu'il ne poserait pas de question sur Brooklyn. C'était le seul sujet qu'il éviterait à tout prix.

— Je suis désolée.

— Ne t'en va pas.

— Je suis obligée.

J'avais envie de pleurer. De m'effondrer dans une flaque de honte. Mais surtout de me jeter dans ses bras.

On entendait Marnie parler dehors.

— Tu n'as plus besoin de moi, ai-je dit.

Il a ouvert la bouche, mais j'ai poursuivi :

— Je prendrai un billet d'avion dans le taxi.

— Tu pars maintenant ?

— Je suis désolée.

— Tu peux revenir quand ?

— Je ne sais pas.

— Reviens dès que tu peux.

J'ai hoché la tête. Encore un mensonge muet. Je trouverais quoi dire plus tard s'il revenait à la charge. Ce qu'il ne ferait pas. Il allait s'installer dans sa superbe nouvelle maison, avec son super nouveau boulot, et trouverait une super nouvelle petite amie en un rien de temps.

Il aurait la vie qu'il voulait, juste comme nous l'avions organisée.

— Mon assistante a commencé à rédiger l'offre, a dit Marnie, rayonnante, en revenant dans la chambre. Nous pouvons passer à l'agence pour signer, et je présenterai l'offre ce soir.

— Bonne chance, ai-je dit à Jamie.

Et j'ai appelé un taxi.

12

Cinq jours, trente SMS et sept appels manqués plus tard, j'ai décidé mettre Sophie au parfum. Jamie était plus persévérant que j'aurais pu le penser et j'avais peur qu'il ne la contacte. S'il le faisait, il allait découvrir mon mensonge.

Et je ne voulais pas qu'il sache que j'avais menti.

J'ai versé un verre de merlot à Sophie et à moi.

— Nous avons reçu une autre grosse commande aujourd'hui, dit Sophie.

Elle avait enlevé ses chaussures et s'était recroquevillée à une extrémité de mon canapé.

— Super.

J'ai pensé à refermer la bouteille, mais quelque chose me disait que nous allions la terminer avant la fin de la soirée.

— Le Japon était le plan parfait. L'argent commence à affluer et nous sommes entrés dans la phase de production. Ethan envisage d'étendre les installations à toute la région.

— Je suis tellement heureuse pour toi.

Et je l'étais vraiment. Le succès de Sophie était comme un soleil dans le brouillard de ma vie.

— Je ne suis pas encore près de quitter The Blue Fern. Bryce non plus. Mais nous pensons à voir avec le manager pour qu'il nous prenne à mi-temps et embauche quelqu'un d'autre pour prendre le relais. Comme ça, plus besoin de réclamer un salaire complet à BRT et nous aurons aussi plus de temps à consacrer à la nouvelle entreprise.

— Ça a l'air d'être une très bonne idée.

J'aurais voulu pouvoir me concentrer sur ce que me disais Sophie, mais j'étais douloureusement distraite.

Je lui tendis l'un des verres et m'installa à l'autre bout du canapé.

— Et toi ? a-t-elle demandé.

— Moi ?

J'ai pensé à profiter de son ouverture pour tout lui raconter, mais je ne savais pas par où commencer.

— Que se passe-t-il ?

Elle but une gorgée et s'exclama :

— C'est délicieux !

— Et bon marché, en plus, dis-je en saisissant mon verre.

Intérieurement, je me donnais des coups de pied. Quelle pleutre. J'aurais déjà dû tout lui raconter depuis longtemps.

— J'ai fait quelque chose, dis-je.

Les sourcils de Sophie se relevèrent et elle se figea.

— Quoi ?

— J'ai menti.

Elle avait l'air sincèrement surprise.

— À moi ?

— Non, pas à toi. Mais à ton sujet.

— Qu'est-ce que tu as dit ? Quelque chose de sympa, j'espère. Tu as dit à un gars que j'étais la fille la plus intelligente, riche et sexy ?

Je savais que je ne devais pas sourire, mais je n'ai pas pu m'en empêcher.

— Non.

— Dommage. J'aurais pu le croire, au moins pour un petit moment.

— Tu es intelligente et sexy.

Elle éclata de rire.

— Peut-être un peu intelligente. Et peut-être un peu sexy. Mais vraiment pas riche.

— Pas encore.

— Non pas encore. Mais revenons à ton mensonge...

— Oui.

Je répétais mentalement depuis le matin. Mais les bons mots

ne parvinrent pas à sortir. Tant pis... il fallait que je me lance. J'avais trop attendu.

— J'ai menti à Jamie concernant ton appel pour me dire que Brooklyn avait un problème.

— Qui est Jamie ?

— James. Je veux dire James.

Sophie avait l'air complètement décontenancée.

— Qu'est-ce que tu racontes ?

J'ai pris un autre verre.

— J'ai fréquenté James. Brooklyn l'avait quitté, Henry m'avait quittée, nous avons discuté, et une chose en entraînant une autre...

— Quel genre de choses ?

— L'escalade, par exemple.

— Toi, de l'escalade ?

— Oui.

— Et James.

— Oui.

— De *l'escalade* ? répéta-t-elle, incrédule.

— Oui, nous avons pris des leçons et tout.

— Pourquoi tu ne me l'as pas dit ? Pourquoi est-ce un secret ? Vous avez grimpé des rochers illégaux ? Vous avez volé... je ne sais pas, un trésor ?

— Non, n'avons rien volé.

— Ouf, quel soulagement, dit-elle avec un sourire en coin.

Je savais que je devais aller droit au but.

— Pendant que nous étions en Californie, je...

— Toi et James êtes allés en Californie ?

— Le week-end dernier.

— Super, et vous avez, quoi ? Escaladé des rochers californiens ?

— Non, il a ce nouveau travail. Nous avons visité des maisons.

Sophie s'enfonça sur le canapé et prit une autre gorgée de vin.

— Tu sais que ce que tu racontes n'a aucun sens.

— Je sais.

— Alors revenons à ton histoire de mensonge.

— En Californie, à L.A., j'ai fait semblant de recevoir un appel de ta part. J'ai prétendu que Brooklyn avait un problème. Je savais qu'il ne poserait aucune question si Brooklyn était concernée, alors j'ai pensé que je m'en sortirais.

— Et tu t'es fait prendre ?

— Non, pas encore.

— Je ne comprends rien, Nat. On dirait que tu veux m'annoncer un truc énorme, mais je n'en vois pas le commencement. Je peux mentir pour toi, si tu veux. Tu me dis ce que je dois lui dire, et je le dirai. Pas de problème.

Je savais qu'elle pouvait le faire, raison pour laquelle je l'adorais.

— Mais en fait, pourquoi as-tu menti ? Qu'est-ce que cela t'a apporté ?

— J'ai pu partir.

— De L.A. ?

— Oui.

— Tu avais besoin d'une excuse pour partir ?

— C'est ça.

Sophie s'est penchée vers moi et m'a regardée droit dans les yeux.

— Qu'est-il arrivé ?

J'ai secoué la tête.

— Des trucs, que je ne peux pas dire.

Je ne savais pas si Jamie voulait garder secrète notre histoire de personnages et je ne voulais pas risquer de la révéler sans avoir eu au préalable sa permission.

— Mais encore ?

— Jamie et moi sommes devenus amis.

— Jamie ? Il s'appelle Jamie maintenant ?

— C'est un surnom.

Les yeux de Sophie s'écarquillèrent.

— Comme Tasha pour toi. Qu'avez-vous fait tous les deux ?

— Rien... je veux dire...

Je n'arrivais plus à la regarder.

— Oh, bonté divine, dit-elle en levant une main vers sa bouche.

Je pouvais sentir mon visage se réchauffer.

— Tu as couché avec James Gillen ? Nat, tu as couché avec le fiancé de Brooklyn ?

— Ils n'étaient plus fiancés. Et ça ne voulait rien dire. Juste une histoire de plan cul entre potes. Tout le monde fait ça.

— Et ce plan, avec James ?

Mes joues me brûlaient.

— Seulement quelques fois.

— En Californie, par exemple ?

— Non, pas en Californie. Ça aurait pu. Si je n'étais pas partie.

— Et tu ne voulais pas partir ?

Je ne savais pas trop comment répondre à cette question, alors j'ai changé de sujet.

— Et depuis, il n'arrête pas de m'envoyer des SMS et d'appeler.

— Attends, dit Sophie en levant un doigt. James voulait avoir une liaison secrète avec toi ?

— Non, ce n'était pas une liaison. Nous n'avons trompé personne.

— Euh, tu sortais avec Ethan quand même.

J'ai levé les yeux au ciel.

— N'exagère pas.

— Oui, c'est vrai, tu ne sortais pas vraiment avec Ethan.

— Avec Jamie, bredouilla-je, ce n'était pas amoureux.

Ma voix se brisa. Sophie me prit la main.

— Oh ! dit-elle. Tu veux dire que votre histoire n'était pas censée déboucher sur des sentiments ?

J'avais du mal à respirer. J'avais peur d'essayer de parler et que le chagrin que je m'efforçais de réprimer sorte de ma poitrine comme une avalanche incontrôlable.

— Mais il y a eu des sentiments, murmurai-je. Seulement de mon côté.

— Nat, je suis désolée.

Je secouai la tête et déglutis difficilement.

— Ça va, ne t'inquiète pas. Je voulais juste éviter que Jamie te pose des questions sur l'appel téléphonique et qu'il comprenne que j'avais tout inventé.

— Effectivement, c'est le plus gros problème ici, pesta Sophie.

— Je serais mal à l'aise, dis-je.

— C'est lui qui devrait l'être ! Qu'avait-il derrière la tête ? Il couche avec toi et te demande de ne rien dire à personne. Quel genre d'hommes fait ça ?

J'ai réalisé que j'avais mal décrit notre relation. J'avais été injuste avec Jamie. Ce n'était pas sa faute. Mais la mienne, car je n'avais pas su contrôler mes sentiments. J'aurais dû tout arrêter bien plus tôt. J'avais été une belle idiote à faire comme si je n'étais pas en train de tomber amoureuse de lui… alors que cela se voyait comme le nez au milieu de la figure.

Alors que j'étais perdue dans mes pensées, on frappa à la porte. J'ai sursauté. je n'attendais personne.

— Bryce et Ethan savent que tu es là ?

Je n'avais pas la moindre envie de voir quelqu'un d'autre.

— C'est peut-être Brooklyn, plaisanta Sophie.

J'ai grimacé.

— Trop tôt ? a-t-elle demandé.

— Oui, je crois.

— Tasha ? appela une voix.

Celle de Jamie.

Sophie demeura quelques secondes bouche bée puis chuchota :

— Je suppose que personne d'autre ne t'appelle comme ça ?

— Tasha, ouvre-moi. Je sais que tu es là.

J'ai finalement ouvert la porte.

— Que se passe-t-il ? demanda Jamie.

— Attends, Sophie est…

Mais il ne m'écoutait pas.

— Tu ne réponds pas quand je t'appelle. Tu ignores mes textos. Tu m'as dit que tu allais revenir et tu n'es pas revenue. On avait des papiers à signer !

Il remarqua enfin Sophie.

— Salut, James, dit-elle.

Il serra sa mâchoire et me regarda.

— Je peux partir, dit Sophie.

— Non, reste, ai-je dit.

Je n'étais pas prête à être seul avec Jamie. Enfin, non, je mourais d'envie d'être seule avec Jamie. Mais c'était une mauvaise idée, une très mauvaise idée.

— Euh, il faut qu'on parle, ajouta Jamie.

Je me suis éloignée de lui.

— Sophie peut rester, insistai-je. Elle sait à peu près tout ce qu'il y a à savoir de toute façon.

— Hein ? Qu'est-ce que tu veux dire ? Qu'est-ce qu'elle sait ?

Sophie se racla la gorge.

— *Elle* est là et *elle* t'entend, tu sais.

Jamie l'ignora

— Que sait-elle ?

— Que nous avons couché ensemble.

— Ah, tu le lui as dit.

— Ce n'était pas très difficile à deviner, commenta Sophie. Pourquoi garder votre histoire secrète, de toute façon ?

Une question qui sembla décontenancer Jamie pendant une seconde, puis il se tourna vers moi.

— Je croyais que c'était ce que tu voulais. Moi je m'en fiche.

La conversation devenait surréaliste.

— Bon, alors Sophie est au courant.

— Super, dit-il d'une voix blanche. Mais cela ne répond pas à ma question : pourquoi tu n'es pas revenue ? Qu'est-ce que j'ai fait ?

La question était plus qu'absurde.

— Tu as déménagé en Californie, je te rappelle.

Il se figea, visiblement perplexe.

— Ouais... et je t'ai demandé de t'installer avec moi. Tu m'avais dit oui.

J'ai failli éclater de rire. Et en sanglots, aussi.

— Euh, tu m'avais demandé de t'aider *à trouver une maison*.

— Effectivement, une maison. Qui nous plaisait à tous les deux, pour y vivre. Ensemble.

Il fit quelques pas vers moi.

— Tasha, tu pensais qu'il se passait quoi entre nous ?

— Qu'on s'inventait des personnages. Pour attirer le sexe opposé.

— Euh, tu es sérieuse là ? s'étonna Sophie.

— Et ça a marché, déclara Jamie. Nous nous sommes attirés l'un l'autre.

J'ai agité ma main.

— Tu sais ce que je veux dire. Nous étions amis.

— Plus que des amis, quand même, pouffa Sophie.

Nous l'avons regardée tous les deux.

— Je dois partir maintenant ? demanda-t-elle.

— Non, ne t'embête pas, fit Jamie.

Il fit un autre pas vers moi.

— Je ne sais pas ce que tu ressens pour moi, Tasha. Mais moi je sais. Je suis fou de toi, fou de toi, répéta-t-il. Intellectuellement, physiquement, romantiquement.

Il se pencha vers moi.

— Je veux être ton meilleur ami. Ton amant. Pour toujours. Faire de l'escalade avec toi, danser, sauter en parachute, faire du shopping. Tout et tout le temps, Tasha. Et n'importe où. À Los Angeles. Ici. Cela n'a aucune importance, je m'en fiche de tout cela. Je t'aime, Tasha. Épouse-moi.

Mon cerveau – qui avait déjà bien du mal à comprendre ce que Jamie venait de dire – s'embruma complètement.

— Quoi ?

Jamie sourit à mon expression déconcertée.

— En général, on répond pas un oui ou par un non.

— Oui, s'exclama Sophie. Dis oui !

Jamie pencha la tête en direction de Sophie.

— Elle, je l'aime bien. Elle m'a toujours paru sympathique.

Mon cœur tambourinait dans ma poitrine. Je n'avais jamais été aussi heureuse de ma vie. Les rêves, que je n'avais même pas osé rêver, devenaient réalité.

— Oui, Jamie. Oui, c'est oui ! Je t'aime tellement.

Il me prit dans ses bras, puis m'embrassa. De plus en plus profondément.

— Oups, cette fois je m'en vais, dit Sophie en se levant sans attendre la moindre réponse de notre part.

Notre mariage devait être le plus simple de l'histoire des mariages. C'est ainsi que nous le voulions, tous les deux.

J'avais choisi une robe courte blanche, avec une superposition de dentelle et un ourlet festonné. Je portais un petit pendentif en diamant que Layla m'avait prêté. Jamie le lui avait offert pour son anniversaire. Je l'avais associé à des boucles d'oreilles en diamant. Aux pieds, je portais des escarpins à talons, blancs avec des semelles bleues. Il faut toujours quelque chose de bleu.

Je me sentais jolie. En réalité, je ne m'étais jamais sentie aussi bien de toute ma vie. *Le plus beau jour...*

La musique retentit et Sophie s'est avancée dans l'allée devant moi. Elle portait une simple robe turquoise qui laissait transparaître toute sa beauté. Elle avait l'air incroyable, comme toujours.

Jamie m'attendait devant l'autel. Il portait le smoking que nous avions acheté ensemble.

J'ai souri, il m'a souri. Il était l'homme de ma vie.

Nous avons échangé nos vœux. Nous nous sommes promis l'amour. Le rire et l'aventure.

Pour toujours.

Quand nous nous sommes embrassés, j'ai cru que mon cœur allait éclater de joie.

Nos amis nous ont félicités. Nous avons coupé le gâteau, jeté le bouquet et dansé toute la nuit sous la pleine lune et la voûte étoilée.

Un peu plus tard, avant d'entrer dans notre chalet réservé pour la semaine sur une langue de terre surplombant l'océan, Jamie me prit dans ses bras pour me faire franchir le seuil.

J'étais devenue sa femme. Et lui mon mari.

Il me reposa au sol et, prenant mon visage en coupe, il lissa mes cheveux qui commençaient à friser sous l'effet des embruns et de la fatigue.

— Je t'aime, Tasha Gillen.

Mon cœur battait à tout rompre. Le moment était si parfait.

— Et moi je t'adore, Jamie Gillen.

Il sourit et se pencha pour m'embrasser. Mais juste avant que ses lèvres ne touchent les miennes, il murmura :

— Tu seras toujours celle que je pointerai du doigt, mon amour.